White Cat, Black Dog

白猫、黒犬

ケリー・リンク

金子ゆき子 訳

集英社

Kelly Link

白猫、黒犬

ドアを開けておいてくれたエレン・ダトロウとテリ・ウィンドリングへ

目次

白猫の離婚

（フランスの童話『白猫』より）

The White Cat's Divorce

離婚にまつわる物語は決まってどこかよその場所から始まる。だから、まず、それはそれは裕福な男のことから話を始めよう。その男は手を伸ばせば、望みのものをほぼなんでも、望んでいないものであってもその多くを手に入れられた。男があまりに多くの家を持っていたので、会計士さえ把握しきれないほどだった。プライベートジェット機も、新聞社も所有し、望みがそのまま法律になるように取り計らってくれる政治家たちも手の内にあった。果樹園も、島も、野球チームも所有し、新種のカブトムシを発見してそれに裕福な男の名前にちなんだ学名をつけることを職務とする昆虫学者チームさえも持っていた（神はカブトムシを愛する〔進化生物学者J・B・S・ホールデンの言葉〕という話が本当なら、裕福な自分はもっと愛されているはず。わが強運ぶりがその証拠になるにちがいない）。

裕福な男はこういったものをすべて持っていたうえで、私がここに書ききれないほどのものを持っていた。あなたがこれまでに所有したものはなんであろうと、この男も所有していたと考えてほしい。万が一所有していないものがあったとしても、言い値であなたから入手しただろう。

人は誰しも金持ちになりたがるが、老いたがる者はいない。老化を食い止めようと、パーソナルトレーナーと人工膝関節置換手術と整形手術に大枚をはたいた結果、裕福な男は常にやや目を見開いたような顔つきになり、七十代男性というより、まるで人生とは素晴らしくて驚くべき出来事の連続だと気づいた幼児のように見えた。植毛手術を受け、シミを薄くするための特別なクリームを塗っていた。夕食にはお抱えシェフが、裕福な男ではなく熊を相手にしているかのように、魚とベリーとクルミを出した。裕福な男は毎朝、画期的な装置のおかげで一年中快適な水温に保たれている湖で三キロ泳いだ。午後になると、十代のドナーたちからの輸血を受けた。こうした血の提供は、裕福な男が基金を出したさまざまな大学で奨学金を得るための条件だった。夜には豪勢なパーティーを開いて、美しい若者たちに囲まれた。年を重ねるにつれてますます若い女を妻にし、こうしてしばらくの間は、自分もまだ若く、このまま永遠に若いままだと思いこんでいられた。

しかし、より若く、ますます美しい妻をめとっていけば、その夫もまだ容色が衰えていないふうを装えるとはいえ、この裕福な男は遠い昔に最初の妻と結婚し、その最初の妻が息子を三人産んでいた。三人の息子は最高の育児方法を徹底すべく雇われた世話係や家庭教師、セラピストやライフコーチにより手厚く育てられ、魅力的で人柄も良く、父親ならばすべてにおいて満足できるような子供たちになった。それにもかかわらず、裕福な男は息子たちを見て満足しなかった。むしろ、末は今や十九歳となった息子三人を見るにつけ、みずからがいつか死ぬことの証拠だとしか思えなくなっていた。わが子が身勝手に年をとりつづけると、親の若さの維持がいかに難しくなることか。

さらにまずいことに、裕福な男がその冬をすごしている屋敷に息子たちが勢揃《せいぞろ》いしていた。長男は苛烈な（初めての）離婚騒動の渦中にあり、次男はマスコミから身を隠している一方、三男はさしたる理由もなく家にいて、ただ父親を心から愛し、父親に認めてもらいたがっている（大学を成績不良で退学になってもいたが）。裕福な男がどこを向いても、息子のいずれか一人は目に入った。

夜な夜な、裕福な男はある夢を見るようになった。この夢の中で、四人目の子供がいるという考えにまず悩まされた。そして夢の中でそう考えた途端、この四人目の子供も屋敷に居候中だと男は気づくのだが、朝になるとその子がどんな容姿だったか決して思い出せない。背は低かったか、高かったか？　ひょろりとした体つきだったか、周囲を圧倒するほどの巨体だったか？　どんな声音だったか？　男にはこの末の子供が死神だとわかっていた。夢の中で、裕福な男はみずからの寿命を延ばすため、わが子である死神にあらゆるものを差し出すが、男が差し出すものに死神は一切興味を示さない。唯一、死神が欲するのは、父親と一緒にいることだけだ。

裕福な男は一夜のうちに三回も四回もこの夢を見ることがあった。そのうち昼間に息子たちの顔を見るのもいとわしくなった。

困り果てた裕福な男がとうとう、息子たちという難題を解決するためにコンサルタントたちに相談したところ、その週の終わりには非常に洗練された計画が用意された。計画どおりに、裕福な男は三人の息子たちを呼び集めた。まずは愛情をこめて息子たちを抱きしめ、その日のニュースや、息子たちが名目上のトップになっている財団や組織について話し合ってから切り出した。「息子たちよ。父親がわが世の春を謳歌《おうか》している最中に、おまえたちは考えるのも嫌だろうが、いつかは私も隠居の身となり、ランを栽培するとか最も危険な猛獣を狩るとか無人宇宙船を太陽に飛ばして観測するとかいう趣味を始める日が来るだろう。そしてさらに遠い未来とはいえ徐々に近づいているのは、専門家チームが私と現在の妻の体を凍結保存する日だ。いつの日か、はかり知れない地獄のごとき未来で医学の進歩によって生き返った私は、一度に三人以上の女を満足させられる肉体を持つ一方、滅亡後の世界で突然変異トカゲと戦い、ニューヨーク証券取引所の成れの果てを征服することだろう」

息子たちは互いに目を見交わし、三男が口を開いた。「僕らからすれば、今このときよりもお父さんが活力をなくすことなんてあり得ないように思えます」

裕福な男は言った。「それでもなお、時が来ればすべては変わってしまうのだ。私は未来について考えるとき、なによりも望むことが二つある。一つは、後継者を指名すること。もう一つは、晩年に慰めとなってくれる伴侶を持つことだ」

長男が言った。「失礼ですが、また結婚なさるということですか?」

「いやいや! アリッサと私は実に仲良くやっている。私が欲しいのは、要するに犬だ。人がこれまでに飼った中でも最も小さく、最も手触りがよく、最も従順かつ愛らしい犬がいい。そこで私はこの任務をおまえたちに与えることに決めた。一年と一日やるから、そういう犬を世界中探し回れ。この期間の終了後、その犬を手に入れてきた者に、私が所有するすべてのものを遺すことにする」

「しかし、お父さん」次男が言い出した。「犬がいるとくしゃみが出るとおっしゃっていたじゃありませんか。だから、僕らは犬を飼うことを禁じられていたはず」

「最も愛らしく、最も低アレルギー性の犬だ」裕福な男は力強く言った。

息子たちを遠くにやってしまえば、そもそも子供など生まれてこなかったと思えるはず、というのがコンサルタントたちの意見だった。優しい心の持ち主である裕福な男が子殺しの案を却下したので、コンサルタントたちは探求の旅を考えついたのだ。身近に息子が一人もいなければ裕福な男の生活の質は向上するのか、それを確かめるための実地検査のようなものだった。

裕福な男の息子たち三人は、結局、父親の頼みを聞くことで合意した。長男は言った。「父さんには莫大《ばくだい》な蓄えがあるから、一人を後継者に決めなきゃいけないとしても、他の二人だって何不自由なく暮らせるんだけどな」

次男も言った。「もしかすると認知症なのかも。でも、変なお願いだとしても、少なくとも無害だよ」

三男も言った。「他にやることがあるわけでもないしね」

息子たちは最も魅力的な犬を持ち帰るのが誰になろうとも、他の二人は一切文句をつけないという約束を交わし、互いに別れを告げた。

それからの一年間、長男と次男は数多くの冒険をしたが、これから私たちが追いかけるのは三男のことになる。三男はアメリカとその荒野の一本道というものにロマンチックな憧れを抱いていたので、父親のチェリーレッド色のロードスターを借りると、ケルアックの古本一冊と犬用おやつが入った小さなダッフルバッグを持って出発した。目的地があるわけではない。実際のところ、いつの間にか、普段コンピュータゲームで遊ぶときとおなじように行動していた。新しい環境を楽しく探検し、そこでなにが起きるのかひとつ見てやろうというやり方だ。郊外のショッピングセンターのペットショップ、動物保護施設、大型展示場でのドッグショー、あらゆる犬種のブリーダーのところに立ち寄っていった。その結果、旅の最初の三週間でたくさんの素晴らしい犬に出会い、しばしば、それ以前に出会ったどの子犬よりも可愛らしくて愛嬌《あいきょう》たっぷりの子犬をもらっていくことになった。ついにはロードスターでは狭すぎてすべての犬を収容しきれなくなったので、古いキャンピングカーを購入し、大工に頼んで、犬たちがそれぞれ自分のケージで寝るための棚を設置してもらった。ロードスターは牽引《けんいん》金具で引っ張っていくことにした。休憩施設やキャンプ場に停《と》まってはキャンピングカーの中で眠り、旅をしながらフェイスブックに近況を投稿し、それを何度も見直しては、父親がいいね！を押してくれたかどうかチェックした。

最初の一か月がすぎる頃、裕福な男の三男はロッキー山脈の山裾までやってきた。フェネックギツネとティーカップサイズのスパニエル犬の交配に成功した犬舎オーナーがいるという噂《うわさ》があったからだ。三男は大金を積んで、艶やかな赤毛の子犬を手に入れた。足と耳が妙に大きく、その他の部分はほんのわずかしかない子犬を、コートのポケットの中で寝かしつけると、また車を走らせた。コロラド州クリードの町を通過するときに大雪が降りはじめ、路面は危険な状態になった。三男はこれまで、誰かのために責任を負ったことなどなかったが、今や、車内は犬でいっぱいで、全員が三男を愛し、大半がトイレのしつけを必要としていた。三男は、愛されることが愛されないこととおなじくらい不安を生むこともあると、思いがけなく気づきつつあった。

地図を確認してみると、そこはコロラド州の中でも、母親の実家がかつて農場を営んでいた場所に近かった。母親の記憶はほとんどない。離婚後、裕福な父親のほうが単独親権を勝ち取り、ほどなくして母親はコロラドに引っこんで、挙げ句、雨の夜の自動車事故で亡くなった。高速道路で家《か》禽《きん》運搬トラックと衝突して首を切断されたのだ。葬儀のあと、長男から聞いた話では、棺《ひつぎ》がずっと閉じられていたのは頭部が発見されなかったからだそうだ（いや、それとも、見つからなかったのは体のほうで、それで棺には頭だけが入っていたんだっけ?)。それから何年も、三男は悪夢にうなされることになった。

母親が死んだ場所は、この幹線道路上のこの地点なのかもしれない。三男は今、そこを通りかかり、激しく雪に吹きつけられるうち、自分と犬たちは生きている存在ではなく、スノードームの内部に入れられた小さな置物にすぎないのかもしれない、と妙なことを感じはじめた(以前にもこんな気持ちに駆られたかな。ああ、そうだ。誰もが経験あるよね。僕らが閉塞感に襲われたり、良い方向へ切り換えられなかったり、堅牢《けんろう》な壁によってあらゆる望みから隔てられていると感じたりするのは、これで説明がつくんじゃないかな)。

三男は運転をつづけた。人は心ここにあらずでも、やり慣れた動作なら無意識のうちにこなせるものだ(手でスノードームを持ち上げて、ふるときみたいに)。

雪は降りつづけ、世界を包みこんだ。キャンピングカーのフロントガラスは不透明になり、氷できらめいた。そのため、三男は車を停めては氷の層を削り取り、また車を少し走らせては、おなじことを繰り返すしかなかった。この悪天に不向きな服装をしていることは早々にわかった。犬たちは全員、ケージに閉じこめられていることに飽き飽きしていた。哀れっぽく鼻を鳴らし、外に出してとせがんでいる。それでも、一番小さい犬は三男のコートのポケットの中で、悪いことが起きるはずないと言わんばかりにすやすやと眠っているので、三男はこれこそ自分も神の導きを信じるべきというしるしだと感じ、進みつづけた。そうはいっても、ガソリンは残り少なくなっていた。

一時間が経《た》っても、雪はやむ気配がない。給油ランプは点灯し、いつの間にか幹線道路からそれてしまったかと三男は思いはじめた。ラジオの音声とキャンピングカーのフロントガラスのワイパー音の向こうに、かすかな声が聞こえるような気がしたが、他の車やトラックとすれちがってからずいぶんと時間が経っていた。またもやフロントガラスが氷で覆われると、三男は車を停め、エンジンを切った。雪の中に出ると、膝が埋まるほどの深い吹きだまりに踏みこんでしまった。周囲では雪が勢いよく渦巻いていて、三男は大きな獣が周囲を回り、獣の柔らかくて白い腹が優しく脇をかすめていくように感じた。**せめてこれほどの寒さでなければ、**と三男は思った。**せめて犬たちと一緒に避難できる場所があればいいのに。**

せめて、と言う声を三男は耳にしたように思った。**せめて、せめて、せめて……。**

「すみません」三男は言った。「誰かいるんですか?」

小さな犬がコートのポケットから顔を出し、あくびをして、それからさっさと雪の上に飛び降りた。

雪はパウダー状だったが、小さな犬はとても軽かったので、白いコートにつけた赤い羽根のように雪の表面に乗った。もっとずっと重い三男は両手を差し伸べて、よろめいた。三男がひざまずくと、小さな犬は手の届かないほうへ、鼻先で雪片を追いながら跳ねていった。

「ああ、戻ってこい!」三男は叫んだ。起きあがると、雪は腰の高さまであった。

犬が雪の表面を走りはじめる。三男は深い雪をかき分けて追いかけていく。寒さで体がかじかみ、動くたびに雪が重ね着した服をすり抜けて入ってくるので、生まれたての赤ん坊のように裸も同然だった。先を進む犬はかろうじて見えるほどの赤茶けた点になり、ふり返れば、キャンピングカーはまるで見えない。**ひどい間違いを犯した**、と三男は思った。引き返すべきだとわかっていた。自分の足跡をたどればきっと戻れる。

しかし、昼からずっとポケットの中であんなに愛くるしく寝ていた小さな犬を、見捨てることなどできなかった。まだ名前を付けていなかったのでその名を呼べなかったが、愛情のこもった言葉を叫んで、戻っておいでと懇願した。

さっきの声がもう一度聞こえたような気がした。雪の中、周囲のいたるところで、その声が三男の愛情のこもった言葉をおうむ返しに繰り返す。小さな犬は三男にもその声にも注意を向けなかったが、自分がどこに道案内しているかよく承知しているかのように走りつづけた。

そうこうするうち、三男は小さな犬がどこに連れていこうとしているのかわかった気がした。前方には緑がかったひし形の光が見え、それが雪でできた粉砂糖のヴェールに宝石のようにはめこまれている。近づくにつれて、それがガラス張りの巨大な家々だとわかった。そのうちの一つに三男がさらに近づいて、これまたガラス製のドアから中に入ろうとすると、小さな犬が体を伸ばしてドアに前足をかけ、中に入れてとひっかく。どうやらこれは人家ではなく温室らしい。

三男がドアを開けると、温かくて湿った空気がどっと流れてきて、一瞬にして髪にも髭《ひげ》にもまつ毛にも氷の結晶ができあがった。

温室の中は、どこを向いても大麻草の鉢が何列にも並べられていた。だが、吹雪の只中《ただなか》で大麻栽培農場を見つけたことが不思議の最たるものではなかった。もっと不思議なのは、大麻草の世話をしているのが人間ではなく、白衣を着て、後ろ足で立ち、クリップボードや園芸バサミや収穫バケツを巧みに扱っている猫たちだということだった。

小さな犬がけたたましく吠《ほ》えはじめた。この闖入《ちんにゅう》に温室内の猫はそろってふり返り、驚きのまなざしで三男を見つめた。外が吹雪でなければ回れ右して立ち去るところだったが、三男はやむにやまれず叫んだ。「お願いです。助けてください！」

それを聞いて、猫たちは道具を置いて近寄ってきた。三男はここの猫が友好的なのか確信が持てなかったので、小さな犬を抱きあげた。猫たちはしゃべらなかったものの、中の一匹が身振りでなにか言おうとしてきたので、三男は訴えた。「道端にキャンピングカーを置きっぱなしにしてきたんです。ガソリンタンクは空っぽなのに、キャンピングカーには子犬がいっぱいで、安全な場所に連れていけなかったら、みんな凍死してしまいます。お願いです。手を貸してもらえませんか？ロードサービス付きの保険には加入してますけど、このへんでは携帯電話が圏外で」

美しい虎猫が三男の腰に前足を添えた。猫は三男を見上げ、それからドアのほうを見た。三男は立ち去るように言われたのだと理解し、絶望感に襲われた。それでも、猫にうながされるままに回れ右をして、小さな犬をポケットにしまい、虎猫と一緒にドアを抜けて雪の中へ戻った。

幸いにも、猫は元来た道へ戻れと三男を放り出すこともなく、雪かきされた道のほうへ導いた。数棟の温室の前を一緒に通りすぎながら、一棟ごとに、大勢の猫たちが苗や生長した大麻草を世話しているところを三男は想像した。あるいは猫じゃなくて、ネズミか、フェレットか、賢いフルーツコウモリかもしれない。ここならなんだってあり得そうだ。

ほどなくして、平屋造りの屋敷に到着した。中には洞窟ほどの大きさの部屋があり、石の暖炉内で火が燃え盛っていた。虎猫は三男を案内して廊下を進み、すでにベッドメイキングがされている部屋まで連れてきた。快適そうな肘掛椅子もあり、その傍らのテーブルには盆に載ったスープとパン、チーズとワインのボトルが置かれている。浴室のドアは開いていて、その奥に湯気の立つ浴槽が見える。

三男は虎猫に言った。「でも、僕の犬が……」

虎猫は、それも任せてくださいと言っているかのような身振りをした。三男の手を取り、凍傷になっていないか丁寧に調べもした。そして納得したのか、お辞儀をしてから部屋を出て、ドアを閉めた。

三男は濡《ぬ》れた服を脱ぎ、浴室に行った。体温が元に戻るまで湯船に浸《つ》かり、風呂から上がると、誰かがベッドの上にフランネルのパジャマと厚手のガウンを置いてくれていた。着てみるとぴったりのサイズだった。三男は窓辺に立ち、小さな犬にパンの欠片《かけら》をやった。

外を眺めていると、吹雪の中から奇妙な行列が現れた。二十匹あまりの猫たちがみんなマフラーと防寒用帽子を身に着け、屋敷に近づいてくる。どの猫も大事そうに子犬を抱えていた。救出劇をその目で見て安堵《あんど》した三男は、一気に疲れが出て、肘掛椅子にもたれて眠りこんだ。

夜通しずっと、雪の中でまたあの声が優しくささやきかけてくる夢を見た。誰かに顔を撫《な》でられ、体を抱えられて、ベッドまで運ばれる夢も見た。朝になって目覚めると、小さな赤い犬が枕の脇にいて、三男の顔を舐《な》めていた。それさえなければ、非常に快適なベッドに寝そべっていたので、自宅に戻ったように思えただろう。

「なんておかしな夢を見たんだ」三男は小さな犬に話しかけた。「人間みたいに歩きまわる猫とか、温室とか。雪の中でおまえを追いかけもした」

「あら、でも夢じゃなかったのよ」女の声がして、耳元で軽い咳払《せきばら》いが聞こえた。

三男がふり返ると枕の反対側から、ベッドシーツよりもさらに白い、美しい白猫がエメラルドグリーンの目でこちらを見ていた。

「どうか怖がらないで。吹雪の中をよく私たちのところまでたどり着けたわね。犬たちのこともどうぞ安心して。みんなきちんと世話しているから」

三男は起きあがった。「ここはどういう場所なの？　それと、きみはどういう猫？」

「いたって普通の猫よ」白猫はつつましやかに答えた。「どんな仕組みで私が口をきけるのかなんて本当に、たいして興味深いものじゃないし、どのみち自分でもよくわかっていないの。言えるのは、私と仲間たちはもう何年も前からここで暮らしてるということぐらい。サティバ大麻とインディカ大麻の栽培業者として成功して、独自の技術による交配種もいくつか育ててる。ほら、コロラド州では大麻は合法になってるでしょ。私たちのブランド《白猫》はその効きの良さと強さで有名なの。聞いたことある？」

礼を欠きたくなかったので、三男は聞いたことがあると答えた。正直なところ、三男は大麻愛好家というよりカジュアルユーザーにすぎなかった。

「ここを一通り案内させて。それから犬たちと再会しなくちゃね。あなたのような大の動物好きを迎えるなんて、すごく光栄だわ。めったにお客様はいらっしゃらないの」

そんなわけで、半ば義理だが興味をそそられてもいたので、三男は敷地内を案内してもらった。空は快晴で、そこかしこで白い雪がきらめいていたが、その雪でさえも白猫の毛ほどは白くなかった。

三男は犬たちのところに行き、外で一緒に遊んだ。さまざまな大麻の製品やブレンドを試したりもした。そしてお腹がすくと、盛大なご馳走《ちそう》――サフランと花びらのベッドに載せられたウズラのポーチドエッグ、ウサギの腎臓とキノコとデーツの串焼き、それにヒメハヤにそっくりで骨がとても柔らかく、猫たちにならって三男も丸ごと平らげた小魚――が供されたので、三男は満腹でほとんど身動きできなくなった。

少なくとももう一日はとても出発の許可を出せそうにないと白猫に言われた。それで、三男は猫たちと一緒にボードゲームや酒の飲み比べをして夜をすごし、犬たちは暖炉前の床石に寝そべり、幸せそうに舌を出していた。翌朝目覚めると、またもや小さな赤い犬が枕の横に、白猫がその反対側にいた。外では雪が降っていた。

その日からさらに三日も雪が降りつづき、白猫は道路が通行不能になるだろうと三男に告げた。そのあとも、週末に収穫祭があるからと、白猫は三男に出発をすすめなかった。収穫祭のあとには、誰かの誕生日があり、温室の一棟が色鮮やかな照明でディスコに改装されて、さまざまな姿形の猫たちがお祭り用帽子をかぶった。雪上車レースや湖上スケートもおこなわれ、三男は幸せそうな犬たちを見て、またキャンピングカーに詰めこんで出発することが忍びなく思えた。数週間がすぎ、春が来て、やがて夏が訪れ、それでもまだ三男はとどまっていた。白猫と山歩きをしたり、温室の手伝いをしたり、夜になれば大麻を吸いながら、猫たちがギターやバンジョーで奏でる往年のフォークソングに耳を傾けたりした。犬たち同様、三男も幸せだった。

子供の頃、三男はペットの飼育を禁じられていた。ハムスターやモルモットは害獣で、鳥は不運を招く。猫は冷淡で一方的に人間に寄宿する。動物の毛は発疹《ほっしん》やくしゃみの原因になるし、排泄物《はいせつぶつ》は病気を媒介する。三男は次から次へと子犬を手に入れ、世話をする中で、伴侶犬を求める父親の気持ちについてあれこれ考えるようになっていた。あの頼みはなんらかの劇的変化を意味しているのだろうか？　あれほど自分を持っているうえになにもかもを持っている父親が、とうとう愛し愛されたいと願うようになったのか？　三男は次男よりも五歳下、長男よりも六歳下になるが、この年齢差を三男は埋めようのない溝として常に感じてきた。長男と次男には互いに強い絆《きずな》があり、三男は兄たちを愛しつつもその絆をうらやましく思っていた。父親とおなじく、兄たちも三男を必要としていない。三男とちがって、お互いがいる兄たちは、父親に認めてもらう必要を感じたことがないようだ。

それがどうしたことか、白猫と一緒にいる間、三男は父親のことをほとんど考えなかった。安らぎの魔法にかけられたかのようだった。とはいえ、それもある朝目覚めて、また初雪を見るまでのことで、いつの間にこれほどの時がすぎたんだと三男は愕然《がくぜん》とした。

「ねえねえ、白猫さん。今日は何日？」

白猫は答えた。「十二月二日よ」

「そうなると、長居しすぎたな」三男は慌てふためいた。「明日の朝には父親の家に戻っていなくちゃいけない」

「そうするしかないなら、そうしましょう。今夜のデンヴァー発のチケットを予約してあげる」

三男はうめき声をあげ、頭を抱えた。「きみの親切は本当にありがたいけど、事態はもっとずっと複雑だ。僕は父さんのために犬を連れ帰らなくちゃいけない。あらゆる犬の中で最も魅力的で、愛らしい犬をね。それなのに、どうやってその犬を選べばいいのか見当もつかない」

しかし、本当の問題は、どの犬だろうとも手放しがたいというところにあった。中でも、小さな赤い犬が一番小さくてあらゆる点で一番素晴らしいわけだが、三男はこの犬をなによりも愛してやまなかった。そして彼は決して認めないだろうが、父親がこの小さな赤い犬をきちんと（あるいはまったく）愛さないかもしれないと心配なのだ。

「それは問題なしよ」白猫はあっさりと言った。「あなたの犬から選ぶ必要はない。なにしろもっと小さくて、その上もっと可愛い犬に心当たりがあるから。私を信頼してくれさえすれば、持ち帰った犬にお父様はきっと大満足するはず」

一緒にすごしたのは一年足らずでも、三男は白猫のことを心から信頼していた。

そんなわけで、三男は犬たちに別れを告げ、小さな赤い犬には自分の留守中、白猫をよろしく頼むよと言い聞かせた。温室の働き手全員と抱擁を交わし、スーツケースに荷物を詰め、いよいよ出発の時間となった。白猫はチェリーレッド色のロードスターを屋敷の前まで回させた。三男が猫たちの家に滞在している間に、白猫が車を隅々まで掃除させ、整備も頼んでくれていたので、工場から出てきたばかりの新車のようだった。

三男がひざまずくと、白猫は膝の上に乗ってきた。抱きしめられた白猫は彼の耳元で喉を鳴らした。

「戻ってきてね。お留守の間、一秒ごとに寂しさが募るわ」

「絶対戻ってくるよ」三男は心から言った。それからきまり悪そうに付け加えた。「にしても、頼んだ犬が見当たらないよ。まあ、それでも全然問題はない！ 小さな赤い犬を連れていくから」

「大丈夫！ これがあなたの犬よ」白猫は殻付きのマカダミアナッツを手渡した。三男が耳元に近づけると、かすかな吠え声が聞こえた。

「お父様の前に進み出たときに、このマカダミアナッツの殻を割って。そうすれば犬が現れる。それより、荷物には大麻入り食品や大麻を入れないでね。コロラド州では大麻は合法だけど、時々、空港のセキュリティチェックで厄介なことになったというお客様からの声をもらってるから」


この一年間の幸福がすべて束の間の夢だったかのように、三男は翌朝、父親の家で目を覚ました。それぞれの探索の旅で数多くの冒険をしてきた兄たちと朝食をとった。兄たちが持ち帰ったチワワとティーカップ・ダックスフントには感心したが、どちらも三男が置いてきた小さな赤い犬の足元にも及ばないように思えた。

父親のためにどんな種類の犬を持ち帰ったのかと兄たちに尋ねられると、三男はうつむき、口を濁した。自分が体験したことについても、なにも言わなかった。

朝食が片付けられると、裕福な男があくびをしたり、頭をかいたりしながら部屋に入ってきた。髭は根元が白いし、白いバスローブ姿のままだ。息子たちの帰宅は大いに嬉《うれ》しいものの、今朝の裕福な男はまたもや気分が優れない。昨夜、例の四人目の子供である死神が何度も夢の中に現れ、そのせいですでに午前中の大半をコンサルタントたちとの電話に費やしていた。

「さあ、始めよう」裕福な男は息子たちに言った。「さっさと片付けようじゃないか」

まずは長男、それから次男が連れてきた犬を紹介した。裕福な男は犬を不満げに撫でてから、三男に向かって言った。「それで、おまえは？　やる気が出なかったか？」

三男はポケットに手を入れて、殻付きのマカダミアナッツを取り出した。父親と兄たちが見つめる前で、三男は朝食のテーブルにナッツを置き、スプーンで勢いよく叩《たた》いた。殻が割れると、卵の黄身やオレンジの皮やパンくずや赤いジャムで汚れた皿の間に、白い犬がぴょんと飛び出した。カブトムシほどの大きさしかない犬だ。

「これはこれは！」裕福な男は身震いをこらえながら言った。男はカブトムシが好きではなく（学名が自分にちなんだものであっても）、犬もやはり好きではなかった。「たしかに、実に小さい犬だ。しつけはできているか？　芸は？」

もちろんできた。犬は宙返りをしたり、後ろ足で立って歩いたりした。三男が角砂糖を一個放ってやれば、取って戻ることまでした。

「素晴らしい、実に素晴らしい」裕福な男は言った。だが、三男は父親の渋面に気づかずにはいられなかった。「おまえが持ち帰ったのは、間違いなく、私が心底欲しがっていたたぐいの犬だ。他の二匹も立派だが、この犬ほど並外れてはいないだろう。気にするな。全部飼ってやる。さて、息子たちよ、父の願いをもう一つ聞いてくれないか。思いついたのだよ。引退するのであれば、引退パーティーを開かねばならないとな。それには計画を練る必要がある。今日から一年後にしよう。そこでなにより望むのは、おまえたち三人がもう一度出発することだ。いまだかつて誰も見たことがないような、非常に上質で、きめ細かい生地でできたスーツを引退パーティーで着たい。世界中を探しまわれ！　結婚指輪に通すことができるほどに極薄の生地で頼むぞ。そんな最高のスーツを持ち帰った息子を、わが後継者としよう」

最初の取り決めとは条件が変わったわけだが、息子たちは実際、父親が欲しがった犬とおなじくらい従順で、優しく、育ちが良かったので、父親の頼みを聞き入れ、抱擁し合ったあとに世界へ旅立った。三男は心ひそかに、今度こそ目当ての物を見つけて、父親から愛されようと心に誓っていた（あの小さい犬はたぶん、小さすぎたんじゃないかな。あのサイズはなんだか不気味だしな。三匹のどれかを選ばないなんて、さすが父さんは抜かりがない。こうしておけば誰の気持ちも傷つかない）。

今度はもっとうまくやれるだろう。しかし、まずは白猫のもとへ戻って、いろいろと世話を焼いてくれたことに礼を言うことにした。

三男がふたたび白猫の家に到着すると、暖炉には薪が燃え、台所からは美味《おい》しそうな匂いが漂っていた。白猫は私道をのぞける窓辺で眠っていた。その傍らには小さな赤い犬もいる。三男が入ってくると、白猫は目覚めて伸びをした。「とても心配していたわ。どうだった?」

三男は白猫の傍らの、窓辺のベンチに腰を下ろした。小さな赤い犬に手や顔を舐められるうち、涙があふれてきたが、自分でもなぜかわからなかった。「うまくいったよ。そんなことより、戻ってこられて本当に嬉しい」

三男の心積もりとは裏腹に、それからの一年は前年とほぼおなじようにすぎていったが、それも白猫がとうとうこう告げに来るまでのことだった。「お父様のもとへ帰るときが来たわよ」

三男は急に不安に襲われた。自分の思いが親不孝だとわかっていたものの、口に出した。「帰るべきではないのかも。父さんにはあつらえのスーツを持ち帰るつもりだったんだ。誰も見たことのない最高品質の生地で作られた、とても素晴らしいスーツを。結婚指輪に通せるスーツがいいって話だったけど、正直、とてもあり得ない品だよね」

白猫は意味ありげな緑色の目で三男を見た。「もちろんそうね。しゃべる猫だってとうていあり得ないし、ナッツの殻に入れるほど小さな犬だってあり得ない」

三男は思案顔で言った。「大麻入りのマカロニチーズだってね」

「そのアイデアはまだ採用できないわ。革新的だとは思うけど。とにかく、帰りのチケットは予約してある。お父様はひどい方なのかもしれないけど、それでもあなたの父親だもの。さあ、お望みのスーツはこのピスタチオの殻の中よ」

「でも、父さんの採寸をしてないよね」

「まったく問題ないわ」

ふたたび、三男はポケットにナッツの殻を入れて父親の家へ戻った。なにもかもいつものとおりだった。つまり裕福な男は相変わらず忙しく、心ここにあらずといった様子で、三男はこれまでの人生の大部分で感じていたのとほぼおなじことを感じた。人の目に見えるのは自分のほんの一部分だけ。子供っぽく、ちっぽけなままのその部分は、しゃにむになにかを欲しているが、自分がそれにふさわしくなることも、それを見つけることも決してない。それはナッツの殻の中にさえもない。父さんは年をとっただろうか？　ああ、少しだけ老けて見える。兄さんたちも年をとった。そうなると、自分もおなじく年をとったということなのだろうと三男は思った。

この一年で三男は自分に植物を育てる才能があることを発見していた。接ぎ木を試して、核果の木と格別丈夫な大麻草の品種ホワイト・ウィドウを交配させた（その成果を三男はカーム・カーダシアンと命名した）。要するに、温室の猫たちは皆、三男のことを頼りになる仲間扱いしてくれる。それなのに、父親の家にいると、三男は幽霊になったかのようだ。継母の近況を尋ねたところ、裕福な男は言った。「相手のことを本当の意味では知らなかったと、時に気づくこともある」それから男は飲んでいるワインがどれほど素晴らしいか長々と並べたてはじめた。

「お父さん、犬たちはどこですか？」三男はさらに訊《き》いた。兄たちは目を見合わせたが、なにも言わない。

「離婚時の取り決めだ。おまえの継母が三匹とも連れていった。まったく残念だ。本当に心が打ち砕かれた」

もしかすると裕福な男は飼い犬か元妻を恋しがっているのかもしれない。それが証拠に三男の目には、翌朝、父親があまり眠れていないように見えた。父さんは老人だし、いつか死ぬこともあり得るかもしれない、と初めて思った。

裕福な男は息子たちに言った。「残念ながら悪い知らせだ。引退パーティーの計画の大半を妻に任せていたんだが、驚くまでもなく、まるきり下手な仕事ぶりでな。そこで、引退を延期することにした。とにかく今はやることが山ほどある」

次男が言った。「僕らが持ち帰ったものをご覧になりたくは?」

「よしよし。いいだろう」裕福な男は手をふって、息子たちに探索の成果を見せるようにうながした。

長男が手に入れたスーツは赤い綾織《あやおり》でありながら、パラシュートシルクで作られたかのように軽かった。次男が製作させたのはマイクロファイバー入りの合成素材でできた黒のスーツで、日光を蓄え、みずから発光した。最後に、三男がピスタチオの殻を取り出して割ると、中から緑色のベルベットのスーツが現れた。非常に見事な作りで、しっかりと流行を取り入れてもいたので、三男がまたもや兄たち二人にまさったのは誰の目にも明らかだった。

裕福な男はもちろん、結婚指輪をもうはめていなかったが、ためしに印章指輪に三男のスーツの上着の裾を突っこみ、息子たちの目の前で上着を丸ごと引き抜き、次にズボンを指輪に通した。

「ちょっとばかり派手だよな?」

しかし、試着すると、裕福な男は上機嫌を隠しきれなくなった。昔から見栄っ張りな男だった。

「引退パーティーよりも、結婚パーティーのほうがいいと考えていたところだ」裕福な男は言った。もちろん、コンサルタントたちが新たな探索の旅を思いついていた。今度はなにか非合法なもの、たとえば濃縮プルトニウムにして、ご子息たちが刑務所送りになるよう期待しましょうという提案だったが、裕福な男は風変わりとはいえ優しい心の持ち主だった。「だから、三人とも、きっかり一年後に花嫁を連れてくることにしようじゃないか。一番美しく、一番賢い花嫁を連れてきた息子を、後継者に指名する。私はこのスーツを後継者の結婚式で着ることにしよう」

息子たち三人は視線を交わし、裕福な男の願いを聞き入れることで合意した。

「父さんのためにリアリティー番組をやってるみたいだ」長男は空港へ向かう途中で言った。それから次男にだけ言うように、付け加えた。「とはいえ、おまえにとっては酷だな」

「なんの話？」三男は訊いた。「どうして酷なの？」

次男が答えた。「僕が同性愛者だからってことさ」

「そっか」三男は自分が兄たちについてなにひとつ知らないのだと気づいた。

次男は言った。「だから、僕は花嫁じゃなくて花婿を連れ帰ろう。少なくとも、独創性ポイントは稼げる。でも、次で本当に後継者が指名される確率はどのくらいだろうね？」

「五十パーセント」と三男は言った。長男は「〇・二五パーセント」と言った。

ともかく、父親が約束を守ろうが守らなかろうが、三人は全員、これを最後に父親の使い走りをやめるということで話がまとまった。

「スリーストライクになるからな」長男が言った。

次男は三男に向かって言った。「それから、おまえがもしもココナッツの殻に入った女の子を持ち帰ったら、尻を蹴飛ばしてやる。あの手のことはもうなしだ。わかったか？」

「わかった」三男は言った。白猫の家に帰り着いたら、もう二度と実家に戻るつもりはなかった。

それからの一年間、三男は犬たちと遊び、温室の手伝いをし、白猫やその仲間たちとパーティーを楽しみ、父親の願いのことは一度たりとも考えなかった。白猫は三男が興味を持っていそうなのを見て取り、会計や在庫管理の奥深き世界について指導しはじめた。彼に植物を育てる才能だけでなく経営の才能もあることがわかると、三男も白猫もとても喜んだ。

しかし、一年が経った頃、白猫がそばに来て告げた。「明日はお父様の家へ戻らねばならない日よ」

「戻りたくない。ここで幸せなんだ。どのみち意味がないよ。花嫁を連れて帰るべきなのに、ほら、この通り、いないだろ。それに、ヨーグルトの容器とか卵形チョコとか、そういうのに女の子を詰めてあるとか言わないでくれよ。世界一小さい花嫁なんていらない。いつかは結婚するかもしれないけど、少なくとも僕の肩ぐらいの背丈がある人と結婚したい」

白猫は陽の光の中で仰向けになって、三男の話を聞きながら尻尾を前後にふっている。「花嫁のことは心配しないで。それより、私をお父様の家に連れていって。正直言うと、すごく興味があるの。お父様に会ってみたい」

「どういうこと？　絶対にだめ。『好奇心は猫を殺す』ってことわざ、知ってる？」

「それって、『だが、満足は猫を復活させる』とつづくのよ」白猫はあくまでも譲らず、最終的に三男は帰省することになり、猫用キャリーバッグに入った白猫を飛行機に乗せることになった。鍵をかけた、中身不明の特別な荷物を持っていくことも白猫に念押しされた。荷物は細長い形で、中に異様に大きな大麻用水煙管《みずギセル》でも入っているかのようだ。

裕福な男の家に到着すると、白猫はキャリーバッグから出してもらった。裕福な男は書斎にいて、兄たちはまだ到着していなかったので、三男と白猫は屋敷内を見てまわり、そのあとは敷地を散策した。

「素敵だわ」白猫は滝を眺めながら言った。水が落ちる滝つぼはきらめく小石でできていて、その小石はどれも間近でよく見ると、半貴石を彫り、本人よりも見栄えを良くしたミニサイズの裕福な男の顔に仕上げたものだ。「でも、私の好みよりも少し派手ね」

「他にも家があるんだ。見たければ、今すぐにも行けるよ。他の屋敷に連れていってあげる」

「ううん。私はここで十分満足。それに、とうとうご家族に会えると思うと、とても楽しみ」そのくせ、白猫は部屋に戻ると、三男の開けたスーツケースの中で眠り、夕食時にも起きようとしなかった。

裕福な男と息子たちはベランダで形式張らない夕食をとった。長男が白髪まじりの顎髭を生やしているのを見て、裕福な男は不愉快そうに何度も文句をつけた。

それでも長男は微笑《ほほえ》み、愛する女性に威厳があっていいと言われたから、と返すにとどめた。木々に吊《つ》るされたシャンデリアの向こうの暗闇から観察している者がいたら、テーブルについた四人の男たちが全員兄弟だと勘違いしてもおかしくなかった。あるいは、長男を他の三人の父親だと間違える可能性さえあったかもしれない。とはいえ、猫というものは、もちろん、そんな誤解をしないだけの優れた視力を備えている。

三男は部屋に戻ると、枕に乗った白猫を見つけた。「時々、父さんって最低なやつだと思うよ」

「でも、私のことは愛してくれてるわよね」と白猫は言った。かなり盛大なあくびをしたので、頭が口だけになって見えた。

「そうだね。愛してる」

「そして信頼もしてる」白猫がそう言うと、三男はたしかに心から白猫を信頼していると認めた。

「それじゃあ、私が明日なにを頼んでも、必ず実行すると約束して」

「いいよ」三男はベッドの上で白猫の横に寝そべった。「ただし、あのカシミアのセーター、スーツケースに入れてきたけど、着てって頼まないでくれよ。かっこいいってみんな言ってくれたけど、本当は似合ってないと思う。それから、父さんの前だと時々言葉がつっかえる理由を聞かせてって頼むのもだめ。ちょっと緊張してるだけだと思うんだ」

白猫が承知しないうちに、三男は目を閉じた。

白猫は三男の頭のてっぺんに身を添わせて、子猫を扱うように三男の髪を毛づくろいしはじめた。

「私はあなたを絶対に傷つけないわよ」

どんな返事が来るかと待ってみたが、三男は寝入っていた。三男が一晩中ぐっすりと眠った一方で、白猫は一睡もしなかった。朝になると、白猫は三男に鍵付きの荷物を開けさせ、三男が中から剣を取り出すと、今日すべきことを伝えた。三男は何度も繰り返し拒んだが、白猫は前夜の約束を思い出させ、頼みを聞いてくれたら最終的にはすべてがうまく収まるからと説得した。

最終的に、三男は白猫の言うとおりにすると言い、連れ立って顔合わせの場所へ向かった。

兄二人はすでに裕福な男と一緒に居間にいた。裕福な男は見るからに次男に激怒していて、当の次男は連れの男性と手をつないでいる。

長男が別れたはずの元妻を連れているのを見て、三男は少し驚いた。

「どちらが花嫁なのか訊くべきなんだろうな」裕福な男は苦々しげに言った。

「いいえ」次男もまた激怒していた。「絶対に口にすべき言葉ではありませんよ。礼儀正しくできないのなら、僕らは帰ります」

「それで、おまえはこの猫に結婚を申しこんでいるんだな！」裕福な男は三男に向かって言った。

「そういうわけでは」と言うや、三男は一階に持っておりてきた剣をふりあげ、白猫の首を一刀のもとに刎《は》ねた。

その後は阿鼻叫喚《あびきょうかん》の巷《ちまた》と化したが、三男のふるまいの結果を見て、一同は静まり返った。

「もしかしてＣＧ？　手品みたいなもの？」長男の元妻が言った。「ちょっとやりすぎだけど、鮮やかな出来栄えね」

白猫がいた場所には、忽然《こつぜん》と若い女が立っていた。全裸で、非常に美しい女だ。

三男は結局着ることになった緑のカシミアのセーターを脱ぎ、若い女に渡した。セーターの色は若い女の目の色とおなじだった。

「これはすごい！」裕福な男が言った。

「どうも」若い女は微笑んだ。

それから、若い女にふさわしい服が見つかり、昼食会となった。裕福な男は近づきになるためと言って、元白猫の若い女を隣に座らせた。三男には、次男とその婚約者のそばに座るよう指図した。ちなみに婚約者は接客業界に身を置き、プチホテルチェーンを所有している男性だ。長男と元妻は食事中ずっと手を握り合っていた。

昼食後、裕福な男は一同を馬小屋に招待し、若い女のために乗馬用の馬をいそいそと選んだ。夕食が終わる頃、裕福な男は三男を傍らに呼んだ。

「なあ、おい。今日は人生で一番奇妙な日だ。息子の一人は男と結婚しようとしている。おまえときたら、猫の頭を切り落として、突然、これまで見た中で最も美しく魅力的な女性を出現させた。私はすっかり夢中だよ。首ったけだ。しかも、おまえたち二人は明らかに相性が悪い。なんでも、おまえときたら彼女のことをずっと猫だと思っていたそうじゃないか！　とにかく、さっきプロポーズしたら承諾してもらえた。どう思う？」

三男はどう思ったらいいのかわからないと答えた。すべてがめちゃくちゃで、これまで騙《だま》されていたような気がした。すると、白猫だった若い女が父子《おやこ》のところにやってきた。三男の手をとって言った。「急な話だということはわかってる。でも、これを長年望んでいたように思うの。お父様と私は、これまでずっと互いを知っていたような気がするわ」

三男は訊いた。「これが本当に望むことなの？」

裕福な男は息子の言葉が自分に向けてのものにちがいないと思い、答えた。「おまえなら理解してくれるとわかっていた」

若い女は微笑んで答えた。「そうよ」


その翌日、裕福な男と白猫だった若い女は結婚した。若い女はヴィンテージのバレンシアガを身にまとい、裕福な男は三男がピスタチオの殻に入れて持ち帰った緑色のスーツを着た。皆は口々に、とても六十歳以上には見えないと言った。

式後のパーティーの間、三男は寝室に引き上げ、とても大きな大麻たばこを吸った。最愛の人を父親に奪われた気分ではない。父親に猫を奪われた気分だ。三男は白猫をとても愛していた。新しい継母についてどう感じているのかは、自分でもよくわからない。

とはいえ、継母が部屋に入ってきたときも、ベッドに腰かけて彼の肩を抱いてきたときも、三男は抗議しなかった。継母は言った。「お父様は引退を延期することに決めたって」

「だろうね」

「コロラドへの飛行機のチケットを買ってあるわ。私はしばらく忙しくなりそうだから、あなたが事業の切り盛りをしてくれない？」

三男は少々いらだちながら言った。「やるべきことを人に押しつけられるのにはうんざりだ」

「自分が幸せになれることをしてちょうだい。でも、それがなんなのかわかるには、時間がかかるかも。考える間、農場で暮らしたらどうかしら」

「そうだね」

「まだ私のことを信頼してる?」継母は訊いた。

「あんまり」それでも、三男はわれ知らず言い足した。「わからない。信頼してるかも」

「よかった」継母は言い、三男の頰にキスをした。「最終的には万事うまくいくって、約束するわ」


それからの数年間、誰もがそれなりに幸せだった。長男とその元妻は不幸せでも一緒にいるほうが、別れて不幸せでいるよりもまだ幸せだと気づき、再婚した。次男とその婚約者も結婚し、裕福な男と話をする必要性を二度と感じなくなった。三男は白猫の農場へ戻って、ウェブサイトを再構築したばかりか、大麻レシピシリーズの先駆者となり、やがてレシピを料理本としてまとめると愛好家たちから大好評を博した。農場の猫たちが全員、ボスの白猫とおなじく人間になっていたことに三男は仰天したが、当の元猫たちは事の経緯を話す気がないようだった。それなのに犬ときたらみんな相変わらず犬だった。とはいえ、犬のままのほうがその性質から言っても、より信頼できるというものだ。

裕福な男はというと、久しぶりに若返ったように感じていた。美しい新妻には献身的に愛されていた。妻はその愛を表現しようと、クルミの殻やウズラの卵に入ったこの上なく素晴らしい贈り物をくれる。性生活に新鮮味がなくなるたび、妻は頭を切り落としてとせがみ、結果はいつも満足のいくものとなった。妻は背が高くなったり、より明るい金髪になったり、より肉付きのいい体つきになったり、少年っぽい体つきになったり、毎回必ず、裕福な男の新たな欲望をかきたてた。時に妻が若返って見えると、裕福な男はとりわけ好奇心に駆られた。晩婚において目新しさ以上に喜びをもたらすものがあるだろうか。裕福な男が夜に妻の首を切り落とせば、ほら、瞬く間に妻は見知らぬ美女になる。夜通し二人で楽しんだあと、朝になって裕福な男がまた妻の頭を切り落とせば、またふりだしに戻るのだ。

裕福な男は新妻との新しい人生を想像するようになった。そのうちまた子供が欲しくなるかもしれないとさえ考えた。母親になる妻を想像してみた。生まれてくる子供の美しさや、ピーカンナッツやヘーゼルナッツの殻を子供の弁当箱にする妻の姿を想像した。さぞや愛らしいことだろう。唯一の問題は、きわめて勇猛果敢に努力しているにもかかわらず、裕福な男が年をとりつづけていることだ。この想定上の子供が幼くして父親を亡くすなんて、これほど悲しいことはない。

こんなことを考えるうち、裕福な男はまた夢を見るようになった。妻が男にナッツの殻に入った贈り物を差し出し、割ってと頼む。しかし、ナッツの中からはあの末の子供、死神という名の子供が出てくるという夢だ。

ある日、妻は裕福な男が悩んでいると察し、どうか打ち明けてくださいと懇願した。裕福な男は妻に心配をかけたくないと思いながらも、結局、考えていたことをあらいざらい話した。

妻は黙って耳を傾け、それから口を開いた。「もしも死の恐怖のせいで一番やりたいことができないのなら、生きる意味ってなんですの？　思ってらっしゃる以上に私は長い間、あなたと作る家族はどんなふうかしらと想像してきました」

「私に怖いものなどない。それでもなお考えてしまう。それがおまえときたら、仕組みをきちんと説明してもらったことはないが、首を切り落とすたびに生まれ変わる。あるいは、そう見える。このことを疑問に思いはじめてな」

「自分でもよく不思議に思います。正直に言うと、どういう仕組みなのかはわかりません。ですけど、結果を喜んでいただけるだけで満足ですわ」

「痛いのか？」裕福な男は訊いた。

「ええ、少し。でも、ほんの少しだけ。歯を抜くぐらいの痛み。それか、指をドアに挟んだときの痛み。紙で指を切ったときの痛み。最初に首を切られたときは、それはもう、人生最良の一日ではありませんでしたね。けれども、今ではかなり慣れました。これまでに何度、あなたに首を切り落とされたことか。すぱっとやって、それでおしまいで、痛みのことなんて思い出しません。実際、意識が戻ったとき、生まれ変わったような、温泉で心地いい一日をすごしたような気分になります」

「興味深い。おまえ以外にもおなじ回復効果があると思うか？」

「誰だって刃を当てられたらチクッと感じるでしょう」妻は答えた。

「そういう意味ではない」裕福な男はなるべく根気強く言った。「私が言ったのは、あの剣で他の誰かの首を切り落としたら、その人も新しく生まれ変わるのかということだ」

「そうなるかもしれませんね！」妻はこのアイデアに圧倒されたようだった。

「先々の可能性を考えてみてくれ。医者や薬も必要なくなるだろう。風邪の治療法にもなる！」

「素晴らしい商才をお持ちだわ、あなた。けれど、多くの人にとっては非常識なやり方に思えるかもしれませんよ」

「だが、考えてしまうんだ。頭を切り落とされたら、私も若返るのかもしれない、と」

「ええ、わかります。それでも、私は今のあなたをお慕いしています」

「しかももっと年齢が近かったら、今以上に好きになるかもしれないぞ」

さらに話し合ううちに、男は妻の無理もない抵抗感を薄めていった。最終的に二人はその夜、使用人を全員下がらせたうえで、妻が夫の頭を切り落とすことに決めた。

夕食後、まずは妻がベランダに置いてある剣のところに行き、裕福な男もあとにつづいた。

「気持ちの整理がつかないわ」妻が言った。

裕福な男は用心しながら膝をついた。「結婚していれば、誰しも一度は相手の首を切り落としたくなったことがあるものだ。しかし、覚えておいてくれ。首をいくつ切り落としても、おまえへの思いは変わらなかった。これまでおまえがどれだけ多くの肉体に宿ったことか。私は毎回、誰だかわかり、愛したんだからな」

妻は傍らに膝をつき、男の額にキスをした。「そういうことなら」と妻は言い、立ちあがって剣の刃を裕福な男の首に落とした。男の頭部は飛びあがり、ジャグジーの湯の中に落ちた。

翌朝、使用人たちは裕福な男の屋敷に戻り、ベランダで主人の首なし死体を発見した。やっとのことで見つかった頭のほうは、湯の中で少々茹《ゆ》だっていた。裕福な男が全財産を遺した相手であり、男を殺したと思われる妻はどこにも姿がなかった。敷地内で唯一生きていたのは、首を切った剣の横で丸くなっていた白猫だけだ。白猫は剣を舐め、あらかたきれいにしていた。この猫を安楽死させるべきかどうか議論になったものの、結局、父親の葬儀のために息子たちが全員もう一度だけ集まったあと、三男がコロラドに戻るとき、キャリーバッグに入れた白猫を飛行機の座席下に置いて連れ帰った。白猫はそこで長く満ち足りた一生を三男とともに送ったが、二度と口をきくことはなかった。後年になって白猫が死ぬと、三男は名前のない簡素な墓石の下に埋葬してやった。

地下の
プリンス・ハット

（ノルウェーの民話『太陽の東　月の西』より）

Prince Hat Underground

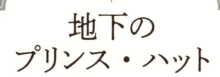

さて、プリンス・ハットとはいったい何者か？　プリンス・ハットと三十年あまり一緒に暮らしてきたゲーリーであっても、いまだに疑問に思うことがある。そもそも、そんな名前の人物がいるものか？　「ひどいなあ」プリンス・ハットは言う。「自分で付けた名前じゃない。それに、ゲーリーだっておなじくらいばかげた名前だ。ゲーリーなんて言葉ですらない。まあ、元は『けばけばしい』という意味の〝ゲーリッシュ〟なんだろうけど」それからしばらくの間、プリンス・ハットはゲーリーが日常でやることなすことすべてに「けばけばしい《ゲーリッシュ》」と言うようになる。ゲーリーはこれにいらついたので、一日、二日すると出かけて、自分の名前の意味を調べる。結局、これもまたいらつく結果になったのだが、それでもプリンス・ハットに教える。そうすればプリンス・ハットは喜ぶし、ゲーリーとて自分の夫を喜ばせるのが好きだから。たとえ、こちらが犠牲を払わねばならないとしても。「古い名前らしい。ノルマン語由来で、『槍《やり》』と『王』を意味する言葉から来ているって」

プリンス・ハットはこの話を聞いてはしゃぐ。「帽子王子《プリンス・ハット》と申します」と言い、自分を指さす。「お会いできて光栄です、槍王殿」プリンス・ハットはゲーリーの鼻を指でつつく。プリンス・ハットならば、当然、王の鼻をつつくものだから。

五十四歳のプリンス・ハットはその名にふさわしく、少年のように美男子だ。実に美しい。怠惰で、享楽的で、貞淑そうに見える。ここで正直に書いておくが、二人が二十代の頃、おそらくはそこから三十代の初めにかけて、あるいはもっと長く、さらにもっと長い期間だったたか、プリンス・ハットが一晩行方をくらますことがあった。あるいは二晩というときも。ゲーリーは夫を探しに出かけ、どこかの男の、あるいは女のベッドの中にいるのを見つけた。「どちら様?」相手に訊《き》かれると、代わりにプリンス・ハットが微笑《ほほえ》んで、「ゲーリーさ」と答え、そしてゲーリーに連れられて帰宅した。まるで夫が姿を見せるのを待っていたかのように。まるで道案内をしてくれるゲーリーがいなければ帰り道がわからないかのように。真相はわからない。本当に帰り道がわからなかったのかもしれない。どんなに腹を立てていても、ゲーリーは自分の力を実感することがなんだか素晴らしく思えた。プリンス・ハットを一目見てから踵《きびす》を返せば、必ずプリンス・ハットが後ろをついてくる。誰のベッドにでも潜りこめるのがプリンス・ハットの力だとすれば、そんな夫をベッドから誘い出せるのがゲーリーの力だった。

年を重ねたプリンス・ハットは、あまりぶらつかなくなった。ゲーリーにも、二人の生活にも、満足している様子だ。ゲーリーが喧嘩《けんか》相手を心底欲しがっていそうなときだけ、プリンス・ハットは喧嘩をふっかけてくれる。しかし、たとえばコーヒーとなるとどうだ? ある朝、プリンス・ハットはブラックを飲んだかと思うと、次の朝には砂糖たっぷりのミルク入りを欲しがる。コーヒーをまったく飲まない朝もあり、そんなときにはレモンを絞ったお湯を飲むだけ。お気に入りのレストランはなく、夢中になって半ばまで読んだ小説をその後はずっと放置。天気は暑い日も寒い日も等しく愛し、一つの仕事を数年以上つづけない。これまでにカタログのモデル、バーテンダー、テニスコーチ、犬の散歩代行をしてきて、著名な知識人（いや、ゲーリーは決してその名を明かさない）の秘書になったときには、結局、その知識人はただ眺めるためだけにプリンス・ハットをそばに置いていたと判明した。まあ、無理からぬ話だろう。ともかく、ゲーリーは夫との二人の生活のために十分な額を稼いでいる。寿司レストラン〈ブルーリボン〉のおまかせコースでも、橋を渡ってキャロルガーデンズ地区のタイ料理レストラン〈アグリーベイビー〉まで行くウーバータクシーの乗車賃でも、健康保険でも、年に二回、レイキャヴィクかダブリンかリオデジャネイロかホイアンでの長期休暇でも、プリンス・ハットが気に入った怪しげなビーチや神秘的な集落、きちんと管理された地区に行くのでも十分な額だ。時折、二人での旅行中に、ゲーリーは夫の過去の新たな断片を拾い集めることがある。いつだったか、プリンス・ハットはプラハで叔母さんのことを口にした。いや、ほんとは名付け親なんだ、とプリンス・ハットは言った。でも、あの人はぼくに叔母さんと呼ばれるのが好きだった。名前はテタ・ラドミラ。叔母さんはこんな感じのケシの実ケーキを作ってくれたんだ。レイキャヴィクでは、「この通りでひと夏、バーテンダーをやってたことがある。ほんと、すぐそこだよ。驚いたことに、その店はまだ営業してる！　当時、店は獰猛《どうもう》なネズミに頭を悩ませていた。あのネズミはきみが見たこともないほどの巨大さだったけど、ぼくはもっと大きいのを見たことがある。ネズミが犬ぐらいのサイズに育つ場所もある。とにかく、あの夏、ネズミにはお手上げだった」だが、その店で一杯やろうじゃないかとゲーリーが提案すると、プリンス・ハットは言った。「いや、きみの好みの雰囲気じゃないから」その声にはゲーリーをそれ以上踏みこませないなにかがあった。かつて二人は、プリンス・ハットが明かしてくれないことひとつひとつをめぐり、それは激しい喧嘩をしたものだった。最終的に、ゲーリーが折れたのだ。ネズミの話と似たようなものだ。お手上げだった。そして今、二人は幸せにやっていて、旅行をし、いつもアッパー・ウエスト・サイドのわが家に帰ってくる。

　とはいえ、プリンス・ハットのほうはゲーリーをよく知っているつもりでいる。関係が始まった当初、ゲーリーの目には、プリンス・ハットがこちらにほとんど関心を持っていないように見えたが、実際には常に気を配ってくれている。たんに巧妙なだけだ。交際当初から、プリンス・ハットはゲーリーが落としたゲーリーの断片をすべて拾い集めていた。ゲーリーの子供時代について、ゲーリーの両親について、ありがたいことにゲーリーが忘れた昔の恋人について、プリンス・ハットはいろいろと覚えている。あらゆるしぐさ、習慣、些細《ささい》な喜びにいたるまで、プリンス・ハットは貯《た》めこむ。「けばけばしい《ゲーリッシュ》」ことすべて。それほど悔しくならないのは、ゲーリーがわかっているからだ。プリンス・ハットがゲーリーをとてもよく知っていて、そのうえでゲーリーを愛し、実際、非常に深く愛しているということを。

　休日は友人たちと、時にはゲーリーの妹家族や弟家族とすごすこともある（プリンス・ハットは子供に大人気だ）。プリンス・ハットの家族とすごすことはない。ゲーリーと出会う以前からのプリンス・ハットの友人ともなし。ゲーリーが知る限り、プリンス・ハットに家族はいない。ぼくの人生が始まったのは、週末をすごすだけの予定だった街のレストランからゲーリーを追って出た瞬間からだ、とプリンス・ハットは人に好んで話す。婚約者と一緒に街に来ていたという点は、通常言わずにおく。ゲーリーはあの店にまた行こうと決して言わない。夫の婚約者がまだあそこで、プリンス・ハットが戻ってくるのを待っていたらまずいから。

ゲーリーとプリンス・ハットは日曜日に、〈民話《フォークロア》〉という名前のカフェで遅い朝食をとることがあり、その店は店名こそ風変わりだが、接客がいい加減ということもなく、エッグベネディクトの味もありきたりではない。ゲーリーはいつもエッグベネディクトを注文し、プリンス・ハットは心のままに注文する。二人ともまだ太っていない。プリンス・ハットはこれからも太らないだろうし、彼はいまだに自分がこれまでに見た人の中で最も美しい男性だ、とゲーリーは思う。ゲーリーはというと、いやはや、ゲーリーのほうは自分がとりたててハンサムだったためしがないと率先して認めるが、二十代の頃は望んだ男性をみんな手に入れることができた。目で誘いさえすれば、男たちはゲーリーのあとをついてきた。

ゲーリーが初めてプリンス・ハットを見たのは、バーテンダーが三ドルと引き換えにマティーニを差し出したときだった（そう、ずいぶん昔のことだ！）。プリンス・ハットはテーブルにつき、若い女性（彼の婚約者）と向かい合っていたが、ゲーリーはこの女性にろくに注意を払わなかった。プリンス・ハットの横顔に目を奪われていた。プリンス・ハットはゲーリーの熱い視線を感じ取ったにちがいない。実際、プリンス・ハットはそのことをのちに認めている。

ゲーリーは口をつけていない飲み物をカウンターに置いた。プリンス・ハットのテーブルの横を通りすぎるとき、プリンス・ハットを呼び寄せるため、最も細く強い糸を結びつけるかのように一度ふり返った。糸はゲーリーの目から、体から、全神経から伸びて、プリンス・ハットの手首、腰、陰部に絡みついた。ゲーリーが呼び寄せ、プリンス・ハットは来た。プリンス・ハットは椅子から立ちあがり、一言もなく、子羊のクロケットと連れを放り出し、ゲーリーのあとを追ってレストランバーを出て、新しい生活を始めた。二人が互いの名前を教えあったのは翌日のことだ。プリンス・ハットが一緒に食事をしていた女性は婚約者だったのだとゲーリーが理解したのは、一週間以上あとのことだ。その女性の名前は？　婚約はいつから？　家はどこ？　ゲーリーに出会う以前の人生は幸せだったのか？　充実していたのか？　「話すほどのことじゃない」当時、プリンス・ハットは言った。「過去にこだわっても意味がないよ」と。信じられないような話だが、プリンス・ハットは八か月もの間、有名な精神分析医のところで受付係をしていたことがある。分析は、ダークマターから発生したアヒルがはじく水のように、プリンス・ハットから滑り落ちていく。プリンス・ハットはある人生の残骸からゲーリーの人生に乗り換え、それ以来二人はずっと一緒だ。それなりに貞淑で、それなりに幸福で、それなりにロマンチックなおとぎ話のようだと友人たちは言う。うらやましがられることは、なんて心地いいのだろう！　プリンス・ハットに驚かされることはまだあるが、快適な二人の生活を脅かさない程度のもの、というのはなんて愉快なことだろう。

前の晩、ゲーリーがプリンス・ハットを説得して一緒に参加してもらったチャリティーパーティー（こういうことはプリンス・ハットが出席すると必ずさらに楽しくなる）からの帰りに、腕を組んでいる若い男女とすれちがった。見るからによその町から来たカップルで、互いに恋をしていて、そのせいで誰かれなく愛をおすそ分けしていた。カップルがプリンス・ハットとゲーリーに微笑んできたので、ゲーリーは思わずプリンス・ハットに向けて訊いた。「彼女のことを考えたりする？

婚約者のこと。あのまま結婚していたらどんな人生だったと思う?」

「考えたこともない」プリンス・ハットは言った。「今も考えたくない。お気遣いどうも。さあ、どうしようか? 明日のブランチは〈民話〉にするか、どこか新しい店にする?」

「新しい店で」ゲーリーは、プリンス・ハットが一番喜びそうなことを考えて言った。

しかし、プリンス・ハットはゲーリーの考えをわかっている。「〈民話〉にしよう。のんびりと食事をして、過去のことは話さず、現在のことだけを話そう」

そういうわけで、二人は〈民話〉でゆっくりと食事を楽しむ。プリンス・ハットは勤務を始めたばかりの仕事場、スパ〈オカルト〉の同僚たちについて語る。そこではマッサージセラピストがホットストーンセラピー、指圧、深部組織マッサージをほどこし、追加料金で痛みや凝りの原因となる悪霊祓《ばら》いをする。呪いを解き、不運を逆転させ、悪魔を追い払う訓練を受けた人たちだ。プリンス・ハットはマネージャーとして雇われた。プリンス・ハットが〈オカルト〉の提供するサービスを本気で信じているのか、ゲーリーにはわからない。夫は宗教や迷信、信仰の話になると、決まって逃げ腰になった。

だが、しばらくすると、ゲーリーはプリンス・ハットの話に集中できなくなっていた。サーバーカウンターの脇に若い女が一人座っている。その前にはスクランブルエッグとトーストの皿。とはいえ、食事中ではない。女はプリンス・ハットを見つめている。プリンス・ハットが人に見つめられることはしょっちゅうあるが、この女が非常に深い満足感と悪意に満ちた表情でプリンス・ハットを見つめるので、ある思いがゲーリーに湧いてきた。その思いは以下のとおり。今すぐにプリンス・ハットを連れてここから立ち去るべきだ。その若い女が今まさにとろうとしている行動が実際になされる前に。「家に帰ろう。料理は持ち帰り用に詰めてもらう。ベッドで残りを食べればいい。ネットフリックスを観ようよ。きみが好きなやつを」プリンス・ハットが十代の子向けの過激なホラー映画にするか、キノコにまつわるウクライナの吹替なしドキュメンタリーにするかわからないのに、そう言った。

「きみがそうしたいなら」プリンス・ハットが珍しくゲーリーに驚かされて言う。しかし、ゲーリーが接客係を呼びだそうとする前に、若い女がやってくる。「プリンス・ハット。久しぶり」

ゲーリーはプリンス・ハットの婚約者がどんな姿だったか覚えていなかった。美人だったか？おしゃれだったか？　金髪か黒髪か？　赤毛ではないことは覚えていて、たしかに目の前の女は赤毛ではない。この女が赤毛だったらよかったのに、とゲーリーは思う。プリンス・ハットが三十年前にテーブルに置き去りにしてきたにしては女は若すぎるのに、どういうわけかゲーリーはそのときの女が今ここに、自分たちの前に立っているとわかった。

「アグネス」プリンス・ハットは言う。アグネスは髪をきれいな三つ編みにしている。団子鼻で、体形はすらりとしていて、ハイライズジーンズをはいているが、よく似合っているわけでもなく笑ってしまうほど時代遅れでもない。シャツは子供っぽいピンク色で、しわくちゃだ。靴はエスパドリーユで、片方の踵《かかと》にはバンドエイドが貼ってある。香水の香りはスモーキーでありながら爽やかだ。とにかく女に似合っている。香水をのぞけば、女はニューヨークでどれだけ歩く羽目になるか甘く見ていた観光客に見える。どうしてここに？　これまでずっとここにいたのだろうか？　プリンス・ハットを探しながら？

「ゲーリーです」ゲーリーが言う。

「ゲーリーね。ようやく自己紹介してもらえた。座っても？」

「どうぞ」プリンス・ハットが言う。ゲーリーには夫がなにを考えているのかわからないが、それは毎度のことだ。

アグネスが腰を下ろす。今、彼女は二人の間にいる。「私の正体が気になるでしょう？」アグネスはゲーリーに言う。

「いいえ。気にしているつもりはありませんよ」

その言葉に、アグネスは嬉《うれ》しそうに微笑む。なんて若い女だ！ 歯が小さく、白く、きれいに並んでいるので、歯列矯正器が最近外れたばかりなのではとゲーリーは想像しかける。「あらそう！ それなら、少しの間だけ、あなたのプリンス・ハットをお借りしてもいい？ ちょっとそのへんをね、一ブロックほど歩いて過去を懐かしみたいの。あなたとお近づきになりたいのはやまやまなんだけど、あと一時間ぐらいしか街にいられなくて。そのあとは家に帰るから」

「家ってどこ？」ゲーリーが訊く。

「家とは心がある場所よ！ プリンス・ハットについても、何十年も前、あなたが彼をそこから救い出したそれはそれは恐ろしい運命についても、きっと全部知ってるんでしょ？」

「もちろん」アグネスに嘘《うそ》を見抜かれているとゲーリーはわかっているが、そのままつづける。

「ただ、知らなかったんだ……私たちは知らなくて……あなたの家が今どこなのかってことを」

プリンス・ハットが立ちあがり、アグネスに言う。「行こうか。やるしかないなら、やむを得ない」

ゲーリーも立ちあがりかけるが、肩にプリンス・ハットの手が置かれる。「ここに残って。卵が冷める前に食べ終えるんだ。ぼくのパンケーキは持ち帰ってくれ。あとで食べるから」

プリンス・ハットが前かがみになり、ゲーリーの髪の生え際にキスをする。こうしてプリンス・ハットと元婚約者は〈民話〉をあとにした。ゲーリーは二人が百十二丁目の角を曲がっていくのを見た。とにかく二人のあとを、プリンス・ハットのあとを走って追いかけたい。幼い子供か犬のように。対象の永続性（心理学用語で対象が見えなくなっても存在しつづけると理解すること）！　しかし、彼は五十七歳の大人であり、とうの昔にプリンス・ハットの秘密を探るのはやめていた。世に言うように、ハマグリは幸せだし、猫は決して満足しないし、結婚は信頼の上に成り立つ。プリンス・ハットは必ず家に帰ってくる。ただし、今回に限っては帰ってこなかった。ゲーリーは〈民話〉で一時間も待つ。プリンス・ハットにメッセージを送りさえしない。無駄だとすでにわかっているのだろう。プリンス・ハットは〈民話〉に戻ってこず、ゲーリーがようやくメッセージを送っても返事はなく、それから彼はもう一度送り、それから電話をかける。もう一度電話をかけ、絶望に駆られて留守電にメッセージを残す。

湿り気たっぷりパンケーキが入った期待の箱を手にゲーリーは家に帰り着くものの、プリンス・ハットはここにもいない。それでも、スモーキーな香水の匂いが漂っていて、プリンス・ハットの一番小さなスーツケースがなくなっている。バーニーズの経営破綻前に購入したダブグレイのスーツもない。昨年のクリスマスにゲーリーが奮発してプリンス・ハットに贈ったものだ。その後の四週間で冷蔵庫内のパンケーキは大理石と化し、ゲーリーはますます取り乱す。プリンス・ハットが地球上から姿を消した。

さて、ゲーリーが今すべきことはなんだろう？　老いて孤独に死ぬことだろうか？　プリンス・ハットなしで？　プリンス・ハットは電話に出ない。携帯のデータ通信はオフになっている。共同の銀行口座からの引き出しはなく、クレジットカードも使われていない。昔、二人の若かりし頃、ゲーリーは必ずプリンス・ハットを見つけ出せたが、当時はパーティーの席でプリンス・ハットに目を光らせることができたし、プリンス・ハットが誰と出ていったかメモを取っていた。相手の名前がわかるまで尋ねまわり、電話帳で住所を調べ（電話帳って覚えてる？　いや、覚えてなくても大丈夫）、そこから足を使って探しまわった。アグネスという名前だけでなにができる？　プリンス・ハットがアグネスと一緒に帰郷したのだとして、はてさて、それはいったいどこだ？　どうしてゲーリーは携帯で写真ぐらい撮らなかった？　友人たちは同情し、プリンス・ハットの身を案じてくれたが、なんの助けにもならなかった。プリンス・ハットは友人たちに過去を打ち明けたことが一切ない。それに、ゲーリーはこの一件の不可思議さ、婚約者の超自然的な若さ、別れ際に婚約者がゲーリーに向けた得意げな視線を、友人たちにうまく伝えられない。

ゲーリーは警察に失踪届を出し、行方不明者探しの掲示板に投稿するが、珍しいことではないと言われるばかり。恋人が去る。恋人が取り残される。もしかしたらプリンス・ハットは戻ってくるかもしれない。ゲーリーは夫が戻ってこないだろうと思っている。もっと賢ければこの事実を受け入れるのだろうが、ゲーリーはかつて受け入れられなかった多くのことを受け入れられるほど年をとったものの、プリンス・ハットが永遠に去ったことだけは受け入れられない。相談した女性霊能力者が教えてくれたのは、プリンス・ハットが彼女のような者の目から隠されているということぐらい。ついでに、ミニサイズのキャンディーバーを売りつけてくる。形が崩れ、ホイルで包まれ、ふたたびテープで留められたものだ。隠された情報がわかるように細工してあるからと主張し、霊能力者は五十ドルを要求する。味はただの安物のチョコレートだった。

翌日の夜、ゲーリーは書店〈ストランド〉の近くで、そのうち耳や同情心を差し出すことにうんざりするはずの友人たちと夕食をとる。地下鉄で帰ろうとしてユニオン・スクエア・パークの端を歩きながら、もしかしてプリンス・ハットから電話かメールが来ていないかと確認しようと立ち止まったそのとき、暗闇の中でひそひそと話す二つの声を耳にする。

片方が言う。「この老いぼれを見ろよ。プリンス・ハットみたいなやつのために嘆き悲しんでる」

別の声が答えて言う。「プリンス・ハットに二度見されたことがあったら、おまえだっておんなじことをするだろう」

ゲーリーは誰がしゃべっているのかと見まわす。公園にひとけはなく、闇夜に棲《す》みつくネズミしかいない。実際、今や葉もなく黒く見える桜の木の下で、二匹のネズミが話している。

「おれは悲しまないさ」最初のネズミが言い返す。「これでも行動派のネズミだ。探しに出かける」

「おまえが？　この脳みそ足らずのネズミのくせに。どこから探しはじめればいいかもわからんだろう」

「最高級の探偵小説をかじってきたんだぞ。アーサー・コナン・ドイル、スー・グラフトン、キンキー・フリードマン。こうした作家が推奨するように、彼の過去について知っていることから調査を始めるね」

「それならば、こっちはおまえに地獄へ行くことをすすめよう。それで事足りるさ」

最初のネズミがもう片方を口汚くののしり、走り去る。ゲーリーは帰宅する。朝になると、いつもやってきたことをしようと心に決める。ネズミたちのことは夢だったか、あるいはワインの飲みすぎの結果だったか、それか霊能力者がキャンディーバーに入れたなんらかの物質のせいかもしれない。きっかけはたいして重要ではないだろう? ゲーリーは出かけて、プリンス・ハットを見つけ、家に連れ帰るのだ。プリンス・ハットが帰りたがらないとしても、少なくともゲーリーは捨てられた理由を訊ける。

ゲーリーはプリンス・ハットの以前の生活についてほとんど知らない。名付け親の叔母さんのこととか、ゲーリーとプリンス・ハットがプラハで食べたケーキに似た、叔母さんお手製のケーキのことは覚えている。しかし、叔母さんと交流があった当時、プリンス・ハットがどこに住んでいたかとなると、間違いなくプラハではない。もしそうであれば、夫は教えてくれただろう。かつてのなじみの店を指さしたりしただろう。プリンス・ハットについてゲーリーが知っているのは、万事がこの調子だ。ちっぽけながらくたばかりで、特定の場所に結びつくようなものはひとつとしてない。ただひとつ、レイキャヴィクの通りにあるバーをのぞいては。ゲーリーは通りの名前を思い出せないが、頑張ればなんとか店を見つけ出せるかもしれない。二人でほんの数年前に行った場所だ。

五年よりもっと前ということはない。バーはまだきっとあそこにあるはず。ゲーリーは無給休暇の手続きを取る。ニュージャージーに住む友達がアパートに滞在して、郵便物を受け取り、プリンス・ハットが帰ってきたら電話をくれるように手はずを整える。ゲーリーはレイキャヴィクへと向かう。

プリンス・ハットと一緒にここに来たとき、あれは数年前、季節は夏だった。子守り女が誰も彼も一切合切洗っているような光、ホテルの部屋のカーテンの黒い裏地からも染み出てくるのぞき魔のような光。光は眼球を圧迫し、肌を猛然と舐《な》め、ゲーリーが眠ろうとすると潮のように体からまた流れ出た。ゲーリーとプリンス・ハットがクラブに行き、踊り、飲み、午前三時に外に出ても怠け者の光はまだ二人を待っていた。今、季節は冬なので、冷気が居座り、パチパチと音を立て、鼓膜に、鼻孔に、骨に、そして心にささやきかけてくる。今の太陽はプリンス・ハットのように巧妙で、こちらが見つけたと思ってもすぐにずらかり、永遠につかまらないつもりであるかのように遠ざかっていく。夏には誰もが鮮やかな色の服を着ていた。今は町全体がまるで喪中に黒かグレーの服を着こんでいるようで、どの顔も陰鬱だ。光はすべて消え、プリンス・ハットも傍らにいないというのに、どうやって通りを見分けられるのだろう？　ゲーリーはここに一度しか来たことがない。二人でエイナル・ヨーンソン美術館に行ったあとに、あのバーのそばを通りかかったのだろうか？それとも、引き出しに鍵がかかっているのに肝心の鍵がないロールトップ式机を買おうとしたプリンス・ハットを思いとどまらせなければならなかった、あのコーラポルティズ・フリーマーケットのそばだったか？　ああ、プリンス・ハット。ゲーリーは記憶にある場所を訪ね歩き、二人でぶらついたかもしれない通りをくまなく歩いた。とうとう三日目（光がないのに日といえるかどうか）に、ゲーリーはアイスランドペニス博物館から二ブロック離れた通りにたどり着いた。プリンス・ハットが働いていたバーの名前は〈Norðanvindurinn《ノールランヴィンドウリン》〉（アイスランド語で北風の意味）だ。ゲーリーの記憶にその名はなかったが、そもそも誰がこんな名前を覚えられるだろう？　覚えていたのは店名の文字が、一つ目のrと最後のiだけが暗く、その二字以外はすべて赤く灯《とも》っていたことだ。店内には壊れかけのテーブルが数卓あり、カウンターの右側には二人の老いた酔っ払いがもたれている。バーテンダーが自分と年齢が近そうなので、ゲーリーは思わず、まんざら無駄足でもないのではと期待を抱く。

　このバーテンダーはフィッシャーマンニットを着たやせこけた人物だが、お腹のあたりが奇妙なほどぽっちゃりしている。「Gott《ゴット》 kvöld《クヴォルト》（こんばんは）」とゲーリーが言いながら、両手をこすって寒さをぬぐうと、バーテンダーはいかめしい顔で首を傾《かし》げた。

　ゲーリーのアイスランド語能力は乏しく、状況は複雑だ。「英語は話せるか？」バーテンダーは首を横にふる。

「ああ」ゲーリーは言う。「それなら」めったに使わないが、こういうときのために携帯にアプリが入っている。ゲーリーは文字を打ちこむ。〈私はプリンス・ハットという名の男を探している。彼は八〇年代にここで働いていた〉アプリはなんとも見事に、魔法のように文章を翻訳し、ゲーリーは携帯をカウンター越しに渡す。

　バーテンダーはちらりと目をやる。文字を打ちこみ、ゲーリーに携帯を戻す。

〈飲め。それから話せ〉と書かれている。ごもっともだ。

「Gin《ジン》 og《オフ》 tonic《トニック》（ジントニックを）」ゲーリーが三杯飲むと、ようやくバーテンダーが口を開いてくれる。三杯も飲んだせいで、ゲーリーは数年ぶりに酔っ払った。バーテンダーはジンを多めに入れる手癖があるようだ。バーテンダーの肉が厚手のカーディガンの下で不気味にも、ゆっくりと、休みなく動いているように見えるからだ。

バーテンダーはゲーリーの携帯を身振りで求める。〈昔、私は彼を知っていた。奇妙なやつだったが、いい仲間だった〉と打ちこむ。

「やった！」ゲーリーは叫ぶ。〈それこそ私の探しているプリンス・ハットだ〉彼は入力する。〈プリンス・ハットと私は結婚している。愛し合っている。だが、数週間前にある女と出くわした。過去にいろいろとあった相手のようで、プリンス・ハットはその女とどこかへ行ってしまった〉

ゲーリーはアグネスのことをどう説明すべきか考える。〈その女には一度会ったことがある。女はそのときから年をとっていないように見えた。一年どころか一日も！　アグネスという名前の思わせぶりな若い女で、可愛らしい顔をして、髪を三つ編みにしていた。見惚《みほ》れるような女ではない。でも二人は昔の知り合いで、あなたももしかしたら彼女を知っているかもしれない。私はプリンス・ハットの以前の生活についてほとんど知らず、どこをどうやって探せばいいのかわからない。しかし、彼を見つけなければならない。彼が自分の意思で私を捨てたはずがない。私たちは幸せだった〉

バーテンダーは訳文を読み、ゲーリーを思案顔で見つめた。お腹の膨らみがゆっくりと右に左に動いている。おそらく、バーテンダーは的外れなことを考えているのだろう。本当に幸せだったかなどわかるものか、とか。あるいは、プリンス・ハットについて知っていることを思い出そうとしたり、三つ編みの若い女について思い出そうとしたりしているのかもしれない。

カウンターの先にいる酔っ払いのひとりが呼んだので、バーテンダーは注文を取りに行く。戻ってくると、バーテンダーはゲーリーの携帯に文字を打ちこみ、それから返す。

「妖精（男性同性愛者を揶揄した言い方）だと？　おいおい。同性愛者嫌い《ホモフォビア》なのか」ゲーリーは言う。

「Huldufólk《フルドフォルク》（アイスランドの妖精）」バーテンダーは言う。

ゲーリーはその言葉の意味を携帯で調べる。「オーケー、よかった。ホモフォビアじゃないんだな。でも、待ってくれ、妖精が私の夫を盗んだと言うのか？」

文字を打ちこむ。〈妖精は私の夫を盗んでいない。真面目な話をしてくれ〉

すると、返答としてバーテンダーは以下のように打ちこむ。〈プリンス・ハットは妖精と一緒に育った。《ブラックスクール》にも通った。地獄での地位も約束されていた。しかし、まずはこっちの世界に出て暮らしてみることになった。あいつが上にある国々ではどんなことがおこなわれているのか見たがったからだ。飲んで、セックスして、夜が昼になってふたたび夜になるのを見たかったからだ。本人から以前聞いた話だ。おそらく好奇心が満たされたんで、家に帰っていったんだろう〉

バーテンダーの言ったことが真実であるはずはないが、それでもその幾分かは真実だとゲーリーの一部が感じる。酔っ払ったゲーリーは、素面《しらふ》では認識できない真実を感じ取れる。「わかった。プリンス・ハットは地獄に行った。それなら、私も行くことにしよう」そしてゲーリーはその言葉

どおりに入力したあとに付け加える。〈昔、初めてここに来た彼は、どんな道をたどって来たか言わなかったか?〉
バーテンダーは笑い、肩をすくめ、なにやら言った。携帯に打ちこむ。〈誰もが遅かれ早かれ地獄に行くことになるが、この世にいる間にその道が明かされることはない。もしかしたら、《ブラックスクール》で詳しくわかるかもしれない〉
「よかった」ゲーリーは入力する。〈《ブラックスクール》へはどうやって行く?〉
バーテンダーはふたたび肩をすくめる。〈知らない。でも、こいつなら知ってる〉
ゲーリーが訳文を読んでいる間に、バーテンダーはカーディガンの内側に片手を入れる。とっさに、ゲーリーはバーテンダーが心臓を引っ張り出して、ぬらぬらと血まみれのままでこちらに渡そうとするのではと想像する。しかし、予想に反して、差し出された手には緑色のものが巻きついている。ゲーリーの手首ぐらい太い。
「なんだ、それは!」ゲーリーが言っても、バーテンダーは微笑むだけ。その歯は灰色で不揃《ふぞろ》いだ。一周ずつ身を解きつつある蛇は、今までずっと腰に巻かれていたらしい。少なくとも一・二メートルはある。
「Hún《フン》 veit《ヴェイト》（彼女が知っている）」バーテンダーは蛇をゲーリーに渡そうとするが、ゲーリーが拒むので、カウンターに下ろす。「Hún《フン》 heitir《ヘイティル》 Brennivín《ブレニヴィン》（彼女の名前はブレニヴィンだ）」バーテンダーは携帯を手に取り、入力する。〈ブレニヴィンが《ブラックスクール》を見つけてくれるだろう〉

ゲーリーは〈Norðanvindurinn《ノールランヴィンドゥリン》〉を出る前に、男性用トイレを借りる。今、二つのことがわかっている。一つは、店を出た途端に、今の二倍は酔いを感じるはずということ。もう一つは、今、用を足さないと、三ブロック先で後悔する羽目になるということ。おまけにもう一つわかっているのは、自分がバーテンダーの提案を受け入れて、行くべき場所をブレニヴィンという名の蛇が教えてくれるか試してみるということだ。しかし、ゲーリーは小便器の横でぐずぐずして、暗がりの中で壁の古い落書きをじっくりと眺めている。探索の手がかりになりそうなもの——数字、男性器、愚痴、へぼ詩、ゲーリーには読めない言語での忠告、名前。なじみのある筆跡はひとつもない。名前の中に、プリンス・ハットという文字もない。ああ、プリンス・ハットはどこに行ってしまったのだろう？

ブレニヴィンの皮膚は予想よりも温かい。触り心地が素晴らしく、これもゲーリーにとって予想外だった。プリンス・ハットが不在の間に、他者とのふれあいが恋しくなったのかもしれない。ボタンを外して蛇をシャツの内側にしまえとバーテンダーが指図し、ゲーリーは言われたとおりにする。ブレニヴィンが胴体にしっかりと巻きつき、その長い頭が——ナイフの柄のように！——ゲーリーの胸元から突き出る。ゲーリーはボタンを、二つをのぞいてすべてはめなおす。上にコートを羽織るが、前は開けたままにする。

ゲーリーは携帯に入力する。〈どうやって道案内してもらう？〉

バーテンダーは文章を見て、素っ気なく手をふる。

そこでゲーリーはさらに入力する。〈道を教えてもらったあと、私は彼女をどうしたらいい?〉バーテンダーは携帯を手に取り、入力し、返してよこす。〈心配するな。ブレニヴィンがブレニヴィンの面倒を見る〉

外では暗闇がずっと待っていた。冷気が小さな歯でゲーリーに噛《か》みついてくる。どの道に進むべきだろうか? そう考えた途端、ブレニヴィンの頭が右に動くのが感じられたので、ブレニヴィンの望む方向へ道を進む。彼女が曲がってほしがればゲーリーは曲がり、また曲がるようにという指示が出るまでまっすぐに進む。レストランや商店、バーがある通りを抜け、交差する通りへ移り、陽の光の下では華やかに見える色合いに塗られているはずが今は陰気な家並みの景色へ、もうすぐ家々が立ち並ぶ予定の建設現場へと入ると、小さな飛行機が頭上を飛んでいく。ここは国内空港のそばだ。うずたかく積まれた古い雪が、ゲーリーが進むべき道に長く、見慣れない影を投げている。中年も終盤にさしかかると、おとぎ話のような展開を期待することはないものの、プリンス・ハットとの再会という結末があるならば、四の五の言わずに不可思議さに耐えよう。

携帯を取り出し、プリンス・ハットが留守電になにか残していないか、メッセージを寄こしていないか確認する。習慣のようなものだ。おそらく希望もまた習慣にすぎず、ゲーリーはそれを手放さなければならないのだろうが、まだ手放せない。片手を伸ばし、イラクサを摘み取る。どれだけ痛いか感じる。イラクサをつかむゲーリーを見たら、プリンス・ハットはどうするだろう? ゲーリーの手から叩《たた》き落とし、「ゲーリー、なにをやってるんだ?」と言うか、あるいは笑ってこう言うかもしれない。「きみってやつはいつもおなじだね、ゲーリー。かわいそうなゲーリーおじさん」

ゲーリーは携帯のマップ機能を使い、道中ずっとやりたかったこと、ブレニヴィンが連れていこうとしている先を確認する。ここは複合施設〈ペルトラン〉があるオスキュフリズという丘のそばだ。かつてゲーリーとプリンス・ハットはそこのペルトラン博物館に行き、レストランでランチをとった。しかし、今、きっと博物館は閉まっているだろう。そう、たしかに開館時間外だ。あのときは、ゲーリーもプリンス・ハットも、また来たいと思うほどその店の食事を楽しめなかった。

「気をつけて、バッテリーを使い切らないように。あとで後悔するかもしれない」

しゃべったのは誰だ？ ゲーリーは顔を上げるが、自分とブレニヴィン以外に通りには誰もいない。しゃべりかけてきたのは、腹に巻きついている蛇だ。

「話せるのか？」

「質問する必要があるなら、無駄なのはよして」蛇の指示で右へ曲がり、通りを外れ、二つの岩の間にある、たくさんの足で踏み固められた雪の小道に入っていく。街灯はなく、あるのは明るい月だけで、おかげで食べ物であっても口にする気にならないほどかちこちの、青い世界を行かねばならないとわかる。

通り道は氷と雪で覆われているので、ゲーリーは用心しながら歩く。転倒して案内役をつぶしては一大事だ。嚙まれるかもしれない。骸骨じみた木立の中まで来ると、その先の道はますます険しくなっている。頭の中でたくさんの質問を考えては破棄したが、最終的に口にする。「私の夫、プリンス・ハットのことは知ってるか？」

「彼みたいな人たちのことなら知ってる」蛇は詳しく語らないが、しばらく歩くうち、ゲーリーの頭の中にイメージが、記憶が形作られはじめて、それを置いたのはブレニヴィンだとわかる。その記憶の中で、ゲーリーとプリンス・ハットはどこかのアパートの混雑したパーティーに参加していた。プリンス・ハットはコーヒーテーブルの上にあぐらをかき、膝の上にフォーチュンクッキーでいっぱいのボウルを載せている。ゲーリーはプリンス・ハットの向かいに立ち、モスカートワインのボトルを握って壁にもたれている。二人は今より若く、まだ三十路《みそじ》にもなっていない。どちらも酔っていて、幸せで、ワインのせいと、アパートが暖かすぎるのもあって顔が赤い。二人はいつだってどんなに幸せだったことか。ゲーリーはプリンス・ハットの肩越しに自分自身を眺めて、誰しも若かりし頃の自分を思い出すと感じる、愛情と羨望と恥ずかしさを感じる。プリンス・ハットはボウルからクッキーを取り出しては、パーティーの参加者に投げた。「きみの未来だよ」と声をかけた。「勇気があったら、未来がどうなるか見てみるといい」

ここでゲーリーはこのパーティーのことを思い出す。大晦日《おおみそか》のことで、世紀の変わり目が近かった。ゲーリーは自分が引いた未来を覚えていないが、プリンス・ハットの未来は覚えている。〈あなたの愛は楽園を作り出すでしょう〉たしかにその言葉どおりになったのではないだろうか？　ところが、今、ここでプリンス・ハットがクッキーを割り、ゲーリーが目にした未来はこうだ。〈身の安全を賭けて、真実の愛を望もうとするな。そんなものはこの場所には存在しない〉

「なんて書いてある？」もう一人のゲーリーが訊いた。「なに？」とプリンス・ハットは言い、喧《けん》噪《そう》や音楽といったパーティーのざわめきで聞こえなかったふりをした。もう一人のゲーリーは再度、声を張りあげて訊いた。プリンス・ハットは未来の書かれた紙を掲げ、にやりと笑いながら言った。

「あなたの愛は楽園を作り出すでしょう、ってさ！」そして、紙片を口に放りこみ、呑《の》みこんだ。

「これで実現するぞ」まるで嘘を隠したのではなく、魔法をひとつかけたかのように。

「これが真実なのか？　実際にはそういう言葉だったのか？」ゲーリーは訊く。

蛇はなにも言わず、今度は道を外れて林の中に入るように指示するだけ。ゲーリーの踏み出す一歩一歩が、雪の表面を突き破り、ブーツは数十センチ、時にはそれ以上深く沈みこむ。地面はなだらかではなく、夜闇は冷たく、ゲーリーは蛇に導かれるまま知らない場所を突き進む。プリンス・ハットのためなら耐えられないことなどないのだろうか？　そして今、ちょうど目の前に、岩の割れ目がある。狭すぎて、ゲーリーはとても中に入れそうにないと思う。それでも、蛇はここに入っていくようにと指示する。

ゲーリーは暗闇に入っていく。携帯の画面をオンにして小さな明かりを灯し、岩の壁に片手を添えて、ゆっくりと前進する。おそらくここは溶岩洞だろう。かつてプリンス・ハットと一緒に小さなライト付きプラスチック製ヘルメットをかぶって見学したロイヴァルホゥルスヘットリルのようなところだ。二人は見学後、もう一度、その夜のコンサートのためにそこへ戻った。チケットはたった五十枚限定なのに、どういうわけかプリンス・ハットは二枚入手していた。ゲーリーはあのとき音楽を楽しんだのだろうか？　今ではプリンス・ハットのことしか思い出せない。ここには立つだけのスペースしかなく、進みつづけるうち、肩を丸め、顎を引いて胸に近づけるしかなくなる。通路の天井が低く、さらに低くなるせいだ。たしかにプリンス・ハットはゲーリーより細身ではあるが、ゲーリーより背が高くもある。プリンス・ハットがこの通路で身をかがめ、そそくさと前へ進む姿をゲーリーは想像しようとする。プリンス・ハットは別の道を選んだにちがいない。

もう二キロ近く、下手したらもっと歩いている気がする。ブレニヴィンの冷たい重みがゲーリーのあばらと背骨を圧迫する。通路はようやく広くなったが、天井は低いままで、やがて通路が終わると突き当たりに小さなドアがあり、ドアノブを回すと、その先にゲーリーがふたたび背筋を伸ばして立てるだけの広さのスペースがある。どれだけ頭上高くに天井があるのかわからない。暗闇があるだけ。ドアの右側の壁に沿いながら数歩進む。壁に溝が走っていると指先でわかり、明かり代わりに携帯を掲げると、石の壁に刻まれている文字が見える。名前、名前、名前に次ぐ名前、そこかしこに刻まれた名前。たとえば、ここにはグズルーン・グズムンズドッティル。インゴルフル・スマウラソン。ヘイドゥル、この名前は非常に深く刻まれている。

「お望みの場所に連れてきた。ここが〈ブラックスクール〉」ブレニヴィンは締めつけを緩め、洞窟の床に滑り落ちる。

「待って。ここに置き去りにするのか?」ここにプリンス・ハットはいそうにないし、〈ブラックスクール〉と呼ばれる場所にひとりで残されたくない。

しかし、ブレニヴィンはすでに携帯が照らす範囲を抜け出ている。ゲーリーは壁に手を添えながらふり返って、さっき通ったドアを確認しようとする。外に戻る通路への目印として、手袋を置いておこう。なのに、ドアが見当たらない。暗闇の中にひとりぼっち。あるのは携帯の明かりだけ。

パニックを起こしても無意味だ。まずは計画したとおりに動く。洞窟の床に手袋を置き、それから携帯をチェックする。もちろん電波は入らないが、バッテリー残量は半分以上ある。壁に片手をつきながら、ドアを見つけようとゆっくり前へ進む。数歩ごとに立ち止まり、目の高さのところにある名前を読む。まるで名前がなんらかの導きになってくれるかのように。この壁はほとんど気づかない程度に湾曲している、とゲーリーは思う。きっとなんらかの広大な円形の空間にいるのにちがいない。おそらくここは冒険家たちが集まってダンスパーティーや乱交パーティーを繰り広げたり、神秘的な儀式を執りおこなったりする場所なのだろう。だが、ごみは落ちていないし、空のビール瓶も使用済みコンドームもなにもなく、あるのは暗闇とゲーリーの指先にある名前、〈ブラックスクール〉の卒業生の名前だけ。他にも、空間の中央から発せられていると思われる気配がある。静けさに宿る力の気配、待ち伏せしている奇妙で尊大ななにか。ひょっとしたら、ゲーリーはプリンス・ハットの探索を諦めるかもしれない。この力に近づき、自分の利益になるあれこれを学ぶかもしれない。もしも良い生徒になれれば、もしも〈ブラックスクール〉にみずからを捧《ささ》げるならば、自分自身が偉大な力になるかもしれない。

しかし、ゲーリーは壁のそばにとどまり、慎重に進む。世俗的な力も、非世俗的な力もいらない。ただプリンス・ハットが欲しい。時がすぎてもドアは見つからないが、さらに時がすぎたところで、もはや自分がドアを探していないことに気づく。ゲーリーはプリンス・ハットの名前を探している。見つからないまま、最初に見つけた名前のところに戻ってきた。グズルーン・グズムンズドッティル。インゴルフル・スマウラソン。ヘイドゥル。そしてここに、ドアの目印にしようとして置いた手袋がある。なのに、ドアはない。もはやドアはなくなっている。ゲーリーは〈ブラックスクール〉のたったひとつの壁沿いにもう一度回り、プリンス・ハットの名前を探す。二周、三周と回り、四周目で探していた名前を床にかなり近いところで見つける。愛する人の名前がある。携帯のバッテリーが残り少なくなったので、ゲーリーは携帯の画面をオフにして床に座り、指をプリンス・ハットの名前に押し当てる。プリンス・ハットのせいでこんなふうにひとり暗闇に置き去りにされるなんて理不尽だが、これまでにもゲーリーが暗闇の中で、プリンス・ハットの帰宅を待つ夜は幾度となくあった。暗闇には慣れている。

長い間座っていたが、結局、また立たなければならなくなる。脚は痺《しび》れてピリピリするし、足先も寒さで麻痺《まひ》しているうえ、用を足せる場所を見つけなければならない。ところが、携帯の画面をオンにして名前が書かれていない場所を探すと、足元の地面に白くて膨れたなにかがうごめいているのが見える。

芋虫とか幼虫のたぐいだ。目もなく、脚もなく、色もなく、ゲーリーの親指よりは大きい。部屋はこの虫だらけなのか、こっちのほうがまずいが、もしかしたらゲーリーの携帯の明かりか、ゲーリーの足が石を踏んだときの振動に、虫が引き寄せられているのかもしれない。案の定、ここで携帯のバッテリー残量がとうとうゼロになり、暗闇に引き戻される。ただ、その瞬間に感じたのは絶望ではなかった。洞窟の床にいる芋虫こそ自分が待ち望んでいたものだという感覚が頭に浮かんだ。芋虫を拾い上げるべきだと感じて、実際に拾う。持っていると、その名前がわかった。これは賢者サイムンドゥル。ブレニヴィンの後釜として、ゲーリーの第二の案内役が来てくれた。ふと、サイムンドゥルを口の中に入れれば、案内してもらえるという考えが浮かんだ。ゲーリーはそんなことをしたくないが、ともかくやる。どうせ、もっとひどいものを口に入れた経験があるじゃないか。ああ、でもプリンス・ハットのペニスのことではない！　プリンス・ハットのペニスは、彼の他のすべての部分とおなじくらい素晴らしい。

サイムンドゥルは古い石と乾燥肉の味がする。ゲーリーの口蓋の下でいったん落ち着いてから、まるで舌のように動いて、ゲーリーの声でしゃべりはじめる。以下がサイムンドゥルの言葉だ。

「あんたが探しているやつのことは知らないが、そいつの行き先ならわかるかもしれない。このまま運んでくれたら、途中までちょっと案内してやろう」

ゲーリーにとって、この数週間、絶望だけが唯一の道連れだった。絶望とは、ネズミ、そして蛇からの助言を受け入れ、ドアがなく、無限につづく暗闇に連れられていくことだ。白くてくねくねしたものをつまみ、聖餐《せいさん》のパンのように口に入れ、自分の声を差し出して、愛する人の名を虫が言うかもしれないと期待することだ。プリンス・ハット、プリンス・ハット、プリンス・ハット。

もしも今ゲーリーが話せたら、サイムンドゥルにこう言っただろう。「プリンス・ハットが見つかる場所なら、どこへでも好きなところに連れていってくれ」と。

とはいえ、それはサイムンドゥルが約束したこととずれている。「片手を壁に当てろ。暗闇を怖がらず、慎重に進めば、行くべき道を教えてやろう」

指の下を、手のひらの下を、〈ブラックスクール〉の大勢の生徒の名前が通りすぎていく。ここにどれだけ大勢が集い、授業を受けてきたことか！　想像してほしい。自分自身の名前、愛する人々の名前、それぞれの文字の溝に暗闇が浸透し、溝を埋め、ゲーリーの指先に付着して、どれだけこすろうとも、汚れが決して取れなくなるところを。そして今、暗闇の中で、ゲーリーはドアを見つける。開いたドアの先には下り階段がつづく。

「そうだ。これがその道だ」サイムンドゥルがゲーリーの口の中から言う。

踏み板ひとつひとつが通常よりも幅広く、どの蹴上げも人間の通行人向けにデザインされたものより高さがあるように思える。誰のためにこの階段は作られたのだろうか？　どの石板も中央がすり減っていて、それは人間のものではない足跡に感じられる。各踏み板の端をまずは見つけて、次の踏み板を確認しなくてはならない。暗闇の中で用心しながら階段を下りていき、やっと踊り場に着いたと思うと、また階段が始まる。「いいぞ。まだもうちょっとある。もうちょっとだけ」

下って、下って、下りつづけ、とうとうゲーリーのふくらはぎが痛みだす。必死になって自分の行く先に目を凝らすと、真っ暗闇の中に青い閃光《せんこう》が走る。これまでに五百九十九段を数えて、六百段目で座って休憩した。さらに進むなら、きっと自分は転落する。

サイムンドゥルが言う。「まだ先だぞ。もうちょっとだ。休むなら短時間だけにして、進まなきゃだめだ。結婚の夜のことを思い出せ。それで回復できるだろう」

ああ、とゲーリーは思い出す。朝いちばんに市役所でプリンス・ハットと結婚して、それから北東へ車を走らせ、メイン州の町、オールド・オーチャード・ビーチに到着したのは真夜中すぎだった。宿泊先は海沿いのコテージで、玄関マットの下に鍵が置いてあり、ベッドにはバラの花びらが散らされていた。ゲーリーの腕の中でプリンス・ハットは眠り、結局、ゲーリーも寝入って、数時間後に目を覚ますとひとりきりだった。ベランダに出てみると、プリンス・ハットが海辺に立ち、一糸まとわぬ姿で膝まで引き潮に浸《つ》かっていた。

ところが、今、周囲すべてが暗闇であるにもかかわらずゲーリーに見えているのは、ベッドで眠っている自分自身の姿だ。ゲーリーは今やプリンス・ハットとなり、新しい夫も、新婚のベッドも、ハネムーン用コテージもあとにし、フレンチドアを開けっ放しにして、海水が勢いよく引きながら泡立つ、色あせたオパール色の砂浜へ出ていく。

遠くに巨大な獣がいる。のたくる黒い手足とくちばしと目がある巣状のものだ。頭部の一つにアグネスが座っている。アグネスはコマドリの卵ほど大きい真珠で飾られた鎧《よろい》を着て、頭に金の王冠をいただいている。「そろそろ家に帰る準備はできたかしら、プリンス・ハット?」

プリンス・ハットは答えない。婚約者、玉座、そして下にあるすべての王国が彼の意向を待っている。こんなに長くとどまるつもりはなかった。プリンス・ハットは一歩、もう一歩踏み出す。自分でもなぜこの暮らしをつづけるのか、なぜゲーリーの指輪をはめてやったのかわからない。プリンス・ハットのような存在は愛とほぼ無縁だ。彼らはもっと奇妙な感情のために作られた存在だ。それでもプリンス・ハットは、今はまだ、アグネスについていかない。さらに少し沖へ向かって進み、そしてゲーリーが目を覚ますのを感じると、アグネスを追い払う。すぐに探しに出てきたゲーリーに室内へ連れ戻され、体を温めるためにと熱い風呂に入れられ、乾かされ、新婚のベッドに戻される。

記憶は終わり、ゲーリーはふたたびただのゲーリーになり、暗闇の中ですり減った石に座っている。魔法の芋虫サイムンドゥルが彼の口を使って言う。「進みつづけよう。この階段を他にも使う者たちがいる。ここで誰かに見つかる前に立ち去ったほうがいい」

膝に痛みを感じながらゲーリーは立ちあがり、もう一度下への旅を始める。痛みが走る。もちろん、プリンス・ハットがどれだけ自身について隠してきたか知ったために、ゲーリーの心が痛むのだが、なにがあってもプリンス・ハットはゲーリーを選んできたということではないか？　肝心なのはそこだ。ゲーリーとサイムンドゥルは暗闇を進みつづけ、ついには階段の段数を数えられなくなり、どれだけ下まで降りてきたのか見当もつかなくなる。時折、ゲーリーはつまずく。二回段を踏み外し、転落し、階段のざらついた壁にぶつかって止まる。数時間が経《た》ち、〈ブラックスクール〉のある上の世界では新たな一日が始まったにちがいないが、もちろん、そこでも冬の闇であることに変わりはない。しかし、そこの暗闇はここの暗闇とはちがう。ようやく階段が終わっても、ゲーリーはこれがなにを意味するのか理解できない。暗闇が目、口、耳、鼻から流れこんできて、頭の中のすべてが暗闇、ひたすら暗闇だけになる。最後の段がどこにあるのか確かめようとするが、見つからない。ゲーリーは泣きはじめる。あるいは、しばらく前からもう泣いていたのかもしれない。顔に感じる湿り気は闇の舌だ。上の世界の最後の名残をそっと舐めとってくれる。

「口を開けろ。少しだけ光をやろう。歩きつづけられるように」サイムンドゥルが言う。

ゲーリーが言われたとおりに口を開けると、サイムンドゥルが発光する。その光はゲーリーが立っている石面に尿のようにこぼれ落ちていく。

「進め。あともう少しだ」サイムンドゥルが言う。

ゲーリーは進む。今さら諦める理由はない。サイムンドゥルが放つ光は二歩先まで伸び、やがてさらに先へ、ゲーリーの口から噴き出すように広がる。今、ゲーリーは自分が広大な空間を横切っていることに気づく。周囲の空気は吐息のように動き、まるで巨大な口がゲーリーの息に合わせて呼吸しているかのようだ。泥だらけの足跡がある。人間の足跡と思われるが、裸足《はだし》のもので、ゲーリーはこれを追っていく。サイムンドゥルの光がほこりのように降り注いでいるのか、この足跡も発光している。空気は乾燥してひんやりしているが、ゲーリーの進路は巨大な蛇が作り出したような痕跡とも交差し、しゃがんで触れると、その痕跡はまだ湿っている。開いたままにしている顎が痛み、これまでになく喉が渇く。腹もすいている。サイムンドゥルを嚙んで食べたらと想像してみるが、サイムンドゥルは苦い。サイムンドゥルがしゃべるたびにゲーリーはその苦味を感じる。そのとき、サイムンドゥルが目指していた場所にたどり着いた。サイムンドゥルはゲーリーの口の中で身動きし、そこから飛び出し、小さくぼってりした球になってゲーリーの前を転がっていく。

ゲーリーはサイムンドゥルのあとを追いかける。逃げるにつれてサイムンドゥルの光は増し、今では紫や緑、白の光も発し、洞窟の上部にきらめく光の筋が走る。サイムンドゥルは巨大な地底湖の岸辺にゲーリーを連れてきた。湖は魚の鱗《うろこ》のような鉱物の層でびっしりと覆われていて、その層が割れたりずれたりして、場所によってはとても薄いので、湖の深いところで濃縮された光が表面を通過し、地下洞窟の中で荒々しく跳ねまわる。その一方で、水は湖岸で小石にさざ波を立て、打ち寄せる。

すぐそこに粘板岩《スレート》でできた家があり、開いた窓辺でろうそくが燃えている。ゲーリーの見ている前で、サイムンドゥルが窓の下枠を飛び越えて、家の中へ入る。ゲーリーは玄関ポーチへ上がってノックしようとするが、実際にそうする前に、なじみのない言語で話しかけられる。

泣きたいぐらいの安堵感《あんどかん》に襲われ、ふり返ると、話し手である男が見えた。その男は老人で、髪の毛はとてつもなく長くて絡み合い、髭《ひげ》もおなじことになっている。着ているのは肘や膝がすり減った流行遅れのスーツで、靴は履いていない。右手に握った絵筆をふりまわしている。

「すみません。なにを言われたか理解できません。私はプリンス・ハットという名の男を探しています。ご存じですか?」ゲーリーは言う。

「それで、ゲルハルド・ゴタスの終《つい》の棲家に無断で訪れるのは、いったい誰だ?」サイムンドゥルが家の窓辺から言う。「この男の言葉だ」それから芋虫は老人、ゲルハルド・ゴタスに話しかける。

老人は笑う。彼はサイムンドゥルに答え、サイムンドゥルがもう一度通訳する。「プリンス・ハットなんて悪名高いあばずれを知らないやつがいるのか、って言ってる」

プリンス・ハットならば笑って同意するだろうから、ゲーリーとしても侮辱されたととらえるわけにはいかない。

ゲルハルド・ゴタスがふたたび話し出し、サイムンドゥルが通訳する。「この男が言うには、プリンス・ハットが前回通りかかったときのことは思い出せないが、俺は忙しい男だ。最後の大事業に取り組んでいないときは眠っているわけで、作業中にせよ睡眠中にせよ、通りすがりのやつに関心を向けることはない。そいつがばかげた質問でこっちを悩ませない限りは」

「ここでなにをしているのか知らないが、この人の邪魔をして申し訳なく思っている。でも、尋ねてくれ。プリンス・ハットが見つかりそうな場所を知らないかと」

サイムンドゥルが言う。「そうしてほしいなら尋ねてやろう。だが、一つ提案だ。まずはこの男の作品についてなにか誉め言葉を言ってはどうだ」

これはすごい、とゲーリーは思う。**日も差さない洞窟で芋虫からマナーの手ほどきを受けるなんて。**とはいえ、サイムンドゥルの言うことはもっともだ。そこで、ゲーリーはゲルハルド・ゴタスなる人物が取り組んでいるものを見に行く。ゴタスはなにやら怒鳴り、サイムンドゥルが言う。

「足元に気をつけろ、このまぬけ！」

見ると、目の前の洞窟の床のいたるところに細くて輝く線で描かれているのは、小さな顔や生き物がにやりと笑い、目をぎょろつかせ、角を生やし、勃起しているところだ。二つとしておなじものはない。それぞれが表情豊かで、とても生き生きしているので、湖が放つ光の波の中で踊っているように見える。非凡な傑作であり、ゲーリーはそう言う。

「まだ始めたばかりだ」ゲルハルド・ゴタスが感情をこらえるように言った言葉を、サイムンドゥルが通訳する。それでも賛辞は役目を果たしたようだ。

「おまえが探しているやつは、地獄にいるかもしれないし、いないかもしれないが、とにかく行くべき場所は地獄だ」サイムンドゥルが通訳している間、ゲルハルド・ゴタスは奇妙なうなり声をあげる。自分自身の冗談で笑っているのだと、ゲーリーは気づく。「おまえは俺が必要としていたものを持ってきた。だから、いいだろう、協力的な案内役を提供してやる。どのみち、あいつもあっち側のほうが好きだからな」

サイムンドゥルはこれも通訳するが、すぐにけたたましい悲鳴をあげた。すすけた色の猫が窓台に飛び乗り、そこにいるサイムンドゥルを口にくわえる。にやけながら跳ねている悪魔たちの絵から、ゲルハルド・ゴタスは注意深く遠ざかり、床の絵のない部分に空の金属製バケツを置く。猫が駆け寄り、くわえたままのサイムンドゥルを揺さぶると、輝く血液が滴り、ゴタスのバケツにすべて溜《た》まる。

ゲーリーはこの出来事をどうとらえるべきだろう？　そして、今後は誰が通訳をしてくれるのか？　サイムンドゥルの血液がすべてバケツに入ると、芋虫の皮膚は地面に捨てられたコンドームのようになり、ゲルハルド・ゴタスはしゃがみこんで、猫を撫《な》で、愛情をこめて話しかける。ゴタスはゲーリーを指さし、それから絵筆をバケツに浸し、ふたたび絵を描きはじめる。

すすけた色の猫は湖の鉱物に覆われた表面に優美に踏み出し、ゲーリーをふり返った。みすぼらしい獣で、目には薄膜がかかっている。耳は両方裂けているし、一方の脇腹には長く黒い傷があり、そこには毛が生えていない。サイムンドゥルの鮮やかな血が髭にまだついている。ゲーリーにはどれもこれも理解不能だ。〈ブラックスクール〉も、あの暗い階段をふらつきながら下りた長い旅のことも、画家も、そのプロジェクトも、芋虫も、自分がなぜこの薄汚い猫を追いかけねばならないのかも。プリンス・ハットが〈民話〉から立ち去ったあとに起きたことのすべてが理解できない。だが、なにも理解する必要はない。ただ進むだけで十分だ。ゲーリーは湖に一歩踏み出し、沈まないことがわかるともう一歩踏み出した。

猫はゲーリーよりも軽い。自分の重みに鉱物の層が耐えられるのかどうか猫は気にもかけない。ゲーリーは一歩ごとに足元を確かめ、層が分厚い場所を推し量ろうとする。進むにつれて鉱物層の上まで水がにじみ出て、履きやすい旅行用ブーツにかかる。湖の表面のはるか下、底のあたりで明かりがきらめいている。なにもかもが目にまぶしい。一時間にわたる苦しい前進のすえ、岸辺からかなり遠く、ゲルハルド・ゴタスが悪魔の群れをひたすら描いている場所からおそらく八百メートルほどのところまで来た。猫はまるで竿《さお》付き分度器によって引かれた線をたどるようにして、ゲーリーを湖の向こう岸へと導く。地獄が向こう岸で待っていて、もしかしたらプリンス・ハットもそこで待っているのかもしれない。あり得ない話だろうか?

猫は軽蔑のまなざしでゲーリーをふり返る。

ゲーリーは声をかける。「進みつづけてくれ。プリンス・ハットにまつわる話をしてもらえそうだな。私がまぬけなあまり気づけなかった新事実とか、新解釈とか」

猫はなにも言わない。ただ尾をふり、悠々と歩いていく。湖のちょうど真ん中まで来たとき、猫は立ち止まり、ゲーリーが追いつくまで待った。ここのほうが鉱物層は薄いが、上に立てるだけの厚みはまだある。足の下の光はより速く、より明るく、あるパターンを繰り返す。その意味をゲーリーは思わずあの名前だと考える。プリンス・ハット、プリンス・ハット、プリンス・ハット。

「地獄に連れていってもらえるのかと思っていたよ。だけど、ここはちがうだろ?」ゲーリーは言う。

猫はじっと彼をにらみつづけ、ついにゲーリーが瞬《まばた》きすると、その途端に猫はひらりと動き、ゲーリーの肩に飛び乗った。猫の重みがゲーリーに加わることでとうとう限界が来て、湖中央の鉱物層に亀裂が入り、割れて、猫とゲーリーは真下に落下していく。

ゲーリーは頭から落ちていきつつ激しくもがく。肩に猫の爪ががっちりと食いこみ、重石《おもし》のようにゲーリーを引っ張っていく。最初のうちゲーリーは水中にいるが、どういうわけか、この水は普通の水よりも密度が低く、彼は水面に戻ることができない。やがて、もはや水中にいるとはまったく思えないようになり、むしろ暗闇を真っ逆さまに落ちている。周りには鳥が飛び交い、どの鳥もくちばしに火のついたろうそくをくわえている。

降下は長くつづき、空中にはますます多くの鳥が現れて、ついにはろうそくの光があふれて暗闇が白旗を上げた。そして、突然、回転するような瞬間が来て、ゲーリーは郊外のどこまでもつづく歩道の木の下に立っていた。猫が肩の上にすとんと落ちてくる。上の世界の季節は冬だが、ここでは夏の長い一日が終わりつつある。空気はベルベットのようで、焦げているようでもある。足元の草は紫色で、陰ができていて、草葉の先端はどれもうつむき加減だ。

ゲーリーが見上げると、空に太陽はなく、地底湖は影も形もない。代わりに、上空に広がる紫色の夕暮れの中にあるのは、鳥とろうそくが引いた不安定なまばゆい線。通りに人影はない。住宅前には車が停《と》まっているが、ゲーリーには車のモデルもナンバープレートも認識できない。木々も、その種類をきちんと言い当てられないぐらい奇妙だ。ゲーリーは葉に触れようと手を伸ばし、引っこめた。葉は、うぶ毛だらけの尖《とが》った歯に覆われていて、ゲーリーの手を傷つけてわずかに出血させた。見たところ、樹皮は半透明で、その下では明るい色の液体が細い流れとなって駆け上がっている。

猫が歩道に飛び降りる。

「これが地獄か？」ゲーリーはそう言い、指先からの血の滴を吸う。

「そんなにがっかりしないで」猫は言う。

「がっかりはしてない」しかし、その言葉は本当だろうか？　ここがどれだけ奇妙で、血に飢えた場所だとしても、心の中では、郊外にたどり着いたことに少しばかり失望しているのではないか？ここが本当にプリンス・ハットの育ったところなのか？「予想とちがっただけだ」

「さあ、行って、なんでもいいからプリンス・ハットとの結末を見つけるためにすべきことをしてきて。納得いくまでごゆっくり。この木の下で待っていてあげる」

「ここまで来て、木の下に座るだけなのか？」ゲーリーは訊く。

猫は頭をめぐらせ、ドーベルマン並みに大きい二匹のネズミが通りを駆けていくのを見つめている。

ゲーリーは一歩後退するが、ネズミたちは彼や猫に気づいた様子さえ見せずに走っていく。あたりを見まわすと、近所の芝地の多くにおなじくらい大きいか、さらに大きなネズミたちがいて、くつろいだり、茂みをつついたり、糞《ふん》の山をこしらえたりしているのが見える。ゲーリーが猫に目をやると、猫は顔に渇望の色を浮かべながら、ネズミの一匹をじっと見つめていた。

「まさか、あんなものを捕まえるつもりじゃないだろう」ゲーリーが言う。

「誰しも、欲しがらないほうがいいものを欲しがる。それでも私たちは追い求めてしまう。でしょ？」

ゲーリーはこれにうまく反論できそうにない。道の先を見て、反対側も見る。ここは郊外の住宅地の奥深くで、農場風の家屋やチューダー様式を模倣した家屋、どう解釈すべきかわからない記号が付けられた交通標識がある。一番そばにある道路標識の文字は読めない。なんとか理解しようと目を凝らすと、かすかな吐き気がこみあげる。

「プリンス・ハットを見つけるためにどっちに行くべきか提案があれば、喜んで聞くよ」ゲーリーは言う。

猫が言う。「出会った人に訊きなさい。ここでは誰もがプリンス・ハットを知っている」

「それなら、そのへんの家のドアをノックすればいいかな」

「あらあら。それはおすすめしない。ここにはあまり愛想が良くない住民もいるから。でも、今夜はコミュニティセンターでビンゴパーティーがあるはず。この通りを五ブロック進んでから、右に曲がって、二ブロック直進して。ただし、ここに戻る道のりを忘れないように」

「素晴らしい。ありがとう」ゲーリーは冬用のコートを脱ぎ、セーターも脱ぐ。シャツの肩には猫の爪が食いこんでできた血の染みがあるが、これは致し方ない。少なくもシャツは黒だ。猫のいる木の下にコートとセーターを置いて、教えられた道順に従って歩いていく。道に車は走っていない。ネズミたちが右に左に駆けまわるためだけに道があるようだ。実際、通りすがりに停めてある車を見ると、車内は葡萄《ぶどう》やビー玉サイズのゼリー状の小さな球体でいっぱいだ。球体の中で小さな物体がらせん状に動いたり、前に後ろに跳ねたりしはじめ、じっくり眺めているとますます活発になってきたので、さらに活動的になる前にゲーリーは先へ進む。

たどり着くと、コミュニティセンターはいかにも公共の建物らしく四角いレンガとガラスでできている。ただし、たたんだ黒い翼も二枚、左右の側面についている。そのために不吉なゴシック風の印象になり、たくさんの窓がまぶたのない目に、両開きのドアが開いた口に変貌して見える、とゲーリーはつい考えてしまう。それでもゲーリーはプリンス・ハットのことを思い（プリンス・ハット！）、ドアから入って廊下を進むと、いたって普通の女性（指の長さや、微笑んだときの歯の長さに目をつぶれるのなら）が折りたたみテーブルにさまざまな食品を並べていた。ドーナツ、赤いフルーツポンチ、コーヒーカップ、砂糖袋、サイムンドゥルそっくりだがサイズは小さめの芋虫があふれんばかりに盛られた深皿。

女性は顔を上げ、ゲーリーを見て、口を開く。「なにかご用かしら、お兄さん？」

「ええっと」ゲーリーは言う。「そうなんです。すみません。プリンス・ハットを探しているのですが」

「まあ、プリンス・ハット！　ここで一般人にまじっていることはあり得ないわ、プリンス・ハットはね。地獄の女王との結婚準備の真っ最中でしょう」

「アグネスですね」

「あらまあ。そう呼べるということは、さぞや親しいお友達なのね。どうぞ、ドーナツとコーヒーを召し上がれ」

「実のところは花婿の友人なんです。よそから来ました」ゲーリーが一番ドーナツらしいドーナツを選んでいる間に女性はカップにコーヒーを注いでくれる。とても熱いコーヒーなので、一口飲んで舌を火傷《やけど》した。ドーナツは脂肪と灰と粉砂糖の味だ。それでも、久しぶりに飲んだり食べたりしたので、とても美味《おい》しい。それにあの女、アグネスにもう一度相まみえる前に、どうしても英気を養っておく必要がある。ゲーリーは二個目のドーナツを取る。「度忘れしてしまって。結婚式はいつです？」

「土曜日よ。あと三日。お兄さん、プリンス・ハットの親しいご友人なら、招待状を受け取っているでしょうに」

「いえね」ゲーリーは言う。「ほら、最近の郵便事情をご存じでしょう。間違いなく、家で招待状が私の帰りを待ってますよ。教えてください、プリンス・ハットの滞在場所への近道を知りたいんです」

「きっと地獄の女王の館に泊まっているはず。でも、そこに案内はできないわ。あの館は一か所にとどまらない。とどまるには大がかりすぎる。それに、もちろん、女王には多くの敵がいるから。女王があなたに見つけさせるつもりなら、あなたは見つけるわ。ただし、探しに行く前に、洗面所で身だしなみを整えるべきね、お兄さん。あそこの隅にある忘れ物箱にサイズがぴったりのシャツがあるはずだから。今のシャツからは人間の血の匂いが漂っているし、このあたりにはその血に目がない方々もいる。ドーナツをもう一つ取って。結婚式まであと三夜。ドーナツ三個で持ちこたえられる。ここにいる間は、他になにも食べないでね」

「ありがとうございます。どうしてこんなに親切にしていただけるのか。率直に言うと、助けてくれる理由がわかりません」

「あら、助けだなんて言わないで。親切にして、貸しを作ってるのよ。いつかは借りを返してもらうことになる。感謝の言葉なんていらないわ」

　ああ、ゲーリーは深みにはまっている。そうはいってもプリンス・ハットに出会って以来、これまでずっとそうだったんじゃないのか？　ゲーリーは女性にすすめられたとおりに行動した。コミュニティセンターをあとにするときには、絶望感は増しつつも爽快な気持ちになっていた。プリンス・ハットは三日後に結婚式をする予定で、滞在している館そのものがゲーリーに見つけてもらいたがらない限り、その場所がわからない。ゲーリーの計画はプリンス・ハットをもう一度連れ去ることだというのに、アグネスか、あるいは彼女の館がプリンス・ハットのいる館を見つけてもらいたがるものか？　しかも、プリンス・ハットはおそらくゲーリーとニューヨークの小さな部屋に戻るよりも、地獄を支配したいだろう。そう思うと、余計に気がふさぐ。

　ゲーリーはあてもなく地獄を歩きまわり、ネズミを避けつつ考える。先端が紫色の芝生の上に建つ閑静な家々はなかなか立派ではあるけれど、どこかにもっと裕福な地域があるはず。そんな地域をうまく見つけられればいいのだが。きっと地獄の女王は、無秩序に広がる悪趣味な大量生産型の屋敷に住んでいるのだろう。頭蓋骨と黒曜石でできていて、砂糖の柱と血の堀、どこでも好きなところに飛んでいける無数の翼を備えているだろう。ところが、結局、探しあてた家は、長い道のりで通りすぎたどの郊外型住宅とも大差のない、地味な一軒家だった。これこそ自分が探している場所だとわかったのは、そこから筆舌に尽くしがたい重量感、強烈な力の気配がしていたからだ。塩化ビニール樹脂の外壁は古く、カビでけば立っている。飾り雨戸には早急に再塗装が必要だ。塗られた血が古く、どれほど古いかさだかではないが、剝《は》げ落ちている。それでも、この家を他の家と見間違えることはあり得ない。家のあらゆる部分がゲーリーに、今見ているのが地獄の女王の家だと告げている。

ゲーリーは時間の感覚を完全に失っている。今は昼か、それとも夜か？　空の鳥たちはまだろうそくを運んでいる。ここにはおそらく昼も夜もないのだろう。そうなると、いつが土曜日か誰にわかる？　もしかしたら結婚式はすでに済んでいて、今、ゲーリーは目指すもののない新たな最低の一日の只中《ただなか》にいるのかもしれない。それにもかかわらず、ゲーリーは胸を張り、玄関のドアまで行き、ドアベルを押した。ところがベルは鳴らず、代わりに甲高い声が叫ぶ。「来た、来た！　あの老いぼれがとうとう来た！」

ああ、老いぼれと呼ばれては心が痛むはずだが、ゲーリーはむしろ有頂天だ。ドアが開くと、アグネスが、地獄の女王みずからがおでましだ。プリンス・ハットはきっと近くにいる。

「あなたね」アグネスは言う。ゲーリーは彼女のことをなにかの女王だとは、たとえ町内会の女王だとも想像できそうにない。館とちがって、獰猛なエネルギーを欠いている。あるいはそのエネルギーをきつく封じこめているのかもしれない。

「プリンス・ハットと話をしに来た」ゲーリーは言う。

「ずいぶんと厚かましいこと。一度ばかりか、二度もあの人を奪おうとするなんて」その表情はあざけるようだ。髪は高めのポニーテールで、スポーツブラとレギンスを身に着けている。奥の部屋ではテレビ番組がついている。**ジャズ体操か？**　ゲーリーは思う。**まぎれもなく、ここは地獄だ。**

「確認したいだけだ。彼が幸せなのか、これが彼の選んだことなのか。もしも自分が望んだことなんだと言われたら、私は去る」

「あの人は今、眠っているところよ。再会してから猛烈にセックスしまくってるせいで、完全に疲労困憊《こんぱい》させてしまったかも。いつまた会話ができる状態になるのかは、なんとも言えないわ」

もしもアグネスがこんな話でゲーリーを傷つけようとしているのなら、うん、まあ、成功している。しかし、ゲーリーもこれまでプリンス・ハットの他の愛人たちと渡り合ってきたのだ。地獄の女王だろうと物の数ではない。

「面倒をかけるつもりはない。だが、私としては、プリンス・ハットと話す機会を得るまで去らない覚悟だ」ゲーリーは言う。

アグネスが尻をぼりぼりとかく。エクササイズ用スニーカーでつま先立ちになり、数回跳ねる。「はるばる来たのよね」彼女は譲歩する。「なら、こういうのはどう？　これから三夜、彼を好きにすればいい。やれるなら彼を起こし、言うべきことを言えばいい。だけど、昼間のプリンス・ハットは私のもの。結婚式の前にやることがたくさんあるのよね。ケーキ選び、ディナーの予行演習、独身最後のパーティー、血の儀式、その他いろいろ。三夜をあなたにあげるけど、昼間はあなたを主寝室のクローゼットに吊《つ》るさせてもらう。邪魔にならないようにね。土曜の朝までに一緒にここを出ていくよう説得できなかったら、それでおしまい。あの人は私と結婚して、あなたはここを去る。あなたは私たちから手を引き、彼は私のものになり、あなたは上に戻って孤独で悲しい人生を、プリンス・ハットがまるで関心を寄せない悲しくて孤独な人々の世界で送ることになる。どうかしら？」

ゲーリーはこの提案をじっくり考える。落とし穴やごまかしがあることは見え見えなので、そう言葉にする。

「もちろん、落とし穴はある」アグネスは言う。「言わずもがなね。そうやってためらうなら、あなたが失敗したとき支払うものが増えるだけよ。今帰る気なら、どうぞ帰って。止めないわ。とどまっても、プリンス・ハットを説得して一緒に帰れなかった場合には、土曜日にあなたは私のものになり、私の好きにできることにしましょう。どうぞ中に入って。まずは靴を脱いでちょうだいね。汚れているから」アグネスのスニーカーは真っ白だ。

こうして招かれ、警告もされたゲーリーは、玄関前にブーツを脱いで地獄の女王の館へ入っていく。館は手入れが行き届いておらず、よそよそしい。肘掛椅子やソファにはビニールのカバーがかけられ、あらゆるものから立ちのぼるお香の匂いは、誰かが是非とも捨てに行くべきごみの悪臭を覆い隠そうとしているが、ろくに務めを果たせていない。

アグネスが片手をふる。「廊下の先、左側の二番目のドアよ。私はここの長椅子で寝ることにする。寝室には専用のバスルームがついているけど、赤いカップの中の歯ブラシを使ったら、あなたの皮を剥いで、醜い手袋を一組作ってやる。それからもうひとつ。寝室に入ったら、ドアを閉めて、施錠しておいて。私の気が変わって、あなたを引きずり出して、どのみち皮を剥いじゃう可能性があるから。夜が明けるまでは、部屋の外に出ないことね。私は眠りが浅くて、起こされると暴力的になりがちなの」

ゲーリーは廊下を進み、その向こうでプリンス・ハットが眠っているドアへと進んでいく。プリンス・ハット！　ドアを開けると、ゲーリーの心は鍋に入れられた魚のように跳ねる。ブラインドが下りていて、部屋は暗く、鳥もここにはいないが、それでもゲーリーはセックスの匂いがする花柄のシーツの下に愛する人の体のラインを見て取る。

ゲーリーはドアに鍵をかける。腰を下ろすと、動きに合わせてベッドが波立つ。ウォーターベッド？　今どき誰がそんなもので眠る？　シーツをめくる。プリンス・ハットの無精髭の生えた頰にキスをする。プリンス・ハットの吐く息、眠って酸っぱくなった寝息を味わう。「起きろ、まぬけ。私だよ」

しかし、プリンス・ハットはぴくりともせず、目覚めない。そしてゲーリーがなにをしようとも(あなたがこの状況ならするようなことはすべて。それ以上のことも二、三)、プリンス・ハットは目覚めてくれない。そしてゲーリーは、それはもう、疲れている。とうとうプリンス・ハットの横に寝そべり、これまでの冒険をすべて思い返し、それを終えると眠りに落ち、鳥がくちばしでろうそくをくわえて、休みなく飛んでいく夢を見る。

ゲーリーがあっという間にまた目を覚ますと、朝になっていて、プリンス・ハットがもぞもぞと動いている。ゲーリーがなにか言う前に、地獄の女王が寝室にさっそうと入ってくる。鍵にはまったく意味がないようだ。アグネスがブラインドを開け、ゲーリーの首根っこをつかんで持ち上げる。そうされるとゲーリーは平べったくなり、薄く、軽く、ガーゼのようにぺらぺらになるのを感じる。すると、アグネスはゲーリーをさっとクローゼットに運びこみ、コートハンガーにかけて、ジャケットやスカート、しわくちゃになった袖なしのリネン製ロンパースでいっぱいのラックにかける。

「ほらほら。いい子にして、そこで大人しくかかってなさい。今夜また取り出してあげるから」

　大量の衣類やクローゼットの扉の向こうから、プリンス・ハットの声が聞こえる。アグネスと話をしているようだが、ゲーリーには二人がなにを話しているのかはっきりとはわからない。プリンス・ハットはゲーリーが近くにいると感じられるだろうか？　別の音が聞こえ、プリンス・ハットとあの女がセックスをしているのがわかる。やがて二人がシャワーを浴びている音がして、またセックスの音がする。その後はかなり長い間なにも聞こえなくなったので、最終的に部屋から出ていったにちがいない。ある時点で館が激しく振動しはじめ、左右にがたがたと揺れながら進む。館そのものとゲーリーをどこか別の場所に連れていくのにちがいない。プリンス・ハットの近くに行ってくれるのだろうか、それともプリンス・ハットは今、屋敷がようやく落ち着いた場所からもっと遠くにいるのだろうか。どちらにしても、日の暮れる頃、アグネスとプリンス・ハットが帰ってきて、廊下の奥から二人の声が聞こえる。またしてもセックスがあり、今回は気のない音だとゲーリーは思うが、どちらにしても彼は性的な嫉妬に燃える。最高に気のない性行為ですら、どんなに恋しいか。どんなに猥褻《わいせつ》か、どんなに美味か、最も気のないフェラチオでさえ、最も義務的なアナルプレイですらいつもどんなに途方もないことか。相手がプリンス・ハットである限りは。

　寝室は静かになり、しばらくするとアグネスが現れ、ゲーリーをハンガーから外し、ふり広げて元に戻す。プリンス・ハットはまたもやウォーターベッドでぐっすり眠っている。

「彼って本当に別格よね。あなたや私とはちがう。彼とくらべたら、私たちはすごく平凡」

　地獄の女王が言うにしては奇妙な言葉だが、ゲーリーはプリンス・ハットが家までついてきてくれて以来、この感覚に浸ってきた。慣れたものだ。

「あと二晩」アグネスはゲーリーに思い出させる。「プリンス・ハットとの残り時間はそれで全部。あなたに残された時間もそれが全部。おしまいね、残念ながら彼を起こせなければ。あなたを剝製にして、面白い感じに色を塗って、結婚の贈り物として彼にあげるかも。少なくとも、それであなたはプリンス・ハットと一緒にいられる。それか、結婚式のディナーであなたを食卓に載せるかもしれない。縄で縛りあげ、口にリンゴを詰めて、老いぼれ羊の味をごまかすためにスパイスをたっぷりふりかけてあげる」

「私の分の時間を使っているよ」ゲーリーは言う。「彼にかけた魔法を破られてしまいそうで、心配しているようだね。もう一度捨てられるんじゃないかと不安なんだろう」

「いいえ。ただ退屈してるってだけ。あなたに三晩あげるなんてばかなことをしたせいで、私は長椅子で寝なきゃいけない。あなたを苦しめるのは楽しいわ。私は退屈の許容量がとても低いの」

「出かけたらどうだ？　土曜に結婚する自信がそんなにあるなら、まだ気ままな独身のうちに最後の二晩を少し謳歌《おうか》してみては？　プリンス・ハットには私が目を光らせておくよ」

アグネスは思案する。「悪くない考えね。女友達と町へ繰り出すことにするわ。でも、万が一にも、眠れるプリンス・ハットをさらっていこうなんて考えないように、館が監視の目を光らせているることを覚えておいて。私が一緒にいない限り、プリンス・ハットをどこにも行かせないように厳命されているの。それと、あなたはこの部屋を出られない。もし出たら、取り決めは破棄されて、あなたは大いに苦しむことになる」

アグネスは出ていき、ゲーリーは不快なウォーターベッドで眠る夫の傍らに座る。またしてもプリンス・ハットに話しかけ、どうか目を覚ましてほしいと懇願する。できる限り大きな声で歌を歌う。まずはプリンス・ハットが大好きな曲、次に、なによりも毛嫌いしていた曲。プリンス・ハットの腕をつねり、プリンス・ハットの髪の毛を何本か引き抜き、勃起したペニスを撫で、プリンス・ハットの唇を嚙み、肩を嚙み、尻を嚙む。もしかしたら嚙み跡に気づいてもらえるかもしれないが、プリンス・ハットの美しい肌はすでにアグネスに吸われ、つねられ、嚙まれた跡だらけだ。プリンス・ハットに嚙み跡の区別なんてできるだろうか？

ゲーリーは部屋の中でペンと紙を探しまわる。それでプリンス・ハットに短い手紙を残そうというのだが、アスピリンの錠剤のレシートと電球二個と短くなったアイブロウペンシル以外に役立ちそうなものは見つからない。ゲーリーはレシートの裏に書き記す。〈愛してる、プリンス・ハット。きみも私を愛してくれてると思う。きみの傍らに二晩いた。明日の夜は起きていてくれ。さもないと、二度と会えない〉

どこに手紙を隠せば、地獄の女王に見つからないだろう？　結局、レシートをきっちり折りたたみ、バスルームの引き出しで見つけたコンドームの中へ入れる。もう朝が近いと感じたときに、そのコンドームをプリンス・ハットの口内に置く。

すべてがふたたびおなじように進行する。アグネスがのんびりと入ってきて、まるでゲーリーに会えて嬉しいかのようににやりと笑う。それから、ゲーリーを平らにする作業、クローゼットに吊るす作業をする。その後、なんらかの会話がある、もしかしたらプリンス・ハットが手紙を見つけ、ゲーリーへの仕打ちをめぐってアグネスと口論になっているのかもしれない。あるいは、プリンス・ハットが手紙をアグネスに読み聞かせ、二人してゲーリーを、彼の愚かさを笑っているのかもしれない。最終的に二人は寝室から出て結婚式の前日をすごしにいき、ゲーリーはこの二日目もずっと吊るされながら思い悩み、もっと良い戦略はないかと考える。

アグネスがクローゼットからゲーリーを取り出しに来たときには、もう我慢ができなくなっていた。「手紙はどうなった？　プリンス・ハットは読んだのか？」

「手紙？　覚えてないわ。あらまあ、その手紙、受け取ってもらえたならいいんだけど。どこに置いたの？　探すのを手伝ってあげましょうか？」

「口の中に置いたんだ！」

「ずいぶんとおかしなところに手紙を置くのね」アグネスはベッドに近づき、まるでゲーリーの手紙を探しているかのようにのぞきこむ。「たぶん目覚める前に呑みこんじゃったのよ。今度出てきたときには読めるような代物じゃなくなってるだろうから、内容を教えてくれれば、結婚の夜に伝えてあげる」

「おかまいなく」ゲーリーは言う。ベッドを挟んでアグネスの反対側に立つ。二人はまるでプリンス・ハットが二度と目覚めないかのように、彼を挟んで会話する。「今夜、どうにかして目覚めさせたときに伝えるよ」

「その粘り強さには感動するわ。あなたのことをよく知っている気になる。プリンス・ハットがあなたのことを話すからじゃないのよ。話さないもの。そうじゃなくて、ほんと、あなたって私自身を思い出させるところがある。私も諦めない。あなたは少しの間、彼を手に入れていたけど、今は私が取り戻した」

「取り戻したという確信がそれほどあるなら、どうして昼間のうちに話をさせてくれないんだ？」

「これは一本取られたわ。もしかしたらあまり確信がないのかも。でも、あなただって心の奥底で本当に、プリンス・ハットに選ばせること、もう一度あなたが選ばれるかもしれないことが、彼にとって最善だって確信がある？　ここで私と一緒にいれば、プリンス・ハットは私の傍らで地獄を統治することになる。ここで私と一緒にいれば、私から新しい肉体を与えられて、若くて健康な肉体で永遠に生きられる。今の肉体はもうすぐ使用期限切れ。あと十年もすれば、まだ本人も知らない血液疾患が大きな苦痛をもたらす。そして、それがやがて死を招くことになる。だから、彼が自分に害をもたらす道を選ばないように、そもそも選択の機会を与えないほうがずっといいんじゃない？」

ゲーリーが言う。「嘘だ」

「私は気が向けば嘘をつくけど、今は真実のほうが気に入ってる。もし、私の言ったことが嘘で、プリンス・ハットは長生きするとしましょう。その場合でさえ、さらに二十年か、あるいは三十年とか四十年よね！　人の寿命はほんのつかの間。プリンス・ハットはいつか死ぬ。あなたみたいな頑固なおじいさんでもそれを防げないけど、私みたいな存在にはできる。彼を私に任せなさい。そうすれば彼は永遠に、若く美しく、常にプリンス・ハットのままで生きられる。彼のためにあなたが選んであげるべきじゃない？　プリンス・ハットがいつまでもプリンス・ハットのままでいられることに満足して、おうちへ帰ったらどう？　仮にプリンス・ハットを目覚めさせたとして、それってあまりに身勝手よ。あなたを選ぶことは死を選ぶことなのに、それでも彼に選んでほしいと頼むなんて」

とんでもない言い分だ！　これを聞いて、ゲーリーはあやうく卒倒しそうになる。アグネスは微笑んで、ゲーリーが話し出すのを待つが、彼がなにも言わないとなるとまた口を開く。「プリンス・ハットとの最後の夜よ！　是非楽しんでね。私とは朝に再会することになるけど、たいした儀式もなしにあなたを処分することを許してちょうだい。結婚式、戴冠式、宴会とか、あれやこれやでかなり忙しい予定なの。あなたのペニスをブロンズ仕上げにして、婚礼の乱交パーティーに持っていくだけの時間はあるかも。その部分についてはかねがね噂《うわさ》を聞いてるわよ」

「誉め言葉だけだといいが」ゲーリーはやっとのことで言い返す。

これを聞いて地獄の女王はにやりと笑い、部屋を出ていく。その背後でドアがぴしゃりと閉まるが、もちろんプリンス・ハットは目を覚まさない。ゲーリーは傍らに寝そべり、プリンス・ハットを抱きしめる。プリンス・ハットにずっと言いたかったことをすべて言い、不満も恨みつらみもすべて並べたてたうえで、どれもたいしたことじゃないとプリンス・ハットに告げる。プリンス・ハットがやりたければどんな罪でも犯してかまわないし、それでも自分は愛しつづける。ただし、ここで目を覚まし、ゲーリーがひとつ質問するのを許してくれるなら、と言う。しかし、プリンス・ハットは眠りつづけ、こうした言葉をなにひとつ聞いていないかのように安らかに眠っている。

次にゲーリーはプリンス・ハットに、これまで自分の言動でプリンス・ハットに隠してきたことをあらいざらい言う。詳細な告白をして、その最後に、目を覚まして許してほしい、とプリンス・ハットに懇願する。なおもプリンス・ハットは眠りつづける。ゲーリーが犯した罪などプリンス・ハットにとってなんの価値もないようで、ああ、これは予想よりも心をえぐった。

もしもプリンス・ハットが永遠に眠りつづけ、ゲーリーがここで、このおぞましく、ぐねぐねしたウォーターベッドの上で彼とずっと一緒にいられるのなら、最悪の運命とは言えないだろう。しかし、朝は近づきつつある。ゲーリーが起きあがると、ウォーターベッドがぐにゃりと揺れる。ゲーリーはこんなものに魅力を感じたためしがない。最後のアイデアが浮かんで、バスルームに行き、あらゆる戸棚と引き出しの中をひっかきまわし、結局、なすべきことに必要な鋭利なものがここにはないと渋々認める。

アグネスのクローゼットの中で、細く尖ったヒールの靴を見つける。ハサミの代わりにこれが使えるだろう。プリンス・ハットのいるベッドに戻り、上掛けシーツをめくり、敷きシーツの角部分を引き上げ、押しやり、ポリビニルをヒールで攻撃した。何度も繰り返し突き刺し、表層に小さな裂け目を作る。なにか濃厚でぞっとするものが一滴、にじみ出てくるが、ゲーリーは今やすっかり逆上している。ヒールでベッドをひっかきつづけ、ついに裂け目が大きくなると、中に指を入れて表層を引き裂く。それから?　ああ、血だ。臭い血が噴出する。半ば凝固したような濃厚な血液。血はゲーリーを、プリンス・ハットを染めあげ、ベッドの支柱や壁、天井にも飛び散る。

ゲーリーは勝利の雄たけびをあげた。だが、見ると、プリンス・ハットは血にまみれても眠ったままだ。

そうして、アグネスがあわただしく部屋に入ってくる。「あらまあ、なんてこと。プリンス・ハットになんてことをしたのよ、このばかが。それで、なんになったわけ？　彼は目覚めないいし、あなたは彼を失った」

アグネスに腕をつかまれ、ふりまわされ、ゲーリーはだらりとして軽くなり、もはや自分で自分がわからなくなるが、それでも自分からまだ悪臭のする血液が滴っているのはわかる。

「これじゃだめね。吊るせないじゃないの。今朝は遊んであげる暇がないし、クローゼットに隠すこともできやしない。服が血で汚れそう」

アグネスはバスルームにゲーリーを運び、シンクで絞り、冷たい水道水ですすぎはじめる。ゲーリーはこれになすすべなく耐える。寝室ではプリンス・ハットが身動きしはじめる。

「おはよう！　よく眠れたならいいけど」とアグネスが呼びかける。

プリンス・ハットはうめき声をあげる。「寝すぎたほどだよ。どうしてこんなことに？　一緒に寝ている間にぼくを刺したのか？」

アグネスはゲーリーをもう一度絞ってから、プリンス・ハットのもとへ、ゲーリーを片手に握ったまま向かう。「ああ、ダーリン、なんてこと。きっと二人で眠っている間にあなたがウォーターベッドを破裂させたのよ。昔からほんとに寝相の悪い人だもの。まあ、たいしたことじゃないわ。新婚旅行から帰ってきたら、新しいベッドを買ってあげる」

プリンス・ハットは指で顔に触れ、その指を離すと、付着したものを見つめる。「二人ともベッドで寝ていたなら、どうしてぼくだけ血まみれで、きみはちがうんだ？」

「あらまあ、子鳩《こばと》ちゃん。正直に言うわ。昨日の夜、あなたがひどく寝返りを打つものだから、私はベッドで一睡もできなかったの。それで長椅子のほうでうたた寝したのよ。さあ、急いで！　シャワーを浴びましょう。今日は私たちの結婚式の日よ！」

プリンス・ハットは破裂したベッドから這《は》い出て、裸のままアグネスの前に立ち、伸びをする。ペニスは固く、血に濡《ぬ》れそぼっている。

「今日がなんの日かはわかってるよ。だけど、ねえ、その手につかんでいるのはなんだ？」

「これ？　血を拭くための雑巾。それだけ」

「それなら」プリンス・ハットが言う。「貸して。それで顔を拭くから」アグネスからゲーリーを奪い、まるでここが更衣室で、ゲーリーがタオルであるかのように勢いよく空中で広げる。すると、ゲーリーは元どおりになり、プリンス・ハットは目を見開き、ゲーリーを見て微笑む。

「ほらね」プリンス・ハットはアグネスに言う。「きっと来るって言っただろ」

今やアグネスの顔は激しい憎しみに満ちている。稲妻を大量に落とし、有毒の昆虫の群れを召喚するだろう。ゲーリーはそれに耐えることになる。アグネスとの賭けには負けたが、プリンス・ハットに愛されていると知って死んでいくわけだ。「ごめんよ。こうなることを前もって考えておくべきだった」ゲーリーはプリンス・ハットに言う。

しかし、結局のところ判明したのは、プリンス・ハットもアグネスと賭けをしていて、賭けの対象は、ゲーリーが結婚式が始まるまでにやってくるか否かということだった。もし賭けに勝てば、アグネスは二人が去るのを許し、決して鉄槌《てっつい》を下さないことに決まっていた。

実は、プリンス・ハットには、地獄を統治したいという気持ちがさらさらなかった。アグネスは二人が館から無事に立ち去ることを許すが、それでも腹立ちまぎれにプリンス・ハットにはシャワーを浴びることも、服を着ることも禁じる。プリンス・ハットはゲーリーと手をつないで通りに出ていく。身に着けているのは乾いた血液だけだ。

二人は猫が待つ木のところまで歩き、ゲーリーのコート、ゲーリーのセーターを見つける。プリンス・ハットはかがんで、猫の裂けた耳の後ろをかく。猫は親指の付け根の肉厚な部分に激しく噛みつく。

プリンス・ハットは手を引っこめる。「マナーがなってないなあ!」

猫は言う。「地獄の女王を二回も捨てたまぬけがよく言うわ。女王はきっと癇癪《かんしゃく》を起こすから、その前にここからずらかろうじゃないの」

ゲーリーは暗い洞窟と果てしない階段のことを考え、うめき声をあげる。もう体力は尽き果てていた。プリンス・ハットを見つけるための長い旅路で、持てるものをすべて使い切っていた。

「ああ」ゲーリーに説明されて、プリンス・ハットは言う。「他の道をたどって家に戻れる。きみはちょっと遠まわりしただけさ。ロングアイランドに帰る? もっと楽しい場所は? ローマなんてどう?」

「ロングアイランド」ゲーリーは言う。すると猫がプリンス・ハットの腕の中に飛びこみ、喉を鳴らす。

プリンス・ハットが言う。「仕方がないな。じゃあ、ぼくにしっかりつかまってて」ゲーリーがかろうじて指示に従った直後、プリンス・ハットが足を踏み鳴らし、猫が身をよじってプリンス・ハットの腕の中で再度落ち着くと、世界全体が逆さまにひっくり返った。上か、下か、あるいは完全に別の方向へ、一行は移動する。燃えるろうそくをくわえた鳥たちが、一行の周囲に軌道を描いて勢揃いしている。

次の瞬間、冬の浜辺に立っていた。プリンス・ハットとゲーリーしかいない。猫はいかにも猫らしく途中のどこかで、プリンス・ハットの腕から飛び出し、駆け去っていた。ゲーリーが見上げると、空を飛ぶ鳥はカモメとアジサシだけ。そのくちばしはなにもくわえていないし、太陽はまた空で輝いている。

プリンス・ハットは当然ながらまだ血だらけの全裸で、冷たい海水で体を洗う夫をゲーリーは止められない。その後、プリンス・ハットはゲーリーのボクサーパンツをはき、ゲーリーのセーターをスカートのように巻きつけて、袖を腰で結ぶ。ゲーリーのコートまで着たのは、ゲーリーが頼んだからだ。

二人は連絡道路をずっと歩いて、メドウブルック公園道路にたどり着く。ここで、マーティンとダニエルという夫妻が運転する車に停まってもらえた。夫妻はモントークマナーでの出版業界の会議にこの数日間出席していた。今日はニューヨークまで車で行って観劇をし、明日には自宅のあるセントルイスへ飛行機で戻るのだと言う。

夫妻はゲーリーとプリンス・ハットがそんな服装で、ここでなにをしていたのか是非とも知りたがる。二人の毛穴からはまだ、かすかだが気づく程度の地獄の臭気が出ているし、ゲーリーの指先すべてに、新聞紙のインクのような〈ブラックスクール〉の色が付着している。そこでプリンス・ハットが作り話を始める。夫がお話をしているうちにゲーリーは眠りに落ち、ようやく目覚めたのはマーティンとダニエルが二人を降ろすときで、そこはゲーリーとプリンス・ハットが長年幸せに暮らしてきたアパートの建物の前だ。

これが物語のおおよその結末だ。その夜、熱烈で優しいセックスのあと、ゲーリーはプリンス・ハットの腕の中ですすり泣く。プリンス・ハットも少し泣く。やがてプリンス・ハットはゲーリーに言う。「訊きたいことがあればなんでも訊いてくれ。きみの質問にはすべて答える」

かくして、ゲーリーはとうとうプリンス・ハットの父親、妖精の王から地獄の執事長となった人物についても、悪名高い罪人である母親についても知ることになる。プリンス・ハットの子供時代は妖精界とあの広大な地獄の郊外を行き来しながらすぎた。アグネスと婚約したときには幼すぎるあまり、自分になにが求められているのか理解できなかった。〈ブラックスクール〉に通い、ちがう種類の人生を夢見はじめたこと、思いつきで地獄と婚約から逃げたこと、アグネスに見つかり、せがまれ、ニューヨークでの休暇に連れてこられたこと。「地獄が僕に染みついているんだ。あそこを統治するように育てられたけど、きみの世界に足を踏み入れた途端、二度と戻りたくなくなった。あそこには自由も驚きもない。あるのは規則と罰則だけで、しばらくすると罰則さえも凡庸な作業に感じられるようになる」

プリンス・ハットはひたすらしゃべり、ウォーターベッドから排出されるなにかのように、ゲーリーと出会う前の暮らしがほとばしり出る。とうとうゲーリーが質問を思いつかなくなると、二人は眠る。

寝入る前に、プリンス・ハットが言う。「さあ、これですべてを知ったわけだから、もう二度とこのことを話さなくてすむといいな。訊く権利がきみにないわけでもなく、ぼくがきみと出会う前の暮らしを恥じているわけでもなく、ただ、むしろ、あの場所とあそこにいる人々にいつまでもとらわれるのをやめたいからだ。あることについて話しすぎると、それを引き寄せてしまうことになる」

ゲーリーもそれで不服はない。こっちだって話したくないことがある。つまり、今になって意味がよくわかったが、助けてくれた者たちに借りがあること、それからアグネスが話していた血液疾患、早すぎる死のことだ。とはいえ、ゲーリーは忘れずに、プリンス・ハットが毎年の健康診断を受けるように気をつける。疲労や貧血の兆候が見られれば、プリンス・ハットを血液検査やＭＲＩ検査に送り出す。敵がついにその顔（あるいは、あの女の顔）を見せるときまで、油断はしないだろう。

物語はこれで終わり。ほぼ終わりだ。恋人たちは再会した。セックスし、言葉を交わし、眠った。まもなく二人は目を覚ますだろう。今回はプリンス・ハットが先に目を覚まし、ゲーリーに言うだろう。「起きろ！」そしてゲーリーはプリンス・ハットの命令に従うだろう。

太陽は昇り、暗闇は去る。ゲーリーとプリンス・ハットは〈民話〉で遅い朝食をとることになる。もしかしたらダウンタウンをもっと奥へ、ハイラインパークかハドソン川沿いに進み、アイスクリームを食べ、よその犬を撫でるかもしれない。ゲーリーはなにをしても喜ぶだろう。プリンス・ハットはなにがしたい？　いや、誰にそんなことがわかるものか。しかし、やがて一日は終わる。一日は終わらねばならず、闇はまた来る。そして最終的には暗闇だけになり、ゲーリーはその暗闇の中でひとりぼっちになって、借りを返し、くちばしにろうそくをくわえて飛ぶ鳥になるだろう。くちばしを開き、ろうそくを落として、叫ぶだろう。ああ、私のプリンス・ハットはどこにいる？

プリンス・ハットはどこに行った？

白い道

（グリム童話『ブレーメンの音楽隊』より）

The White Road

これはすべて遠い昔に起こったことなので、私と私の周りの人たちに起きた真実の出来事というよりは、物語という形、作り話という形になると思う。私がしたことについても、他の人がしたことについても。だから、私はそのように書き留めよう。物語として。

昔と今では世界がちがうことは知っているだろう。それは誰もが知っている話だから、私が語るべき物語ではない。以前の私が何者だったか、それもまた小さな物語だ。あまりに小さな話なので、箱の中に入れて、それをまた別の箱に入れても、一番小さなポケットに入れて持ち運べるほど小さい。それを箱から取り出した場合、また元の箱の中に収められるかまではわからないが。

私がこれから語る物語は、最初の白い道が現れたあの決定的瞬間から二十年も経《た》たないうちに起きた。あの扉を抜けて二十年がすぎた頃、私は認可を受けた巡業劇団の常勤メンバーとしてフィラデルフィアとアーカンソー州ホットスプリングスを結ぶルートを行き来し、家財道具や家宝を売り買いし、公演をおこない、手紙やニュースを届けるようになっていた。好き好んで役者になった団員が大半だったが、一時期はへぼ医者も一座にいて、予約を受け、歯を抜き、お手製のさまざまな調合薬や医薬品を販売していた。その後、ヴァージニア州ロアノークの郊外地区が私たちからその医者の契約を買い取ったので、医者はそこに落ち着くことになった。医者は七十代で、馬や役者や旅のみじめさに別れを告げる心づもりができていた。代わりの医者は見つかっていなかったが、自家製の万能薬は大量に残していってくれた。熱を下げ、頭痛を和らげるというのが売りで、たぶん効いていたのだろう。ちなみに、私は前の町で出された酒で二日酔いになった朝にはその薬を飲んだものだが、気分が悪すぎて味は気にならなかった。

ともかく、私が言いたいのは、当時の劇団には医者がいなかったということだ。このことは、私たちが一年もしないうちに再訪したルート上のすべての場所で大きな落胆をもたらした。医療施設がない辺境の地の妊婦たちにとってはことさらだ。わずか一世代前なら、五十キロ先でも百キロ先でも移動するのはなんでもなかっただろう。私自身、子供の頃にカリフォルニアに二度、メキシコに一度行ったことがある。

もちろん、そういった辺境の地のほとんどは、せいぜい数百人規模の集落だった。古い州間高速道路脇のショッピングセンターやモーテルに数家族が不法に定住し、野菜を育て、ヤギやニワトリを飼っているところもあった。こういった人たちがその場所にとどまったのは、途方もなく頑固だったからか、みんながこぞって長々と説明してくれる宗教的な理由からか、あるいは白い道とそれを利用する者たちを恐れる以上に、都市に不信感を抱いていたからだ。

私もとやかく言える立場にない。私がもっと分別のある人間だったら、このような絶望的な土地から土地へとゆっくり慎重に進むことに人生の多くを費やしただろうか？　しかし、当時、私はひとつの場所に長くとどまることに満足できなかったのだ。

バクリ医師が去った後、劇団員は七人になった。私が最年長だ。アリス・パレスは私と年齢が近かった。彼女は自称三十五歳だったが、入団当時は二十九歳だと言っていて、それから九年がすぎていた。自称年齢よりも上で、私よりも年上だったのかもしれない。アリスは時々、世界に大きな変化が押し寄せる前の暮らしについて語り、そんなときは私よりもむしろ私の姉に近い年齢に思えた。変化が始まったとき、私は十六歳で、姉は二十二歳。アリスは時々、大学の授業について話した。マンハッタンのオフィスでアルバイトをしながら、オフ・オフ・ブロードウェイの舞台のオーディションを受けていたそうだ。

姉は二十二歳のとき、1型糖尿病の体で自転車に乗って、ボストンからマサチューセッツ州チコピーにある実家まで旧ボストン郵便道路を百六十キロ以上走り、実家に到着したけれど、最終的にはインスリンがもう入手できなくなって死んだ。二十三歳になった直後だった。姉とその短い人生には本当に特筆すべきことはなにもなく、私の人生も似たり寄ったりだ。特筆すべきことがあろうがなかろうが、そういった特質は長生きとほとんど関係がない。ついでに言えば、幸せな人生を生きるかどうかにも関係がない。

たしかに、アリス・パレスの実年齢は重要ではなかった。アリスは鋭い部分だけでできあがっていた。肘、腰、骨ばった小さな足、スキー場の斜面のような鋭い鼻、三角形の顎、鋭い弁舌。バクリ医師はアリスのことを「チーズおろし器」と裏で呼んでいた。それはただ、アリスが二度寝てくれたのにそれっきりになり、医師がひどく失望したためだ。アリスは魅力的で、機知に富み、陽気な性格だった。劇団員のほとんどが一度はアリスに恋をしたし、私もそうだった。アリスは私たちそれぞれに、恋が成就するかもしれないとしばらくの間思わせたものだ。アリスの関心は、虫眼鏡を通した日光のような性質を持っていた。対象は拡大され、照らされ、やがて少し焼け焦げる。結末はいつも、私たちの中で最も先見の明があって世慣れた者でも予想もしないうちに訪れ、これもまた鋭利だった。とはいえ、それは優しさだったのだろう。アリスが相手に抱くロマンチックな関心は、始まりも終わりもあっという間で、相手が焦げていることに気づく前にアリスが恋の火を消し、次の恋愛に移っていった。そしてその後のアリスは必ず良き友人になってくれた。

アリス・パレスが劇団の中で唯一、その視線を向けなかったのは、ローラン・ゴデジョンだった。ローランは入団してまだ一年だった。当時最年少の弱冠二十歳で、驚くほどの美貌の持ち主だったので、なぜアリス・パレスが彼からの誘いを無視するのか、ローラン自身も困惑したにちがいない。たしかに他の団員たちにとっても謎だったが、大きな娯楽にもなってくれた。アリス・パレスが無視すればするほど、ローランのアリスへの思いはアリス・パレス以外の誰の目にも明らかになり、アリスはそれに気づいていないかのようにさらに挑発的に無視をつづける、そんな調子だった。だからといって、ローランが面倒くさいやつだったわけではない。私はローランのことが大好きだったし、他のみんなもそうだった。おそらくアリス・パレスも。

ローラン・ゴデジョンはアトランタで劇団に加わった。ローランの母親は地獄の責め苦を説く説教師で、世界の終わりについて聖なるメッセージを授けられたと主張していた。私たちは不幸にも終末を生き延びてしまったとか、罪深い本性のせいで地球の住民は神に見捨てられたのだとか説いていた。正しい者たちは今や他の惑星に住んでいる。ここは悪魔どものいる地獄であり、私たちはそこから逃れられないが、神を賛美し、悔い改め、神の戒めに従って生きることが私たちの義務だ。

ローランの母親の信者たちは、ごみを漁《あさ》り、細々と自給自足の農業をして生き延びていた。信者たちは姦淫《かんいん》、飲酒、ダンスなど、地獄での日々が少しでもましになりそうなことをすべて懸命に遠ざけていた。ローランは字の読み方をひそかに独学で覚え、劇団がアトランタにめぐってきたときに二度、公演を見に来た。二度目のとき、私たちと一緒に町を去った。神に見捨てられた経験があったので、アリス・パレスの無関心を受け入れやすかったのかもしれない。神は背を向けたかもしれないが、アリス・パレスとは毎日すごせるし、神の不在より無関心な神のほうがましだ。そして、アリスはローランと寝ようとしなかったが、他のいろんな町に、ローランと寝たがる者が山ほどいて、実際に寝てもいた。私たちのほとんどは、どこかの町に恋人がいた。

春の終わりのことだった。私たちはチャタヌーガで二泊した。二晩とも客の入りは上々だった。前回、巡業に来たときには新しい演目をやった。バーレスクの曲や人々がどんな音楽でも好きに聴いて生活していた時代の劇的でロマンチックな歌をふんだんに盛りこみ、すべてをリアルに感じさせる程度に悲劇を少々添えた、アマベスとカーヴァーによる共同制作の喜劇だった。私は二枚目と言えなくもない顔をしているが、かつて愛した女性には、あなたの顔には強い行動力や暴力性さえ感じさせるなにかがあると言われた。それに、私はバリトンの声を持っている。だから演じる役はたいてい悪役か悲劇の王だった。

役者は誰しも自分にないものを演じるが、正直なところ、私は大胆な若い恋人の役を演じたいと思ったことはない。今よりも若く、もっと愚かだった頃でもそうだ。

出発前の朝食のとき、アマベスが頭痛を訴え、やがて片目の血管が切れるほどの勢いで嘔吐《おうと》しはじめた。その直後、フィリップとシーシーもおなじように嘔吐しはじめ、滞在していた宿泊所の他の客たちも多くがあとにつづいた。具合が悪くなった人たちはみな、野生のキノコが入ったシチューを食べていたことがわかった。私たちは五日間出発を延期し、仲間たちの回復を待つことになった。ローランはウイスキー製造所を営む赤毛の女性とこれ見よがしに出かけていったが、アリス・パレスに気づいてもらいたがっていることは一目瞭然だった。アリスは気づかなかった。いつもそうだった。

アリスと私は何時間もチャタヌーガ図書館ですごし、歌劇の台本や楽譜に目を通し、書き写す価値のあるものがないか調べ、友人たちのことで気をもまないようにした。とにかく宿泊所から離れていることが気晴らしになった。広間に安置されている死体はすでに腐りかけていて、ハーブやろうそくを燃やしつづけているにもかかわらず、臭いが建物全体に充満している。もしも仲間があの忌まわしいシチューで死んだら、入れ替わりにあの場所に安置されるという役目を果たすことになるため、仲間を残していかなくてはならないと考えずにはいられなかった。

ヘンリーという、チャタヌーガで生まれ育った子が劇団と一緒に行くことになった。ヘンリーの叔父は私の知人で、甥《おい》がメンフィスまで劇団と一緒に行けるように手はずを整えたのだ。ヘンリーは十六歳の快活な少年で、どんな話題にも大喜びで加わる子だった。一緒にいると素晴らしい気晴らしになった。ヘンリーはこれから通るルートのことや、私たちが見てきた世界がどんなだったか尋ねた。彼はチャタヌーガから三十キロ以上離れたことがなく、メンフィスでは見習い修業だけでなく、たしか魚の新しい養殖方法について学ぶことになっていたはずだが、この旅そのものも楽しみにしていた。私たちが立ち寄る場所について尋ね、劇団の全団員の経歴も知りたがった。私たちがおこなった公演を大いに賞賛し、アリス・パレスと私を質問攻めにして、どんなふうにしてこの暮らしが自分の居場所だと気づいたのかと訊《き》いてきた。

アリスはかすかな笑みを浮かべながら、まだ確信は持てていないと答えた。私は、きみぐらいの年頃のとき、ひとりぼっちになったのだと話した。私の両親は、姉の死からほどなくして亡くなった。それで農産物直売所に行き、仕事を探してまわったところ、誰かが私を、ニュースや郵便物を運ぶルートや区域やシステムを構築しつつある会社まで案内してくれた。その会社は、そうした道を旅するグループが、郵便物を運ぶだけでなく、価値のある持ち運び可能な物品を交換し、コンサートや演劇など、あらゆる種類のエンターテインメントを提供するという企画も温めていた。私はオーディションを受けたいと申し出て、まだルートが安全とは言えず、世情も不安定だったが、合格となった。当時は、自分が優れた才能を披露できたからだと思っていた。しかし、あとになると、そもそもオーディション受験者がほとんどいなかったからではないかと疑うようになった。

チコピーにいたほうが前途有望だったというわけではなかった。その一方で、劇団に入って旅をすることは、自分の手の届く範囲に残っている世界をできるだけ多く見る手段のように思えた。しばらくの間は、自分が根を張るべき場所をいつか見つけるだろうと想像していた。ところが、そうなることはなく、私は自分がすでにぴったりの場所にいると気づいた。ただし、それはどこかの一地点ではなく、一本の軌道だった。

ヘンリーは私の話にうなずいた。彼も孤児で、叔父と叔母にはよくしてもらっていたが、生涯を一か所ですごすつもりはなかった。メンフィスに大きな期待を寄せていた。ヘンリーは、劇団が町と町の間にいるとき、白い道をよく見かけるのかと尋ねた。天候や不運に見舞われて町と町の間で立ち往生したことは？　安全策としてなにかしている？

「心配しなくて大丈夫よ」アリス・パレスは言った。「道のりはきちんと計画してあるし、余裕を持って出発する。もしもすべての馬が脚を悪くして徒歩で移動する羽目になっても、大丈夫。万が一、最悪の展開になって、安全な場所に着く前に夜になったとしても、ほら、私たちはプロの俳優だもの。誰かひとりが死体の役を演じて、一晩中、葬儀の作法で横たわる間、残りの団員たちは会葬者の役を演じる。さて、それで、あなた自身のことを教えてちょうだい。楽器は弾ける？」楽器は弾けないとヘンリーが答えた。「それじゃあ、教えてあげなきゃいけないわね。メンフィスへの道中に時間はたっぷりあるわ」

先ほど書いたように、アマベスたちが馬に乗れるほど回復するまでには数日かかった。もしもシチューが有毒でなかったら、この話は変わっていただろう。あの出来事があったとき、おそらく劇団はとうにブレーメンにいたはずだ。あるいは、ブレーメンに到着して、郵便物を受け取り、そのまま出発していたかもしれない。もしかしたら、ブレーメンの人々に降りかかったことはなんらかの方法で避けられたかもしれない。もしかしたらすべてが異なっていたかもしれない。しかし、物語はそんなふうには進まなかった。

チャタヌーガを発《た》つ日、それまで穏やかな晴天がつづいていた天候が一変し、私たちは通常の天候パターンに反して到来した嵐の中を出発した。丸一日以上、嵐と一緒に移動する羽目になりそうだった。暴風は私たちの背中に雨を叩《たた》きつけ、私たちが通りすぎた家々を洗い流し、町の郊外にある畑の新芽をなぎ倒した。ヘンリーが乗っていた白い耳のラバは、雨天が気に入らないようだった。ラバは水たまりを慎重に避け、白い耳を茶色い頭の後ろへ倒していた。幸いなことに、ヘンリーは優れた防水加工の衣類を叔父に着せてもらっていた。郵便物はすべて整理されて油布にくるまれていたし、私たちは宿泊所のキッチンで用意した温かいカモミールティーとサンドイッチをたずさえていた。

宿泊所では慣習に従い、私たちは広間に安置された棺《ひつぎ》の前に小さな供え物を置いてきた。私たちが運んできた手紙の一通で、ハリソンバーグからだったと思うが、棺の主あてのものだった。他の宿泊者のひとり、ナッシュビルから来た牛飼いがシチューを数回おかわりしていたので、あと一日二日のうちに死体が新しいものに取り換えられ、その際に手紙は一緒に燃やされることになるだろう。そこでアリス・パレスと私は手紙に蒸気を当てて、丁寧に開封し、入っていた少額のお金を取り出してから供えたのだった。死者から盗むことは悪い結果をもたらすと信じられているが、もし私たちの行為がその後に起こったことの原因だとしたら、なぜアリス・パレスと私は不幸をうまく免れたのだろうか？　私は死者が生者につきまとうという話を信じていない。また、死者が意志を持って、白い道とその道を行く者たちから私たちを守ってくれるとも思わない。現在ではすべてがどのように機能しているかについて、別の理屈がある。いつの日か、なにが起きたことで一瞬にしてすべてが変わったのか、どのようにすれば私たちがかつてこの世界で占めていた場所を取り戻せるのか、もっと理解できるときが来るだろう。

私は長らく旅に身を置いてきたので、多くのことがもはや目新しく思えなくなっていたが、ヘンリーのラバはいったん悪天候を渋々受け入れると、私の穏やかな性格の葦毛《あしげ》の雌馬をなかなか感じのいい仲間だと思ったようだったし、私は旅の仲間となったヘンリーが雨のヴェール越しに周囲に見入ってあっけにとられているのを眺めて気を紛らわせることができた。翌日中にはブレーメンに着く予定で、そこには私がとても気にかけている女性がいた。チャタヌーガでの遅れは、どうしようもなかったからこそ我慢できた。だが、ふたたび道を進んでいるときになって、焦りが戻ってきた。会いたくてたまらず、その間の数キロの距離が耐え難かった。道のりがとても長く感じられた。

その頃の古い幹線道路は、木々や蔓《つる》、霜や土砂崩れでかなり荒れていた。私たちは幹線道路に沿った、でこぼこした土の道を進んだ。その昔、私たちの劇団が初の巡業に出た頃、幹線道路はまだ使える状態で、旅も楽だった。私たちは他の旅行者に会うと、相手からの情報と引き換えに私たちが得た情報を提供したものだ。今では、私たちは鹿の群れ、時には百頭以上の鹿を見かけることのほうが多くなっていた。なわばりを巡回中の野生の七面鳥、ラマの家族、アメリカクロクマ。時期が来ればオオカバマダラの群れも見た。岩から岩へと飛び移りながら私たちをつけまわすピューマがいることもあり、ノックスビル郊外の幹線道路脇の牧草地には三頭の象がいた。動物には白い道が見えるのだろうか？　生きていようが死んでいようが、白い道は人間以外のどんな動物にも関心を持たないし、私は狐《きつね》や鷹《たか》、その他の野生動物が白い道を使う者たちに注意を払うのも見たことがない。

チャタヌーガから八キロほど離れた郊外には、劇団が通る道沿いに渓谷があり、もしその渓谷の上空に舞い上がって下を見ることができたら、かつては暮らしを快適で楽なものにしてくれたあらゆる品々が、積みあげられ、粉々になり、打ち捨てられているのが見えただろう。そのうえ、ここでは白い道が見えはじめる。こちらが移動しているとき、白い道は人と平行して走る。顔をある方向に向ければ、木々の間から道が見える。真正面に見ようとすると道は見えない。なのに、先ほど道のあった場所から顔をそらせば、そこにまた道が現れる。あるときは歩道のように細く見え、またあるときは少なくとも一・五キロは幅がありそうに見えるだろう。日中、白い道は無人だ。私たちがみな以前にしたことを、ヘンリーもした。まずは一方を見て、それから別の方向を見て、また最初の方向を見た。ヘンリーは白い道の不意を突いて、白い道が猫の尻尾のように行ったり来たりするのを見ようとしているようだった。しかし、ヘンリーのラバが私の雌馬と歩調を合わせて進みつづけるうち、片方の肩越しになにかを見つめつづけていたヘンリーは一種のトランス状態に陥ったようだった。私には白い道を見ているのだとわかった。時々、分別のない人が道すじを外れ、白い道を追いかけていくことがある。だが、白い道は人が思うほど近くにはない。

アリス・パレスが、長いレインコートと革の帽子というカワウソのように艶やかな出で立ちで、私たちの横まで馬を急がせてきた。雨は弱まり、霧が立ちこめていた。アリスにぴったりの天候だ。アリスの目は輝き、頬は紅潮していた。「あなたが見ようと見まいと、それでもなおそこにあるのよ」アリスはヘンリーに言った。ヘンリーはふり向き、溺れたような表情でアリスを見た。「本当なの。見ないほうがいいと思う。あれは自然のものじゃない。あなたを引き寄せるわよ」

ヘンリーは言った。「これまでに三回だけ見たことがある。いや、四回だ。見ちゃだめだっていつも言われる。でも、僕らはいつも見ていたよ」

ローランが私たち三人の横にやってきた。「見ても害はない。見ずにはいられないしね。白い道は目を引きつけるから」ただ、ローランが見ていたのは白い道ではなかった。見ていたのはアリス・パレスだった。

隊列の先頭にいるカーヴァーが叫んだ。「この先に立ち寄れる場所があるから、そこで昼食をとって、夕方遅くにはデールに着けるようにしよう。あいつらどこにいるんだって、さぞ心配されてるだろうよ」

アマベスとフィリップとシーシーは手を借りて馬から降り、昼食後にまた手を借りて馬に乗らねばならなかった。相変わらず降りつづく雨のせいで、いずれにせよみじめなピクニックだった。この雨で私たちが通る道のあちこちに太ったキノコが群生していた。シーシーは馬を密集したキノコの上に誘導して、泡立つほどキノコを踏みつけさせた。

シーシーが宿泊所のシチューの後遺症から完全に回復することはなかった。その後、劇団をやめて、フェアリントンに家をかまえたと聞いている。シーシーは素晴らしいアルトの声の持ち主で、やれと言われればなんでもお手玉にできた。とはいえ、トランプではイカサマをした。シーシーが私に好意を抱いたことがあったかはわからない。どんなに低い賭け金をシーシーが提示しても、私は金のためのカード遊びは拒んだが、シーシーのことはいつも好きだった。実はあの夜、宿屋でシーシーはヘンリーから大金を巻きあげた。その後、ヘンリーがふさいでいたので、シーシーはブリキ製の小さな笛を代わりにあげて、アリス・パレスと一緒になって、自分たちが知っている中で最も淫らな歌を教えはじめた。それでヘンリーはすっかり元気を取り戻した。

その日の宿屋に安置されていた死体は幼い女の子だった。かなり腐敗が進んでいたため、性別は着せられているひどく変色したドレスでやっとわかった。死体は奥の広間に安置されていて、私が哀悼の言葉を唱えている最中に宿屋の女主人が入ってきた。「この子はせいぜいあと一、二か月しかもたないでしょう。ブレーメンの評議会に手紙を書いて、私たちを助けてくれるような死体がないか問い合わせたんですけどね。評議会が助けてくれないようなら、こちらの言い分を代弁していただけると助かるんですが。時々、私はあの者たちが押し寄せてくるのを感じるんです。それか、私がどうにかなってしまっているのかも」

白い道が見えるのを半ば期待しつつ、窓から外をのぞいた。私の体中の毛が逆立っている。死体がかつての人間からかけ離れすぎると、その存在によって白い道を遠ざけておけなくなる瞬間が来る。人口の多い地域であれば、隣人が年をとって死ぬか、不慮の事故か病気、あるいはみずから命を絶つことを当てにできる――最近では、私たちは死に慣れ切っている――が、デールのような場所では、一、二家族が宿屋や他の必要な施設を維持するために住んでいるだけなので、死体はなかなか調達できない。

窓の外には暗闇と雨があるばかりだ。白い道は見えなかった。

「この子はブレーメンから来たの？　幼い子が故郷からこんなに離れたところまで来たなんて、酷に思える」

「いいえ」宿屋の女主人は答えた。「ブレーメンから来たわけじゃありませんよ」

おやすみなさいを言って、ブレーメンに到着したら死体を融通できるようにできる限りのことをする、と告げた。

私が退散する前に女主人がふたたび話しはじめた。「父がこの子の夢を見つづけて、夢の話を何度も私にするんです。夢の中で父は、ポケットの中に懐かしいものを持ってます、携帯電話を。父はポケットに電話を入れていて、その電話が鳴って、かけてきているのはこの女の子だそうです。父は電話に出たいものの、電話を捨てなきゃいけないとわかってます。だって、父が見ると白い道があって、電話のせいで近づいてきているのがわかるから、それで電話に出られない。捨てなきゃいけない。だから電話には出ない。父からこの話を聞くたびに、私は一度でいいから父がその電話に出てくれたらと思うんですよ。この子が父になにを言いたいのか、私は知りたい。けれど、それはただの夢。この子は電話の使い方さえ知らないはず。私だって電話の使い方なんて知りません。すべてが起こったときにはたった二歳でしたから、電話がどんなものだったか覚えていません。この子だって生涯一度も電話を見たことがなかったはず」

当時でさえも、私たちが捨てざるを得なかった品々について話すことは、普通のことではなかった。今、その品々が誰かのものであるなら、白い道を行く者たちのものだ。だが、女主人は父親とおなじように、まだ悲嘆に暮れていた。これでは私も気分を害するわけにはいかない。「私は十六歳だった。すべて覚えているよ。今ではなにもかもが夢のように感じられるね」

「後ろのドアを閉めてください」女主人は言った。「でないと、猫が入ってきますから」

翌日は晴れて風が吹き、前日の雨のおかげですべてが艶やかに輝いていた。山の空気の味は、どこよりも冷たくて新鮮な水を飲んでいるようだった。鞍《くら》を担いで通りかかった私を、ヘンリーのラバが蹴った。ヘンリーはまっすぐな性格なのに、ラバはねじけた性格だった。ヘンリーとカーヴァーとローランは、このときには親友になっていた。私の知り得たところでは、三人は前の晩、宿屋の年上の娘二人と夜通し酒を飲み、デールの名物である太いマリファナたばこを回し飲みしていたようだった。

ブレーメンはデールから馬で七時間の距離だ。私たちは幹線道路から完全に離れ、山の長い側面を蛇行するよく踏み固められた小道を下っていった。白い道は木々の幹の間を縫って、リボンのように細く伸びていた。ヘンリーはなおもふり返って白い道を探したが、岩が多く険しい山道のほうにもっと注意を払わなければならなかった。

私たちは陽気なピンクの花が咲き乱れる空き地で止まって昼食をとり、ローランはその花で王冠を編んでアリス・パレスに贈った。アリスは王冠を一時間ほどかぶり、それから花をひとつずつシーシーの馬に食べさせた。

午後も良いペースを維持し、五時前にはブレーメンに到着した。ブレーメンは小さな谷の底にあり、かなり大きな湖がある。その湖水は真夏でも決して温かくならないと聞いた。よほど深い湖にちがいないと思う。ブレーメンの郊外には六、七軒の農家があり、町に着く前から私たちはなにかおかしいと感じた。

ブレーメンのような町にとって、私たちの劇団は注目の的だ。おそらく、どんな旅行者のグループでもそうなるだろう。それなのに、私たちが通りすぎるとき、畑には誰もいなかった。道まで出てきて手をふってくれる人もいなかった。どの家のドアも開いているのに、誰も玄関前に出てこなかった。ただ、牛舎には牛がいた。乳を搾られたがっている牛の鳴き声が聞こえた。

「変なところだね」ヘンリーが言った。「よそ者に冷たい町なのかな」

「いいや」フィリップが言った。「なにか変なことが起きたんだ。ここで待っていろ」一番近い家まで行くと、フィリップはゆっくりと馬から降りた。開いたままのドアから家の中に入り、出てきた。「無人だ。テーブルにはフライドチキンと青菜が並んでいるが、ほとんど食べられていない。食べ物にハエがたかっている。ミルクにもハエだ。脱水機のそばには服が山積みになっている。酸っぱい臭いがするし、カビ臭い」

ローランが言った。「なにかがおかしい」

「他の家も見てきて」アリス・パレスがローランに言った。「おなじことになってるか確かめて」

「おなじだろう」それでも、アリスの頼みだったので、ローランは馬の向きを変え、一軒先の家を調べに行った。

戻ってくると、ローランは言った。「誰もいない。死体もない」

彼がそう言ったとき、私がふり返ると、そこに白い道があった。道は平らで、空っぽで、横幅がとても広かったので、私たち全員が横一列になって馬を進められそうなほどだった。しかし、まだ日が暮れていなかったので、たとえ私たちが望んでも白い道にはたどり着けなかったはずだ。あと二、三時間もすれば、もっと近くに迫ってくる。

「それじゃあ、どうするの?」ヘンリーが言った。怖いというより、戸惑っているようだ。きっと、ベテランの旅行者である私たちなら、以前にもこんなことは経験済みだと信じていたにちがいない。

「デールに戻る?」

カーヴァーはヘンリーを無視して言った。「このまま先に進もう。誰かいるはずだ。町全体が消えたはずはない。これをすべて説明してくれる人がいるだろう」

こう言ったのはカーヴァーだと、少なくとも私は思っている。私はひたすらメレディスのことを考えていた。メレディスはブレーメンのはずれで、妹や年下のいとこたちやその子供たちと一緒に暮らしていた。メレディスと私の関係を知っているアリス・パレスは、すでに私に目を向けていた。アリスもメレディスのことを考えていたのだ。

私は思っていたことを言葉にできなかった。その代わり、雌馬の脇腹に踵《かかと》を食いこませ、駆けださせた。メレディスの家まではわずか五分だったが、そこまでの道中、人間はひとりも見かけなかった。視界の隅に白い道が見えるだけだった。

ブレーメンにある他のすべての家のドアとおなじく、メレディスの家のドアも開いていた。私は桑の茂みに手綱を巻きつけ、中に入った。メレディスの気難しい三毛猫が、階段から私に向かって激しく鳴きわめいていたが、私が抱こうとして近づくと、階段を駆け下りて、私の周りをぐるりと走ったあと、悲しげに鳴きながらドアから逃げていった。

メレディスの部屋に行くと、すべてが私の記憶どおりだった。真鍮《しんちゆう》のベッド、本がぎっしり詰まった本棚。どの本も少なくとも二回は読んだと言っていた。ブレーメンに立ち寄るたびに、メレディスからとくに欲しい本のリストを手渡され、見つけた本を帰りに寄った際に持ってきてあげた。ベッドの横の机には、赤ワインが底にこびりついたグラスと手紙があった。〈親愛なるルシールへ、願わくはあなたが〉とまでしか書けていなかった。日付は二日前だった。

ここで告白しなければならない。私たち劇団の人間には、預かった手紙を読む習慣があった。私たちが訪れた町の人々に娯楽を提供するのとおなじように、私たちはその人々の手紙を娯楽として楽しんだ。手紙を注意深く開封し、互いに声を出して読み合い、そしてまたおなじように注意深く封をする。私たちは訪れる町のあらゆる秘密も、ある場所から別の場所へと結びついた糸も知っている。だから私は、二言三言、言葉を交わす前からメレディスを知っていた。最初に手紙を通してメレディスを知ったように、最後に彼女について知れたのも書き終えられなかった思いの小さな断片を通してだった。総勢二千人以上の住民がいた町全体が失われたが、そのときでさえも、私が感じていた喪失感はメレディスひとりに対するものだった。もしかしたら、私が語る物語は、私たちがどのように出会い、どうやって恋に落ち、その恋について私がなにを望んだかという物語であるべきかもしれないが、私はその物語を語らない。

私はブレーメンの広場の前の通りで、仲間たちに合流した。いつの間にか一時間近く経過していて、五時四十五分だった。私はそのことに気づいたとき、まるで私たちの近くに来たことによる恍《こう》惚感《こつかん》に浸っている太ったミミズのように、今や忌まわしいほどにのたうつ白い道をたしかに感じたが、もちろん、現場を見てやろうと顔を向けると、白い道は大理石の板のように平らに広がり、静止した。昼間のうち、白い道が動くのは人の視界に入らないように位置を変えるときだけで、そのため、人はいつも肩越しにちらりと見るだけだ。

「全員消えてる。どこに行ったか見当もつかない」ローランは言った。

「それに、死体もすべて持ち去ったようね。死体がひとつも見つからなかった」シーシーが言った。

「もしかしたら、最初にそいつらになにかあったのかもしれん。その死体にだ。そのあとで、夜になったとき……」カーヴァーが言う。

「そうじゃない」ローランが言った。「もしも、死体がないときにあの者たちが来たのなら、僕らが目にしたものはちがっていたはず。どの家も死体置き場になっていただろう。血と肉と骨の欠片《かけら》だらけのね。あいつらは中に入ってきたら、人を八つ裂きにするんだから」

カーヴァーが言った。「それなら、町民がそろっておかしくなったんだな。死者を埋葬し、白い道に顔を向けた。人は時々、そういうことをするもんだ。夜が来るまで白い道を追いかけるとか。だから、決して白い道を見てはいけないと言われる」

「やめて!」シーシーが言った。「なにが起こったかはもうどうでもいい。今、重要なのは、もうすぐ夜になること。そして私たちには死体がないこと」

「私が死体になるわ」アリス・パレスが即座に言った。「古い劇場にキャンプを設営しましょう。私は一晩中棺に横たわる。朝が来るまでね。私の葬儀を執りおこなってちょうだい。そのあとはみんなで出発よ」

「だめだ」ローランが言った。「僕が死体になる。あなたには僕を悼んでほしい。思い出に乾杯して、僕について語り合って。僕は楽しめそうだ」

「でも、本当には死んでないじゃないか」ヘンリーが言った。その下でラバが踊るようにじたばたしていた。ヘンリーが恐怖で体を硬直させ、手綱をあまりに強く握っているせいだ。「うまくいかなかったらどうするの？　だって、実際には生きてるし、本当には死んでないんだ。あの者たちが騙《だま》されるって言える？」

「まあな」そう言ったフィリップは極度の疲労で顔が青白かった。シーシーとカーヴァーも似たり寄ったりの状態だ。栗毛《くりげ》の雌馬の首にもたれているアマベスは、中でもひどい顔色をしていたがはっきりとした声で言った。「何度かおこなわれてきた策よ。ここでなにが起こったにせよ、それはここの人たちと関係があったはず。たぶん、それ相応のことをやらかしたんじゃないかな。あの者たちが必ず来るとは限らない。来ないかもしれないんだから、そう気にしないで」

「ふざけるな」ヘンリーが言った。「叔父さんはぼくを無事にメンフィスに連れていかせるために、あんたたち全員に大金を払ったんだぞ。あっちに着いたら叔父さんに手紙を書いて、あらいざらいぶちまけてやる。叔父さんは大物なんだ。あんたたちはチャタヌーガに二度と足を踏み入れられなくなるからな」

「僕らが夜を生き延びることができたら、そしてメンフィスまでたどり着けたら、その手紙を書くといい。僕がポケットに入れて運び、叔父さんに届けると約束する。誓うよ」ローランが優しく言った。

「さあさあ。ヘンリー、きみの安全を守ると約束する。でも、言うことを聞くと約束してくれ。喧《けん》嘩《か》をしないこと。思いやりのない言葉もだめ。きみはもう、私たちの仲間なんだ。あと一時間で日が沈むけど、それまでにやるべきことがある。家を何軒か回って、食料とろうそくを借りよう。もしかしたら新しい服も借りられるかもしれない。そのあとは、公演開始の時間だ」私は言った。

「ねえ、ヘンリー。舞台で演技をしたいと思ったことはない？　死体役のオーディションを受けてみたらどうかしら。一番難しい役ではないけど、一番重要な役よ」アリス・パレスが言った。

「だめだ」ローランがきっぱりと言った。「僕が死体になる。昨夜のばか騒ぎで疲れているから、いい演技ができると思う」

アリス・パレスは軽く肩をすくめた。「好きにして。ただし、ここの人たちがしまいこんでたお酒をたくさん用意しておきましょう。一晩中泣きわめいて、自分がたきつけにされる古い本棚みたいにばらばらにされるかどうか見届けるなら、酔っ払っておきたいわ」


たぶん、私たちはたらふく食べたのだろう。その部分は覚えていない。私は空腹ではなかった。もう二度と空腹を感じないだろうと思っていたが、なにか口に入れたはずだ。私は夜がいかなるものかある程度知っていた。白い道を歩く者たちが死体の存在によって食い止められる理由は謎だ。電子機器や機械の振動、そこまでではないものの人間の活動にも引き寄せられる理由も、おなじく謎だ。夜にやってきて私たちを八つ裂きにするから、私たちはあの者たちを怪物だと認識している。

しかし、なぜそんなことをするのか私たちに理解できないからこそ、あの者たちは怪物なのだ。

死体だけが白い道を遠ざけ、白い道を行く者たちからその場所を隔離する。ただし、本物の死体がない以上、芝居をするしかない。私たちは人殺しではないのだから。今や死の罠《わな》と化したブレーメンの古い劇場の舞台に、私たちは葬儀の舞台セッティングをした。近くの家から棺桶を引っ張り出し、舞台に設置した。急いで夕食を済ませると、ローランは棺に入って横になった。そしてまた立ちあがった。「小便してくる」と言って、太いろうそくを持って舞台裏へと歩いていった。

ローランが戻ってくるまで、私たちはなにも言わずに舞台上でぼんやりしていた。「さて、死に赴かんとする者よりご挨拶を」戻ってきたローランは言い、アリス・パレスに投げキスをした。「死ぬ前に知っておいてもらいたい。あなたを愛している。あなたのすべてを愛しているし、これからもずっとそうだと思う。こんなこと先刻承知かもしれないし、どうせ気にもしないだろうけど、面倒くさいやつになっていたらごめん。でも、もう死んだのだから、少しは恋しく思ってくれるといいな。心から愛していたよ。本当に。では、さようなら」

「なるほどね。ありがとう」アリス・パレスはローランのスピーチにまったく感じ入っていないようだった。

ヘンリーが私に言った。「本当には死なないんだ。だから、あとで気まずくなるよ。もし生きていたらの話だけど」

こうして通夜が始まった。私たちは得体の知れない褐色の酒を瓶で回し飲みし、ローランに乾杯した。何人かは泣いた。私たちはさらに飲んだ。涙を誘うような歌を歌い、カーヴァーとヘンリーがデールの宿屋の娘たちからもらったマリファナをみんなで吸ってハイになった。認めざるを得ないが、いつもならこんなやり方で最高の演技を引き出そうとはしない。だが、今はブレーメン劇場のドアのすぐ外に白い道があるとわかっている。今から外に出て白い道を探せば、肩越しには見えず、白い道は私たちに足を踏み入らせるべく前方に出現するだろう。こうなると、白い道に往来がないことを期待できない。行き交う者たちでいっぱいのはずだ。遅かれ早かれ、白い道はさらに広くなり、私たちは舞台に上がっていても、そちらのほうに一歩も進んでいなくても、白い道に立つことになる。そうすれば、白い道を行く者たちは私たちに近づける。

まるで恐怖心が最も美味《おい》しそうな匂いであるかのように、白い道を行く者への恐れこそが、その者たちを興奮させてしまう原因であり、悲しみの香りこそがあの者たちを寄せつけない、と主張する人たちがいる。だから、もしも恐れのない境地に達することができれば、あの者たちと遭遇しても生き残れると考える人たちもいる。ただ、私たちはあの者たちを極度に恐れている。恐れずにいられるわけがない。あれは怪物なのだから。だから私たちはローランが本当に死んだかのように悲しみを演じて、ついには本物の悲しみを感じた。ひたすらマリファナを吸い、団員のほとんどがすっかりハイになったので、おそらく、次に起こったことはどれも避けられないことだったのだろう。

しかし、このことは告白しよう。私は仲間たちほど飲まなかった。マリファナは断った。メレディスへの悲しみ（自分自身への悲しみでもあった）をローランへの悲しみに変えた。ローランのユーモアを惜しみ、私から見れば絶対に報われるはずのないアリスへの、とても愚かだが、それでも感動的な愛を惜しんだ。まずはしぼみ、やがて肥大化し、変わり果て、今でなくても近いうちに哀れで腐ったものになったはずのローランの美貌を惜しんだ。一方、私は待ってもいた。白い道を行く者たちを見たかった。あの者たちがこちらに見せてくる顔は恐ろしく、偽りだが、必ずこちらになじみのある顔なのだ。あの者たちが来るなら、メレディスの顔を見られるようにと私は願った。

ヘンリーは酒を大量に飲んだ。マリファナが回ってくるたびに吸った。彼は大根役者で、ローランの死を悲しむ声は大きいだけで説得力に欠けていた。とはいえ、ヘンリーはローランと知り合ってまだ日が浅く、天職はメンフィスの養魚場にあり、舞台の上ではなかった。そのうえ、私たちに腹を立てていた。ブレーメンで起きたことは劇団と無関係だが、私たちがヘンリーをここに連れてきたわけで、彼自身は私たちに出会わなければよかったのにと後悔していた。

二時間以上すぎた時点で、白い道を行く者の姿が劇場内のどこからも見えなかったので、ヘンリーは少し退屈したのだと思う。団員たちの目がよそへ向いている隙に、ヘンリーは舞台裏にこっそりと姿を消した。小便する場所を探しに行ったのだろう。追いかけようかとも思ったが、アマベスとアリス・パレスが舞台下手の一角で泣きながらひそひそ話をしていたので、私は二人のほうへ向かった。私は少し酔っ払っていたにちがいない。なにしろ、二人が悲しんでいると本気で信じていたのだ。二人を慰めてやりたかった。

アリス・パレスが言った。「もちろん、あんたは名前も知らないだろうけど、彼は大スターだったのよ。いろんな有名映画に出演して、みんなに愛されていた。昔は、ある団体に属する人たちがその年の最もセクシーな男を決めるっていうのをやってたんだけど、たしか一度ならず選ばれてた。

彼は望むものをすべて手に入れていたけど、深刻な抑うつ状態という問題を抱えていたんじゃないかな。とにかく、私たちはまだほんの子供で、ニューヨーク州北部の町に住んでいて、そこに別宅を構えている人たちが大勢いた。どれも大豪邸。でね、彼はパーティーのためか友達を訪ねてかなにかでそこにいて、ふらふらと外に出てきて、木で首を吊《つ》ったの。うちの裏庭の。彼はたぶんそこがよその庭だってことも知らなかったんじゃないかしら。柵もなにもなかったし、草が生い茂っていたから。それで次の日の夜、まだ誰も彼が行方不明だと気づいていないうちに姉と私は庭に出て、私が彼を発見したの。暗かったから姿も見えなかったんだけど、私は駆けまわっているうちにロープでぶら下がっている彼の体にぶつかった。体はすっかり硬直してたけど、それでも揺れ動いていた。私は八歳ぐらいだった」

「まさかそんな」アマベスが言った。「ひどい話ね」

　私はローランの母親であるゴデジョン師のことを思い出した。私たちがローランを最初に迎え入れたとき、道を走って追いかけてきた母親の姿を。その後も劇団は時々、アトランタを通ったが、私の知る限り、ローランは母親に会いに行っていないようだった。母親はローランが神を、神だけを愛するように育てて、崇拝の対象が見てくれているか否かにかかわらず崇拝せずにはいられないという特別な能力を身につけさせた。どうやってアリス・パレスはローランの中で神に取って代われたのだろう？　まあ、もしもアリス・パレスでなかったとしても、他の誰かや、なんらかの理念が代わりになっただろう。私たちは学んだとおりに行動するものだ。

「そうなんだけど、本当にひどいのは、そういうふうに私が記憶したってこと。これがあったから自分は役者になりたいんだって思ってた。この経験全体のおかげでね。私は彼の映画に夢中になった。彼の台詞《せりふ》は全部暗記した。それが、あとになって、二十代の頃、両親とこの出来事について話していたら、実際には死体を発見したのは姉のほうだったって言われたのよ。私は庭に出てもいなかった。ベッドで眠ってたって。でも、この件がトラウマになってたし、両親もこの話をしようとはしなかったものだから、私は全部を自分の話にしてしまったわけ」

「親が嘘《うそ》をついているのかも」アマベスが言った。「本当はあなたの話だったのかも」

「どうかな。そうかもしれないわね。今回、ローランが死んだことで、すべてが思い出されるの。もっと優しくしてあげればよかった」

ローランは演技が性に合っていて、他の舞台芸術全般もできた。唯一、オセロ役だけは、ローランが断るのを私は見たことがある。きみらにはそう見えないかもしれないけど、しっくりこない役なんだ、とローランは言った。代わりに劇団はシェイクスピアの『空騒ぎ』をほぼ一年間上演し、ローランはベネディック役を演じた。ローランは常に悲劇よりも喜劇を好んだ。喜劇ではすべてが順調に進んだところで終演となるが、それは真の結末ではない。喜劇の物語を形作る箱は、わざと過度に小さく作られている。真の結末を収めることができないのだ。

「ローランに意地悪だったことなんてないでしょ」アマベスが言った。

「そうね。でも、ほら、もっと優しくできたはずなのに」ますます激しく泣くアリスを、私は慰めようとしかけたが、アマベスが彼女を抱きしめた。

「大丈夫。つらいよね。大丈夫。ローランはあなたがこんなに悲しむことを望んでない。あなたを愛していたんだから」アマベスが言った。

「わかってる」アリス・パレスはさらに激しく泣きはじめた。

私は劇場のロビーに出てすぐのところに誰かが立っているのが見えたような気がした。暗すぎてよくわからないが、見つづけるうちに、誰かがそこから私を見返しているという確信を強めた。劇場に入ったときに、私たちはドアを閉めて閂《かんぬき》をかけたはずなのに、今は開いているのがわかる。あの者たちはすべてのドアを開ける。ただひとつ、私たちが死ぬときに通るドアだけがあの者たちを閉め出す。

私はローランのことを考えつづけた。どんな死に方をしたにせよ、ローランの死がどれほどつらいか。今後はすべてがどれほど変わってしまうか。一方、私が真実味のなさを感じてヘンリーの嘆きぶりを批評したように、今度は私の嘆きが値踏みされている気がした。私の嘆きには説得力がない。あるいは、私の酔いが足りなかったのかもしれない。私は思った。**きっと、それは舞台に向かって通路をたどり、私はその顔を見ることになる**。そのとき誰かに肩をつかまれ、私は叫ぼうとしたが、喉がつかえた。ふり返るとヘンリーだ。もう一方の手を私に差し出してきた。その手には不可解にも、リンゴが握られている。「一緒に来て。ついてきて、ヴィクター。すごい見ものだよ」

誰もこちらを見ていなかった。カーヴァーとフィリップとシーシーはローランの棺のそばで古い賛美歌を歌っている。アマベスはまだアリス・パレスを慰めている。仲間たちは周囲で白い道が濃くなり、凝固しているのを感じていないのだろうか？　朽ち果てた座席の周りで飛びまわる人影が見えないのだろうか？　ひとり、そしてもうひとり。ヘンリーにも見えていないようだ。自分が発見したものに夢中になっている。「今はだめだ。ローランのことを考えなくては」私は言った。

「うん、わかってる。あの人が死んだのはつらいよね。けど、ぼくが見つけたものを見に来て。すごいんだ」

私はろうそくを手に取り、ヘンリーのあとにつづいて舞台裏に向かった。重いカーテンが山積みになっているところを踏み越えていくしかなく、足の下で崩れたカーテンからは鼻を突く臭いが立ちのぼった。廊下に出ると、見える限り誰もいない。ヘンリーは私のあいているほうの手を取り、引っ張った。いくつものドアの前を通りすぎた。すべてのドアはヘンリーか他の誰かによって開けられていた。それらの部屋は楽屋だったのだろう。私たちはこの劇場で公演したことがなく、今なお礼拝に足を運ぶ人々によって維持されているメソジスト教会のほうでの公演許可をもらっていた。今夜、劇団がここに来たのは、どこでも好きな場所に行けるわけだし、この劇場の外観はいまだに素晴らしいからだ。ここならばロビーに私たちの馬をつないでおけるスペースがある。教会のほうにはいつも重苦しい雰囲気が漂っていた。

廊下を半分進んだところで、ヘンリーが立ち止まった。「このドアだよ。見に行って。ただし気をつけて。床が抜けてる。三十センチぐらい」

ドアを通る前に、冷気が吹き抜けるのを感じた。上から差しこむ光があった。見上げると、天井も落ちていた。頭上高くに月があり、そちらに向かってリンゴの木が伸びている。その枝が部屋の壁のさらなる崩壊を防いでいる。だが、いつの日か木は生長をつづけ、壁を押し広げ、あるいは押し破るだろう。

「行って。地面に降りてもいいし、枝に登ってもいい。リンゴをひとつ、もいできて」

「枝が折れないかな」私は言った。そのうえ、自分たちがまさに白い道の上にいるのに気づいた。白い道は私たちを取り囲むように広がり、どこを見てもなまめかしく伸びていた。

「じゃあ、ぼくが取ってあげる」ヘンリーが手を伸ばそうとすると、気づかれずにずっと木の上にいたそれが木から下りはじめた。ヘンリーはぎくしゃくと私のほうへのけぞり、恐怖のあまりうめき声をあげたが、私はそれが女性であることに気づき、恐怖よりも期待がはるかにまさり、ヘンリーを押しのけて彼女に歩み寄った。しかし、見えたのはメレディスではなかった。姉だった。記憶にあるとおりの姉の姿だが、目だけはあるべき場所にない。目は右の頰骨の下に寄り集まり、しかも片方には黒目がない。あの者たちはいつも細部を間違えるが、あの者たちがなにを見せようとしているのか、こちらにはわかる。

ヘンリーが言った。「ここから出なきゃ。助けて。ここから出ないと」ヘンリーは床から私の腕ほどの太さの木材を拾い上げ、哀れな私の姉にふりかざした。そして、またうめきはじめた。「あなたの後ろにもいる。もう一匹」

もう一度、私はおそるおそる期待した。見ると、こちらはおそらく三、四歳の幼い女の子だった。デールに立ち寄ったとき、宿屋の棺に安置されていた女の子に見覚えはなかったと思ったのだが、このときになって記憶がよみがえった。かつて夕食のとき、私の膝に座り、おとぎ話を聞きたがった子だ。その子が今、暗い森から出てきた化け物に成り果てている。脚があまりにも多い。何本か数えられないほどだ。

「あの者たちは興味があるだけだ」私はヘンリーに言った。「私たちに危害を加えるつもりなら、とっくにやっている。私たちがローランを悼んでいるのを聞いて、困惑してるんだ。ローランが死んでいるのか、私たちを食べていいのかもわからない。ほら、リンゴの木のことはあの者たちに任せて、亡きローランについて語ろう。そうすれば、生きつづけられるかもしれない」私はヘンリーの手からできるだけそっと木材を取り上げた。とても重かったので、ヘンリーがこれを持ち上げていたことに驚いた。

「ローラン」ヘンリーが言った。酒とマリファナの霧が少し晴れていくのが見えた。ヘンリーは恐怖から悲しみへと表情を変えはじめた。あの者たちも一緒に待っていた。ヘンリーがあの者たちをどう見ているのか、私にはわからなかったが、私が見ていたものとは異なるものを見ていたのだろう。それでも私はおなじ切望、おなじ希望を抱きつづけていた。もうひとり来るかもしれない。彼女に会えるかもしれない。彼女に会うためなら、私はほとんどなんでもしたと思う。あの木の下のあの部屋でいつまでも待っていただろう。そのときひどい騒音が聞こえた。仲間を置いてきた舞台上で、誰かが悲鳴をあげている。そこで私はやるべきことをやった。

木材は鉄の棒のように硬かった。私はそれをとても素早くふりまわしたので、ヘンリーは私の意図に気づくことさえなかったと思う。首が折れる音がして、彼の体が屋根のない部屋の敷居にぶつかる前に、私はすでに木材をふたたび持ち上げていた。ヘンリーの頭に木材を二度強く打ちつけ、頭蓋骨が砕けるのを感じた。すると、白い道は消え、その道をたどってきた者たちも消えた。私は舞台でなにが起きたのか確認しようと廊下に戻った。途中で仲間に会うことはなかった。

　起きていたことは、悲劇というより喜劇だとわかった。仲間たちはローランを悼みつづけ、ついには本当に死んだと確信したのだと思う。アリス・パレスは突き詰めて考えるうちに、悲しみを通り越して、みずから服を引き裂き、髪を引っ張る状態に陥った。棺の上に倒れこみ、ローランに生き返ってほしいと懇願した。失ったものに気づくのが遅すぎたと伝えた。ローランが愛してくれるのとおなじくらい自分も彼を愛していると気づいていたけれど、以前は目の前にあるものを見る勇気がなかったのだ、と。アリスはローランに生き返ってと懇願し、もしも生き返らなかったら、悲しみのあまり自分は死んでしまうと言った。本当に愛してくれていたのならあなたは生き返るはず、とアリスが言うと、これにローランは耐えられなくなったのだろう。棺桶から起きあがり、アリスを抱きしめて演技を終えると、こちらが観客とみなしていたあの者たちが舞台に押し寄せてきた。これが先ほどシーシーが悲鳴をあげたときで、私がやったことをやったときだった。

　カーヴァーが私と一緒にヘンリーの遺体を回収しに来てくれた。開口一番、「うわ、見ろよ！リンゴの木だ！」それから言い足した。「木から落ちたみたいだな」私はちがうと言い、自分が殺したのだと告げた。気のいいカーヴァーは異なる話を提案してくれた。私たちが滑稽な喜劇を演じていたなら、そういう展開もあったかもしれない。

　物語の残りはもうわずかだと思う。日が昇ると、私たちはブレーメンをあとにした。仲間たちは日がな一日リンゴを食べていたが、私はもう二度とその味を受け付けなくなっていた。私たちはへンリーの死をあまり悲しまなかった。前夜の奇抜な公演で疲れ果てていたのだと思う。

ヘンリーのラバが遺体をナッシュビルまで、いたって厳粛に運び、そのナッシュビルで私は顎に痙攣《けいれん》を感じはじめ、やがて高熱を出した。破傷風だと判明すると、劇団の仲間たちは私をそこに置いていかざるを得なかった。私がヘンリーの頭蓋骨を砕くのに使った木材に釘が刺さっていて、その釘で私は負傷していたようだ。破傷風がどうにか治まるまでの間、何か月にもわたってナッシュビルのとある一家が私の介抱をしてくれた。一家への報酬は、いくばくかの種トウモロコシとヘンリーの遺体だった。病床を離れられるほどに回復すると、遺体が安置されている部屋に私はゆっくりと足を運び、時には数時間もそのそばにいた。道中の短い付き合いではそんな時間がなかったが、ようやく互いを深く知れる時間だった。回復したあとも私は息切れがひどく、もはや歌うことも舞台で演技をすることもままならなかった。そこで、別の職業に就いた。どんな職業を選んだのかは、ここでは重要ではない。時折、劇団の仲間たちの噂《うわさ》を耳にした。どうやらローラン・ゴデジョンとアリス・パレスは、何年間かは幸せにやっていたようだ。その後、ローランが亡くなったと聞いた。どのようにして亡くなったのかはわからないが、ほどなくしてアリスがナッシュビルを訪れ、酒を酌み交わす機会があった。アリスはローランのことを話したがらなかった。新しい恋人がいたのだ。実を言うと、アリスには変化がまるで見られなかった。愛によっても、悲しみによっても、そして時間の経過によってさえも。

ヘンリーの叔父には、劇団が次にチャタヌーガを通ったとき、甥御さんは雷雨の中で雷に打たれて亡くなりましたと伝えたそうだ。また、山越えをした旅人によると、デールの宿屋は無人になっていたらしい。下の階の部屋では、まるで川が氾濫して最近水が引いたかのように、壁という壁がまだ血で濡《ぬ》れていたという話だ。

私に関して言えば、この物語がなんなのかわからない。喜劇なのか、それとも悲劇なのか？　書き出してみても、まだその形が見えない。木からぶら下がった男の話をしたときのアリス・パレスのように、私も間違いなく細部の多くを間違えている。それでも、これを全部折りたたんで封筒に入れ、チャタヌーガにいるヘンリーの叔父に送ろうと思う。もっとも、ヘンリーの叔父がまだ生きているかわからない。まだ生きていることを願っている。生きていなくても、他の誰かが読んでくれるかもしれない。メレディスには読んでもらいたかったが、読めなくてかえって幸いなのだろう。以前、こんなに自然に悪役を演じられるなんて驚いたとメレディスに言われたことがあったが、もしも彼女がこれを読んだら、あれが本当の私なのだとわかってもらえるかもしれない。もしかしたら、この手紙を読むべきでない誰かが、かつて私がメレディスの手紙や他の男女の手紙を読んだように、この手紙を読むかもしれない。しかし、私は期待していない。期待はしていないが、それでも期待して、なにを期待しているのか自分でもわからないでいる。

恐怖を知らなかった少女

（グリム童話『こわいことを知りたくて
旅にでかけた男の話』より）

The Girl Who Did Not Know Fear

数年前、私はマサチューセッツに帰る途中、悪天候のためデトロイト空港で四日間足止めを食らった。アイオワシティでの学会に参加したあとだった。私はめったに旅行をしないが、職業的な評価を得るために学会に出向かねばならない頃合いだった。特別な賞を授与されることになっていて、それは自分自身だけでなく、終身在職権を保証しながら教職の責務を免除してくれている私の大学にも、大きな恩恵をもたらすものだった。大学側は、私が行かないのは礼儀に反すると明言していた。だから、私は行った。パネルディスカッションに参加し、学者仲間が私の研究について議論するのを聞いた。今では中年となり、それぞれのキャリアを築きはじめた元教え子たちは、私には過分な愛情と温かさで迎えてくれた。私はバーで元教え子たちに飲み物をおごり、さまざまな成功話に耳を傾けた。中には私の妻を知っている元教え子もいた。フェイスブック上の友達になっている人たちは、私たちの娘ディドの最近の写真について感想をくれた。ずいぶんと大きくなった、とか。もちろん、政治の話題やこの冬は暖冬だったとか、今度の春は雨が多いという話もした。私は変化をあまり好まないが、もちろん、変化は避けられないものだ。そして、すべての変化が破滅的とは限らない。いや、むしろ、破滅的な変化の最中でさえも、小さな良きことがつづいたりするものだ。ディドは最近、自分の名前を書けるようになった。学者仲間の子供たちもまた、驚異的で、才能に恵まれ、その性質と能力において驚くべき存在だった。

最終日、私はスーツケースに荷物を詰め、レンタカーでシーダーラピッズ空港に向かった。妻に電話すると気もそぞろな様子だったが、私たち夫婦《ふうふ》はもともと電話が得意ではない。そのうえ延期できない約束がひとつ、私のスケジュール表にあったので、二人ともそれについて考えていたのだ。デトロイトでは、乗り継ぎ便が一度遅延になり、もう一度遅延になった。私のようにあまり旅行しない人間でさえ、この時代の旅行は不確実な企てであり、遅れや不都合に満ちていることは承知しているが、やがてここでなにか普通でないことが起きていると明らかになった。アトランタに暴風雨が到来したので、デルタ航空が運航する便が全土で運休になったのだ。その結果、今夜ハートフォードに行く飛行機はもうない。

私は妻に電話をかけ、起きて待っていなくていいと伝えた。妻は言った。「そっちは今、何時？　一時間遅れているのよね？　ううん、もう東部標準時のところに戻ったのかな？　だったら、まだ真夜中じゃないわ。満室になる前に、早くホテルを見つけて。私はデルタ航空に電話して、明日の朝の便を押さえてあげる。余裕で帰れる。ディドは明日の放課後に迎えに来てほしいって言ってるけど、それは今後の展開次第ね」

妻は私より十二歳年下だ。彼女にとっては二度目の結婚で、私にとっては初めての結婚になる。私たちは姉妹のようによく似ていて、時々、妻は冗談めかして、初めてあなたを見たとき、自分の未来を見ているようだった、と言う。結婚生活が長くなればなるほど、私たちはお互いに似てきたと思う。体格も似ているし、お互いの服を着ることもあるし、おなじ美容院に通っている。太ももにはそれぞれ生まれつきのあざがあるが、妻のほうが大きく、指三本分の幅がある。妻の胸は大きく、乳首は乾いた血のような色をしている。娘を産んだあと、妻の靴はサイズが合わなくなり、女性保護施設にすべて寄付した。今では二人ともおなじサイズを履いている。

二人で家族を作ろうと決めたとき、妻のほうが身重になることに疑問の余地はなかった。身重になる、と妻は言った。まるで医者が体重の話でもしていたみたいに。とはいえ妻は、卵子を提供してもらえるかと私に尋ねた。そこで私は提供した。提供すべきではなかったのかもしれない。もしディドが生物学的に私の子供でなかったとしても、私はおなじようにその子を愛していたと思う。しかし、その場合、ディドはディドではなくなるということか？　もしもあの子が私に今ほど似ていなかったら、あるいはもっと似ていたら、私の愛はもっと強いか弱いかしていただろうか？　互いがここまで似ていなかったら、妻はあれほど素早く私に恋してくれなかったのだろうか？

ディドがディドであり、あの子が選んだとおりのディドでありつづけますように。それこそ、私が娘のために選んでやりたいことだ。ディドは大きくなったら、私を見て、そこに自分の未来を見るだろうか？

私は将来のことをあまり考えたくない。変化が好きではない。

午前十時の便のために、私は午前七時に空港に戻った。楽観のあまり、機内持ちこみ用バッグまで預けてしまった。その後、便が欠航になり、さらに次の便も欠航になったとき、私自身は飛行機に乗れなかったのに荷物は輸送中だと告げられた。スーツケースは取り戻せなかった。その夜、私はタクシーでディスカウントスーパーに行き、歯ブラシと下着と安い水着を買った。

空港そばのシェラトンホテルに私は高額な料金を払い、大きすぎるベッドに窮屈な部屋という特典を得たが、そこのロビーの入り口をすぎたところに、コンクリートで縁取られたプールのある中庭があった。中庭にはプラスチックシートに囲まれたプールサイド・バーもあり、植木鉢にはとってつけたようなヤシの木、誰も座らないデッキチェアと小さなテーブルも並んでいた。

プールの水は濁った翡翠色《ひすいいろ》だった。滞在中、プールで他の旅行者に出会うことは一度もなかったし、プールサイド・バーが開いていることもなかった。照明の光は永遠につづく夕暮れになっていた。最初の夜、足止めを食らった旅行者でシェラトンへのシャトルバスの全座席が埋まり、私たち全員がたった一人の十代のフロント係に宿泊手続きを担当してもらったときをのぞいては、ホテルの共用エリアで他の宿泊客を見かけることはなかった。

あらゆる意味で私は旅行下手だ。狭い空間に閉じこめられるのが嫌いで、偏食で、刺激過敏になりやすい。思春期には嗅覚過敏症と診断された。自宅以外ではうまく眠れないが、疲労困憊《こんぱい》するほど泳げば、ある程度は眠れるとわかっていた。塩素の刺激臭が、他の匂いをほぼ覆い隠してくれるおかげだ。

あのシェラトンの中庭がどんなだったか見せてあげられたらと思う。地下の洞窟か、あるいはローマの円形劇場のような雰囲気だった。子供の頃に夢中になった『謎のモーテル』という本の中では、四〇二二年の考古学者がモーテルを発見し、掘り出したこの遺物が誰に、どのように使われたかを推理した。中庭のプールに仰向けに浮かび、空の代わりにでこぼこした白い天井が頭上三十メートルのところに広がっているのを見ていると、私は時間と場所と目的において、かつてないほど解放された。一方には仕事上の責務があり、それは果たした。もう一方には、私の家と家族、そして延期できない約束がひとつあり、それなのに私はここにいる。私はホテルに四泊した。プールで泳ぎ、無駄な心配をしないように努めた。この症状と付き合ってきた年月の中で、私はストレスを軽減することが最善の方法だと学んだ。ストレスは引き金になる。

中庭の四方には屋根付き通路が四階分も張りめぐらされていた。プールを見下ろす部屋には人の出入りがなく、私が寝泊まりした部屋の両隣からも人の声は聞こえなかった。私は静かに泳いで、この場所の際限のない静かな魔法を破らないようにした。プールに長時間入っているため、寝る頃には肌と髪から申し分ないだけの塩素臭が立ちのぼり、部屋の他の臭いは幽霊程度になった——洗濯されたシーツからの焦げたトーストの匂い、香水や制汗剤の残り香、ぞっとする食べ物の腐臭、セックスと汗のむっとする臭い、カビ混じりの使い古された空気。

四日間毎晩泳ぎ、毎朝空港に行ったが、空港は私の静かな中庭とあらゆる点で対照的だった。毎朝六時半に起床し、職場に通うようにシャトルバスに乗った。列に並び、保安検査場を通過し、指定されたゲートに行き、今日こそ自分の便が出発するか確認した。時間が経過するにつれ、次々と予定されていた便が遅延し、その後欠航になるたび、私はゲートからゲートへと移動し、そこで飛行機が今度こそ離陸するのではないかと期待した。私は数千人のうちのひとりで、全員が移動の途中に立ち往生した、本来ならこの場にいるべきではない人間だ。そして、これもまたプールだと私は思いはじめた。一種の宙吊り《ちゅうづ》り、そして目的のない動き。

欠航の理由は暴風雨だったのかもしれないが、デトロイトの天候は、プールの水のように穏やかで曇っていた。悪天候そのものはアトランタに影響を与えただけだったが、アトランタはデルタ航空のハブ空港であり、何日にもわたってデルタ航空の飛行機はあるべき場所になく、飛行機がある場所には十分な乗務員がいなかった。

私は可能な場合にはコンセントの近くに座り、携帯電話を充電して友人にメールを送り、新しいフライトに振り替えられるたびに家に電話をかけ、レンタカーを借りようか話し合った。ディドが家にいれば、時々、話し相手になってくれた。娘はなぜ私が家に帰ってこないのか理解できなかった。妻が言うには、私がいない間、ディドはまた悪夢を見ているらしい。なんの悪夢だろうか。

「トイレ」と妻は言った。「あふれるトイレ。ええ、笑い話に聞こえるけど、あの子は悲鳴をあげて目を覚ますの。それに、学校でトイレを使いたくなくて、今日もパンツを濡《ぬ》らしたわ」

私は言った。「車を借りようか。運転すれば、十二時間くらいで家に帰れる」

「だめよ」妻は言った。「ばかげてる。運転は嫌いでしょ。下手なんだし」

それは本当だった。そして欠航になるたびに、また待つ場所になる新しいゲートが案内され、私はプールの中めいた濁った緑の日に漂っていた。ケイト・アトキンソンの新作を読んだ。ダンキンドーナツのアイスコーヒーを飲んだ。乗客たちはゴシップやお話をやり取りした。三人の娘をディズニーワールドに連れていくためにロンドンから来た家族がいるという話を何度か聞かされた。一家はデトロイトでもう三日間立ち往生していた。ディズニーワールドのあるオーランドに行けず、家にも帰れない。結局、私もこの話を人に話すようになったが、実話だと信じているのかどうか自分でもよくわからなかった。

時折、ゲートで荒々しい歓声があがった。そのおかげで乗務員が到着し、乗客たちがデトロイト・メトロポリタン空港から脱出しつつあることがわかった。三日目になると、私はコネティカット州のブラッドレー国際空港行きの便だけを待つことはしなくなった。ローガンやラガーディア、さらにはフィラデルフィア行きの便でもかまわず予約するようになった。とはいえ、これらの便も遅れ、そして欠航になった。毎晩、午後十時から十二時の間にターミナルビルを出て、シャトルバスに乗ってシェラトンホテルに戻った。部屋でシャンプーを使って下着と靴下を洗い、それを乾いたタオルで巻いておき、水着に着替えた。ひたすら泳ぎ、また肌から時間を洗い流せたように感じると、私が寝付く頃には消えるだろう濡れた足跡を中庭に残した。朝になると目を覚まし、空港に戻った。妻は一人親としての役回りに疲れつつあったが、結局、レンタカーを借りてまで帰る必要はまだないということで意見が一致した。妻は私がじきに帰ると信じていた。私は妻にイギリス人一家の話をした。それでも、妻は私がじきに帰ると思っていた。私はすぐに家に帰り、カレンダーに書かれたあの約束にもう一度線を引くことができるだろう。生活は平穏につづくだろう。

真夜中には恐ろしい夢で目覚めた。夢もまた、私の状態を示すものだ。いや、少なくとも、私はそう信じるようになった。私が母の顔を受け継いだように、ディドは私の体調を受け継いでしまったのかもしれない。ただ、ディドの悪夢はたんなる悪夢という可能性もある。

夢の中では中庭にプールがあった。水の代わりに月明かりが満ちていて、直視できないほどに明るかった。ああ、とても美味《おい》しそうで魅惑的な香りがしたので、私はプールに入った。目を見開いて、なにがこんなに素晴らしい香りを発しているのか確かめようとした。月明かりが水になり代わって私を浮きあがらせ、私はまるで犬みたいにその素晴らしい匂いに身を浸した。目は潤み、口の中は唾液でいっぱいになったので、何度も何度も飲みこまなければならなかった。目をこすると、プールが人に取り囲まれているのが見えた。全員、私がこれまで意図せず傷つけたり怪我をさせたりした人たちだ。中には見知らぬ人、あるいはたぶん私が思い出せない人もいたが、そこに人々が立っている理由だけは私にもわかった。そこには、私が意に反してどうしても傷つけつづけてしまう人々——母もいれば、妻もいた。ディドもいた。人々の目は苦しみに満ちていた——私がプールの中にいて、出られないので、彼らは私のために痛みを感じているのだ。私は体調のせいでプールの中にいて、彼らは私のことを案ずるあまり、私をここに置き去りにできない。こんなやり方でも私は彼らを傷つけている。そのことに気づいたとき、怒りでいっぱいになり、私はいきなり木っ端みじんになり、千切れて皮膚の欠片《かけら》を飛び散らせた。こうして私は、走っていたかのように汗でびっしょりになって目覚めた。

ベッドから出て、濡れたままの水着を着て中庭のプールに行った。すべてがあるべき状態にあるか確かめたかった。夢がただの夢であり、本当ではないと確認したかった。それに、まだあの美味しそうな香りがしていたのだ。それが現実のものかどうか知りたかった。

真夜中だったが、なにひとつ変わっていない中庭では、まだ夕暮れがつづいていた。美味しそうな香りは消えていた。私は何往復もひたすら泳いだが、バーの脇に貼られた看板に営業時間が明記されているにもかかわらず、出なさいと注意しに来る人はいなかった。誰も来なかったので、私はふたたび頭がクリアになって夢が消えるまで泳ぎつづけた。

私はこれまでの人生でずっと、見知らぬ人たちに打ち明け話をされてきた。私の顔には、ある人には「あなたに興味があります」と言っているような、別の人には「あなたの秘密を守ります」と言っているようななにかがある。私は母とおなじ顔だ。母が会う人全員に心から興味を持ち、他人の秘密を忠実に守っていたのは事実だ。私は母ではない。時々、自分自身ですらないと思う。なのに、顔つきのせいなのか、それともすべての子供が親の行動や物腰をまねるように私が母の子として表情の癖を学んだからなのか、ディドが妻のデスクに座り、妻のノートパソコンに向かってしかめ面をし、かけてもいない眼鏡を磨くのとおなじように、私の顔は生まれてこの方ずっと、「あなたの話を聞きます」と言いつづけてきた。

セラピストや幼稚園の先生のような顔をした内向的な人間が、どれだけ哀れなことか。私たちは狼男《おおかみおとこ》のように、人間の皮をかぶっていながら、人間とおなじ空間にいることや人間との付き合いに不安を感じる。空港自体もかなりひどかったが、それ以上にひどかったのは空港とシェラトンホテルを往復するシャトルバスだった。運転手は七十代の女性で、元軍人であり、三人の成人した子供の母親でもあった。子供のひとりは薬物依存症で、ひとりは乳がんを患ったことがあった。もうひとりは疎遠になっているが、母親の家からほんの三十キロ先に住んでいる。シャトルバスの運転手は毎晩、この娘との雪解けを祈っていた。娘は私と同年齢で、誕生日も近いと判明した。乗車するたび、私と旧知の仲だという思いこみが運転手の中でますます強まり、三日目の朝ともなるとバスが空港に到着すると、もう二度と会えないかもしれないと思ったらしく私を抱きしめてきた。

ところが、彼女の娘は戻ってこないのに、私は戻ってきた。他にどうしようもなかったから。
どうか狼男をあわれんでほしい。見知らぬ人の悲しい話になんの意味があるものか。赤の他人の悲しい話を緑色のプールで洗い流す。塩素の清潔な臭気の中で眠りにつき、出発していった宿泊客の断片的で不安な夢の中に暮らす。客たちの髪の束、ふけ、脂ぎった指紋、奇妙なごみの欠片、判然としない染みが、このろくに照らされていない束の間の空間に生息する。耳を傾ければ、ホテルの部屋も語る。あなたの秘密を守ります、と。

四日目には領収書の計算をした。私がディドの世話をしている日や、私が癇癪《かんしゃく》を起こして自宅のオフィスに閉じこもっている日に、研究室の運営をしてくれる研究助手に連絡を取った。大学側は航空券代、学会参加費、アイオワシティでのホテル代を負担してくれたが、問題は空港での食費だ。ダンキンドーナツのコーヒー、朝食のサンドイッチ、袋に入った殻なしピスタチオやスニッカーズの大袋、バナナ、ハンバーガー、パワーバー。ディスカウントスーパーへのタクシー代、毎晩百十九ドルプラス税金がかかり、毎朝期待を胸にチェックアウトするシェラトンの宿泊料金、デスクの上に置くチップ五ドル、シャトルバスの運転手に毎回渡す二ドル。妻が仕事に行っている間、ディドの世話をしてくれるベビーシッターの費用もある。私の仕事のスケジュールは柔軟で、普段、ディドの学校が終わる時間にはどちらかが家にいられるように妻と調整しているが、これでは帰宅して仕事を再開した際に研究室で対応すべき仕事が山積みだ。なおさらベビーシッター代がかさむだろう。

妻と私は、もし今日ハートフォードかボストン、あるいはニューヨーク行きの便がなかったら、明日車を借りることに決めた。そうすれば例の約束までに、二日の余裕をもって帰途につける。私でも一日に六時間の運転、次の日にまた六時間の運転ならなんとかできる。あたりを見まわして同乗してくれそうな人を見つけたら、と妻は提案した。もしかしたらひとりぐらいはレンタカー代を割り勘してくれる人がいるかも。「かもしれない」と私は言った。「イギリス人一家はもう家に着いたと思う？」と妻。「かもしれない」「来月はキャンプに行きましょうよ。生協でモリーに会って、ニューハンプシャーにあるキャンプ場の話を聞いたの。湖のすぐそば。子供用の小さな遊び場があって、自然歩道もたくさんある。モリーがキャンプ場のサイトのリンクを送ってくれるって。よさそうでしょ？」「かもしれない」これからの数日でまずは家に帰り、あの約束を果たし、仕事を間に合わせるわけで、その先について考えるのは少し難しい。私は携帯電話をコンセントにつなぎっぱなしにしていた。このときは二時十五分の便で出発する予定で、その便が欠航になり、電話を切って、携帯電話のプラグを抜き、新しい便を予約しに行かなければならなくなるまで私たちは話しつづけた。ディドはまたしても犬について質問をしてきたが、それは彼女が地下への階段をこっそりと下りて、宝探しをしていたからだ。わが家にはニューイングランド地方の典型的な地下室がある。つまり、湿気があって寒く、突き固めた土間がある空間だ。私が好んでそこへ行くことはないが、ディドは魅了されている。家の前の所有者は九十代で亡くなり、その子供たちは地下室を片付けずに家を私たちに売った。古い箪笥《たんす》があり、中にアルバムや大恐慌時代のガラスの受け皿が隠されていたり、剛《かた》い馬毛を植えたぼろぼろのセルロイド製ヘアブラシや、人毛が動物の毛を包みこんで固まったものがあったりする。ロッキングチェア、帽子掛け、ネズミの糞《ふん》とシルクの切れ端が詰まった帽子箱、洗濯板、色あせた手紙の束、ディドが中で仰向けになって天井の爪跡を眺められるほど大きい犬用の箱型ハウス。ディドはとても犬を欲しがっていて、あの子の言い方は、まるで犬が本当にそこにいるみたいなの、と妻は言う。一階にいる間も二階のフローリングに当たる犬の足音が聞き取れそうなほどで、まるでディドが並外れた意志の力でペットを召喚しているようだった。そして、ディドはまだ悪夢を見ていた。毎回、妻と一緒にトイレに行き、おしっこをしている間も手をつないでもらっていた。妻はディドに、詰まったトイレがどうしてそんなに怖いのか説明させようとするが、ディドはうまく言葉にできない。ただ何度も繰り返しその夢を見た。

おなじように、デトロイトでの私の最終日もお定まりのパターンだった。ゲートからゲートへ移動しつづけ、ついには最後の一便を待つだけになった。この最後のハートフォード行きの便は午後十時半に予定されていたが、出発が延期され、さらに延期され、最終的には十二時近くになってスピーカーからゲートの係員が欠航の可能性が高いことを告げた。もうすぐ空港の営業終了時刻だった。

私の携帯にはディドからのメッセージがいくつも入っていた。ディドはメッセージを打つのが大好きだ。それが大人のすることだとわかっているからだ。夕方早く、ディドはどういうわけか妻から携帯電話を手に入れ、それを使って私に自分の名前を何度も何度も書き送った。〈ディド。ディド、ディド、ディド、ディド、ディド〉他にもいろいろ。長い絵文字の羅列もあり、そのほとんどは不吉なトイレの絵文字からなり、そのあとは予測テキストから作られた単語の羅列だった。そのあとはまたトイレ。ディドが文字を習得する頃には、もはや文字をつづる必要がなくなっているかもしれない。

周りの人々ががっかりして荷物をまとめる中、私は妻へのメッセージを打ちはじめた。しかし、またスピーカーから聞こえてきたゲートの係員の声が、新しい情報が入ったと言い出した。クリーヴランドからの乗務員が二十分後に到着し、私たちの便に割り当てられる可能性があるとのことだった。そのため、私たちは待機することになった。

私たちはあまり期待せずに待った。ここ数日、似たようなアナウンスを聞いてばかりいた。予想に反して、乗務員は来て、飛行機が準備され、私たちは全員乗りこんだ。もちろん席はすべて埋まっていて、私は中央の席だった。窓際の席は女性で、年齢は私より十か二十ほど若く、服装はそれ以上に若い。ディッキーズのデニムパンツ、深紫色の髪、農家風の重そうなブーツ、ゴシック体で〝DTF〟（誰とでもヤリたがってる、を意味する略語）と書かれたクロップトTシャツ。通路側の席は少し年上らしい女性で、がっしりとした体格で疲れた様子をしていて、ある種の服装と最低限のメイクは官庁で働くレズビアンがまとうカモフラージュそのものだった。そして彼女たちが私を見たとき、なにを見たのか私にはわかった。この四日間着ていた黒いジャージーワンピースの上に、おなじくずっと着ていただぶだぶの黒いカーディガン。それは妻のカーディガンで、数日前までは妻の匂いがしていたが、もうしない。私は結婚指輪をはめ、スモーキーメイクをしている。これはデトロイト空港のM・A・Cの店頭でしてもらったメイクで、退屈そうにしていたそこのメイクアップアーティストは先週末、ガールフレンドに強引にローラーゲームの試合観戦へ連れていかれた際に、最初のジャムを見ただけで、ガールフレンドがリーグで一番下手なスケーターと浮気していることにどうして気づいたかという話をしてくれた。スモーキーなアイメイクは私に似合わなかった。それでも、これはプールに入っても落ちないのだろうかと考えていた。一日中プールのことについて思いめぐらしていた。ここでも、飛行機の中でも、家に帰る途中でも、私はプールを、あのひんやりとしたなにもない空間を頭蓋骨の中に収めていた。まるでそこにプールを収めていることで、他の閉じこめねばならないものすべてを閉じこめられるかのように。私は狭い場所が苦手だ。家から遠く離れたところでは、私は安らげない。家から遠く離れていると、私は安全ではない。

また妻にメッセージを送った。〈飛行機の中！　三時くらいに到着予定だから、待たないで。タクシーで帰る。愛してる〉そして携帯の電源を切った。実際に離陸するかどうか待つ間、機内の全乗客が息を止めているのが感じられそうだった。そして離陸の瞬間にみんなが息を吐いた。飛行機が地上走行してから上昇する間、私は両手を膝の上でしっかりと握りしめた。地面が光の山やネックレスにしか見えなくなり、それが縮んでスパンコールになり、やがて輝く針孔になり、最終的にはすべてが小さくなって、深い黒になった。

なんの理由もなかったけれど、私はシャトルバスの運転手の娘のことを思い出した。その娘は私とおなじ年齢で、私の母と同世代の女性と疎遠になっている中年女性のはずなのに、なぜだか私が思い浮かべるその顔は娘ディドの顔だった。

窓際の席の女性が言った。「ようやく家に帰れそう」

私のｉＰａｄには、妻が興味を持たなかったテレビ番組の最初の三話が入っていた。しかし、窓際の女性は私がヘッドホンを取り出すのを待っていたようで、私がヘッドホンを装着しようとしたちょうどそのとき、声をかけてきた。「もしかしてわたしの知り合い？」

私はヘッドホンを持ち上げて言った。「ちがうと思う」

「ううん、知り合いよ。そうでしょ、マルティーヌ？」

「ちがいます」私は言った。「申し訳ないけど、私の名前はアビーだから」

「やだ」がっかりした彼女は言った。「ヴァーモントに住んでたことは？　そこのバーリントンは？」

「いいえ。何度か行ったことはあるけど。きれいなところだよね」

「そうね。ほんと、そう。わたしはしばらく住んでたことがあるの。ああ、やだ、もう結構前のことなんだけど。ガールフレンドがギャラリーを開くことになったから、あそこに引っ越したの。わたしは学位を取ったばっかりだったしね。だけど、一か月後に彼女に振られちゃって、すぐに町を出ればよかったのに、わたしは出なかった。一か月でまた引っ越すのがすごく恥ずかしくて。それで、数週間は元ガールフレンドの家のソファで寝泊まりして、ようやく別の住まいを見つけたのよ。そのあとはそこに八年間住みつづけたわけ！　また別れを経験するまでね。あれはまるでなにもかも焼き尽くすような別れだった。とにかく、ほんと、きれいな町よ。ただ、ほら、あそこのデート事情はちょっと排他的で」

「小さな町だから」私は言った。

「ほんとにそう」窓際の女性が言った。「以前、ニューヨークの友達に説明しようとしたことがある。最終的には、全員の名前がいろんな色の線でつながった図を描いた。ほら、誰と誰が付き合ってるとか、以前は付き合ってたけど今は友達なのは誰か、誰と誰が別れたあとに今でも口をきいてないか、誰がポリアモリーの関係で複数と付き合っているか、誰と誰が関係を持ったけど誰にも知られていないと思っているか、それから星印をつけて注釈も。ドラマの『Lの世界』って、少なくともそういう部分は正しかったよね」

私は言った。「結婚すると、すべての複雑さががくんと減るよ。いつもではないけど」

反対側の通路側に座っていた女性が身じろぎした。彼女の太ももが私の太ももに触れる。機内誌を読むふりをしているが、聞き耳を立てているのがわかる。

「わたしが描いたその図を、クリスマスに友達が全部刺繍《ししゅう》してくれたの。額に入れてくれた。これをどうしたらいいわけって思った。壁にかける？　でも、きれいだった。友達は関係性の種類ごとに異なるステッチを使い分けてね。あれってなんて呼ぶんだっけ？　刺繍見本って言うのかな？　とにかく、マルティーヌはその一部だった。あなたはマルティーヌによく似てる。写真があればいいんだけど。マルティーヌとレイラはね、私が知り合ったときには結婚してたんだけど、あとでレイラには別の人生があったことがわかったのよ。マルティーヌと一緒にいる間、レイラにはずっとケベックにガールフレンドがいた。そう簡単には両立できそうにない生活だと思えるけど、レイラはケベックの印刷会社で営業担当だったから、毎月数日はあっちに行ってたわけ。時にはもっと頻繁にね。マルティーヌはこのことに気づくと、レイラを追い出して、レイラはケベックに引っ越した。すると、レイラは何度もバーリントンに戻ってきてはマルティーヌに、もしもあなたがこれを乗り越えられるのなら、二人でやっていけるはずと信じてるって、伝えつづけた。レイラはカップルセラピーにも行きたがったけど、応じてもらえなかったので、マルティーヌが仕事に行っている隙に鍵を使って家に入りこんだ。マルティーヌにメッセージを送って、心配しないで、忘れてたジーンズを取りに来ただけだからって伝えたけど、マルティーヌが帰宅してみると、実際にはレイラはお気に入りのペニスバンドを取りに来てた。なに考えてんの？　ケベックには大人のおもちゃの店がないわけ？　そんな感じ。それ以来、マルティーヌは大変な時期に突入よ。ほんと荒れたの。こっちを二度見してきたらどんな女とでもヤッた。猫がその気になったら、猫とでもヤッたはず。他にもいろいろと試した。人って時々そういうことをするものよね、なにかを乗り越えようとするときに。わたしの親友もそうだった。あの子は、『方々《ほうぼう》に奔放《ほんぽう》なことしに行く』とか言ってた。それがね、あとでわかったんだけど、家庭で他の悩みがたくさんあったの。状況をコントロールできてると思うための方法だったのね」

「あなたもそうだった？」私は言った。「彼女と寝た？　マルティーヌと」

「ううん」窓際の女性は言った。「ていうか、パーティーで一度だけマルティーヌといい感じになった。だけど、二人とも朦朧《もうろう》としてたの。そのパーティーにはいいブツもあって。ヴィディっていう女の子なんて、自分はジャグリングの達人だと思いこんじゃって。キッチンの引き出しからナイフを何本も取り出して、空中に放り上げた。両手がずたずたになって、そのあとはみんなその対応に追われた。ひどかったよ。わたしは救急車の運転手をしていた時期があったから、応急処置をして、ヴィディの血で全身汚れたの。わたしは血を全部きれいに拭きたかったんだけど、あの子、マルティーヌときたらまるでその血に気づいていないみたいで。だけど、そのせいでムードがぶち壊しになって、マルティーヌは他の誰かと帰っていっちゃった。マルティーヌはなにかを探していて、きっと、見つけるまで探しつづけるしかなかったんだろうね。あの子がどうなったかはわかんないけど、探し物を見つけていたらって願ってる」

「見つけたかもしれないね」私は言った。心から、そうであってほしいと思った。

「どうだろう」窓際の女性は言った。「かもしれないね」

客室乗務員が飲み物と一緒に通路を歩いてきた。正直に言うと、お酒がすごく欲しかった。でも、代わりにコーラをもらった。窓際の女性はジントニックを、通路側の席の女性はトマトジュースを頼んだ。通路側の女性が言った。「私も昔、そんな感じの子を知ってた。ニューヨークで。ずいぶんと前のことだけど」

私も、窓際の女性も、そろって彼女のほうを見た。

「広告業界で働いてた子よ」通路側の女性はトマトジュースを飲み干すと、トレイの上にカクテルナプキンがあったのに、手の甲で赤く濡れた唇をぬぐった。「その子は私の友達とポーカーナイトに来ていた。火曜日の夜。ペニーなんとか、って名でね。ペニーが住んでるのは見たこともないような素敵なアパート、って友達は言っていた。コロンビア大学の近くにある戦前の巨大な集合住宅で、誰も手が出ないようなところだったけど、幽霊が出るからということで、ペニーはほとんどタダ同然の家賃で借りていた。他の誰もそこには住めなかった。どうやら、一晩泊まると必ず、本当にひどいものを見たり聞いたりするらしいんだけど、ペニーはそこで赤ん坊みたいにすやすや眠れた」

「幽霊が見えない人っているから」窓際の女性が言った。「感受性がないとか、そんな感じ」

「ちがう」通路側の女性は言った。「ペニーには幽霊がちゃんと見えた。幽霊が見えたし、聞こえたし、もしかしたら火曜日以外の毎晩、幽霊たちとポーカーしてたのかも。あの子は気にしなかった。恐れなかった。怖いものがなにもなかったの」

「わたしもあんまり幽霊は怖くない」窓際の女性が言った。「そういうのってバカみたいでしょ。あなたがそう思っていないなら、ごめんね」

通路側の女性は言った。「ううん、そういうことじゃなくて。ペニーは文字どおり、なにも恐れていなかった。蛇も、暗闇も、雷雨も、連続殺人鬼も、強盗も、犬も、高所も怖くなかった。恐怖というものがなんなのかさえわからないって、友達に言っていたらしいの。ペニーの母親は、ペニーが子供の頃、よくドアの陰から飛び出してきて怖がらせようとした。ジェットコースターに乗せたりセラピストに連れていったりもした。ペニーはニューヨークで一週間に二回、銃を突きつけられて強盗にあったけど、友達によれば、笑い飛ばしてたらしい。それでいて、ペニーは、怖いということがどういうものか知りたかった。だから友達と一緒にホラー映画を、狼男だの切り裂き魔だの観に行って、観終わったあとに友達になぜ怖いのか、どんな感じだったか尋ねていたって」

「それっていいかもよ」窓際の女性が言った。「なにも怖くないことって。わたしは幽霊なら怖くないけど、それ以外のものは全部怖い。なにもかも怖くなくなるって、どんな感じなのかもわかんないな」彼女は私のほうを向いた。「ほら、あなただってなにかを恐れているでしょ?」

窓際の女性が言った。

「飛行機に乗ること」私は言った。「それと自分自身」

「ほらね。でしょ！　ていうか、なにをも恐れないって想像してみて」

「直毛と巻き毛みたい」通路側の女性が言った。「つまりね、直毛の人は巻き毛になりたいと思うし、巻き毛の人は直毛になりたいと思う。あなたは怖いものなしになりたくて、私の友達によれば、ペニーは怖がりになりたがってた。怖がりじゃないおかげで、その豪勢なアパートに住めていたくせにね。ペニーにはたくさんガールフレンドがいたけど、いつも関係が長くつづかなかったのは、どの子もペニーの家に泊まっていこうとしなかったから。初めてペニーのベッドで寝ると必ず、幽霊だかなんだかに震えあがらされる。ペニーがなにをしてもガールフレンドを引き留めることはできず、ペニーとしてもそのアパートを諦めることができなかった。ところが、最終的にペニーはミン・ジエという女の子と恋に落ちて、その子のためにアパートを諦めて、新居に越して、結婚した。私の友達は二人の結婚式に行った。ミン・ジエはチーズ販売店で働いていて、チーズについてはなんでも知っていた。一時期、人間の母乳から作られたチーズが買えたことは知ってる？　ミン・ジエによると、それはいわゆるソフトチーズだったって。山羊のチーズにちょっと似てるみたい。ミン・ジエが働いていたのはミッドタウンにあるお店で、あらゆる種類のチーズ、輸入チョコレート、パテ、タン、マロングラッセを扱っていた。ロブスター、ゴールデン・オシェトラ・キャビア、テュペロ・ハニーにラヴェンダー・ハニー、ザッハトルテなどなど、結婚式のご馳走《ちそう》は素晴らしかったって友達が言ってた。ワインは友達がこれまでに味わった中で最高のもので、しかもたくさん。それこそ浴びるほど飲めた。どのテーブルにも燻製《くんせい》の魚やエビやムール貝が氷の器に入って置かれていた。ペニーは立ちあがって、新婦に乾杯し、今後も恐怖を知ることはないかもしれないけど、今は愛を知っているってスピーチした」

「すごくロマンチック」窓際の女性が言った。「そんなこと誰にも言われたことない」

通路側の女性が言った。「その夜、二人は帰宅し、愛を交わし、その後、ペニーは新しい寝室にあるベッドで横になった。寝室は、以前のアパートの寝室よりもはるかに小さくて、薄汚れていたけれど、ペニーは幸せだった。すると、ミン・ジエがバスルームから、仕事で手に入れたバケツいっぱいの生きたウナギを持って現れ、ベッドやペニーの上にぶちまけた。友達の話では、ペニーはベッドから飛び起きて、悲鳴をあげはじめたって。とうとう恐怖がどんなものかわかったから」

「それほんと?」窓際の女性が言った。

「友達からはそう聞いてる」もう一方の女性が言った。

「最低」窓際の女性が言った。

私は「ちょっと失礼」と通路側の女性に言った。数分前から私は生理が始まったことに気づいていた。予定より何日も前なのに。なにもかもがおかしい。起きるべきじゃないことがことごとく起きている。だが、もうすぐわが家だ。きっともうすぐ家に着ける。

私は飛行機の通路の暗闇を進み、眠っている女性、携帯やｉＰａｄでゲームをしている女性、話をしている女性の横を通りすぎる。夢で嗅いだ美味しそうな香りが鼻をくすぐる。あるべきではない血液が太ももの間に流れる。私たちは自分自身の肉体をちっともコントロールできない。私たちが感じるあれこれも。私たちに、何度も繰り返されるあれこれも。私たちが渇望するあれこれも。

客室後方のトイレのひとつには、〈故障中〉のサインが出ていた。もうひとつは使用中だ。それで、私はできるだけ辛抱強く待った。ベッドで眠っているはずのディドのことを思い描こうとした。いや、もしかしたら娘はまた悪夢を見て、マルティーヌが私たちのベッドに娘を寝かせているかもしれない。

妻が過去の恋人たちと共有したものが、私たちが今共有しているものを損なったりしない。それは、かつて妻は殺人鬼だったというような話ではない。彼女はただその人たちとセックスをしただけ。もしもマルティーヌが当時そういう人でなかったら、私たちは今、一緒にいなかったかもしれない。彼女は当時、そういう人であったのであって、今では別の人だ。もう一方のマルティーヌに私は会ったことがない。別のマルティーヌ。それでも、時折、私は彼女を知らなかった歳月に思いをはせると、嫉妬に駆られるあまりに、切羽詰まったように想像してしまう。彼女の過去の恋人たちが今、どんな家庭や暮らしを築いていようとも、見つけ出すところを想像する。爪で引き裂き、その肉を食いちぎることを想像する。幾千のスイミングプールを満たせるほどの、大きな血の川を作る。そこまで大量の血があれば、マルティーヌと私が出会う前のすべてを抹消できる。

私のスイミングプールを思い描いた。ひんやりして、緑色で、誰もいないプール。いったい誰がウナギを恐れる？　バケツに入れられた無害な生物をどうして恐れる？　ウナギはただ外に出たいだけなのに。飛行機の中では、ウナギと同様に足止めを食らっている。なにもできない。外に出られない。あなたは自分でこうだと思っていた自分でいつもいられるわけじゃない。どれだけそうありたくてもだ。変化は避けられない。

トイレのドアが開き、女性が出てきた。「詰まってる。入らないほうがいい」すぐ後ろのギャレーで、客室乗務員の一人がふり返った。「ああ、そこはだめです。本当にだめ」「ごめんなさいね」トイレから出てきた女性が言い、私は脇に寄って彼女を通してあげた。トイレに入ろうとしたところ、客室乗務員が私の腕に手を置いた。「すみませんが、入らないでください。まもなく着陸します。待てませんか？」

トイレの床は濡れていた。悪臭は耐えがたかった。金属製の便器の中でゆらゆら揺れる、膨れたトイレットペーパーの塊。うごめいている。私はふり返って客室乗務員を見た。客室乗務員はひるんだ。私の腕から手を離し、後ろに下がった。彼女は小さな声でなにか言ったが、耳の奥の血流音でほとんど聞き取れない。ネズミだってもっと声が大きい。客室乗務員がもう一度言った。「大丈夫ですか？」

私は答えることができなかった。一言も話せなかった。客室乗務員が私の顔に見たのは、通常そこにあるものではなかった。それは別のもの、私の皮膚の内側に棲《す》むものだった。私は向きを変え、通路を引き返し、中央の自分の席まで戻った。どの列でも、窓の向こうの月は、私が舌の下に滑りこませられたかもしれない白い風邪用喉飴のようについてきた。

月は鎖につながれたもののように、私が席に戻るまでずっと一緒だった。

もうすぐ到着のアナウンスがあるはず。座席に少し血がつくかもしれないが、少量の血などなんということもない。女性は血を流す。誰だって血を流す。

私の両隣の女性たちは話しこんでいた。窓際の女性は長期駐車場に車を停《と》めていて、車がないと言うもう一方の女性にノーサンプトンまで乗せていってあげると申し出ていた。彼女が私に言った。

「ねえ、アビー、車あるの？　それとも誰か迎えに来る？　一緒に乗っていく？　どこに住んでるの？」

私は家まで走って帰れそうな気がした。五十キロかそこらの道のりだ。だが、妻と子と一緒に家にいたかった。あの約束が私を待っているけれど、今回は少し早すぎるかもしれないと思っていた。

「それは是非」私は言った。「本当にありがとう」

粉砕と回復のゲーム

（グリム童話『ヘンゼルとグレーテル』より）

The Game of Smash and Recovery

アナトにわかることが一つあるとすれば、それはこれ——アナトは兄のオスカーを愛し、兄のオスカーもアナトを愛しているということだ。実際、オスカーがアナトを幼少期から育てあげたようなものではないか。アナトが転ぶたび、オスカーが抱き起こした。オスカーが食事の支度をし、優しく怪我の手当てをし、この小さな世界をどうやって舵取《かじと》りするのか教えた。オスカーはアナトにスキマー船——それも毎回くれるたびにさらに速く、さらに反応が良い船になった——もくれたし、最高性能の発火装置も、鋭い指と探求好きの鼻と毛で覆われた腹を持ち、滑らかで鞭《むち》のような手足をしているお手伝《ハンドメイド》いたちを改造した群れもくれた。

あれをお手伝いと呼びはじめたのはオスカーだ。というのも、お手伝いにはたくさんの手指があり、つかむ、持つ、撫《な》でる、仕分けする、殺す方法を熟知している。かつて、もっと幼かった頃、アナトは吸血鬼にひどく驚かされたことがあった。吸血鬼が至近距離に来たのだ。アナトが泣き出すと、お手伝いたちが現れて、優しくアナトを撫でてなだめ、あちこち触って吸血鬼に傷つけられていないか確認したのち、悲鳴をあげる吸血鬼を手際よく引き裂く一方でアナトを抱きしめていてくれた。オスカーが〈ホーム〉からお手伝いたちとともに帰ってきて間もなくのことだった。吸血鬼たちとお手伝いたちは、そのあと、ある種の合意に達した。吸血鬼たちはお手伝いに出くわすと、ご機嫌取りの歌を歌う。時々、長く白い首を曲げて頭を深く垂れ、踊ることさえある。お手伝いたちは吸血鬼を八つ裂きにしなくなった。

今日はアナトの誕生日だ。オスカーは自分の誕生日を祝わない。アナトは自分の誕生日もそっとしておいてほしいと思う。とはいえ、それではオスカーが悲しむ。オスカーはアナトの目標の達成や発育上の成長、新たなスキルを祝ってくれる。オスカーが心配もしているということが、アナトにはわかる。おそらくオスカーは、アナトが成長したとき、自分が必要とされなくなることを恐れているのだろう。アナトが両親のように出ていくのではないかと恐れているのかもしれない。もちろん、そんなことはあり得ない。アナトがオスカーを見捨てるはずがない。アナトはいつまでもオスカーを必要とする。

もしもアナトのそばにオスカーがいなかったら、この世界で誰を愛せばいいのだろう? お手伝いたちはアナトに頼まれればなんでもするが、愛ではなく恐怖をかきたてるように作られている。お手伝いは速度、戦闘力、絶対の服従を重視して製作された。仕事がなく、暇を持てあますと、お手伝いたちは互いをバラバラに分解し、部品を交換し、みずからをますますばかげた武器に改造する。いつか頼まれさえすれば、アナトにもおなじことをすると言わんばかりに、お手伝いたちはアナトをじっと見つめる。

ここには吸血鬼もいる。オスカーとアナトが〈ホーム〉に降り立つたび、吸血鬼たちは群れをなして追いかけてくる。オスカーは、吸血鬼たちがオスカーや両親とおなじように（もちろん、アナトはまだ生まれていなかったが）意図して〈ホーム〉に来たのかどうか、考えをめぐらすのが好きだ。もしかしたら吸血鬼たちは、大昔になんらかの事故でここに置き去りにされたのかもしれない。あるいは、吸血鬼たちは〈ホーム〉に最初から棲《す》んでいたのか？　吸血鬼の祖先が〈ホーム〉の倉庫群を建設してから宇宙に出ていき、戻ってきた際に現在の倉庫に収められている戦利品を運びこんだとは考えにくい。おそらく吸血鬼は寄生生物の一種で、宿主であった種族が〈ホーム〉を完全に放棄したときに、偶然に取り残された乗客のようなものなのだろう。そうはいってもこれは倉庫建設者たちが〈ホーム〉を完全に放棄していた場合の話だ。もしも彼らが〈ホーム〉に戻ってくることがあれば、それこそ驚きだ。

オスカーやアナトのように吸血鬼たちはごみを糧にして生きていて、〈ホーム〉の大気という薄いスープを吸える。とはいえ、艶やかに輝く目もゼリー状の皮膚も光に非常に敏感なので、吸血鬼はマントやフードをかぶって、しわがれ声で不平をこぼしながら〈ホーム〉表面を歩きまわる。〈ホーム〉の倉庫で見つけた有機物、不活性物質、敵、秘蔵品など、さまざまなものを食べて腹を満たしているが、ことさら兄妹には関心を寄せている。機会さえあれば間違いなくオスカーとアナトを食らうだろうが、それまではあとを追ったり、歌を歌ったり、小さないたずらをしたり、かすかに顔をしかめたりして（喜びのせいか、なだめるためか、威嚇行為なのか？）ずらりと並んだ顎の数々や大量の歯を見せつける。動揺を誘う。誰も吸血鬼を愛せない。例外はおそらく、〈ホーム〉の不揃《ふぞろ》いな衛星の残骸の下、吸血鬼たちが翼を広げて、遠くへ、地平線の向こうへ急降下していくのを見つめているときの、とっくの昔に恐怖心をすべて失ったアナトだけだ。

アナトの誕生日には、オスカーが両親からのプレゼントを渡してくれる。もちろん、それはオスカーからのプレゼントだ。相手を愛し、よく理解している人が、愛するだけでなく理解しているからこそ贈れるプレゼントだ。アナトは心の中で、両親も自分を愛してくれていると理解している。いつか両親が家に戻ってくるときには、どんな誕生日よりもはるかに素晴らしい再会が果たせるだろう。いつか両親はアナトを愛するだけでなく、理解もするだろう。そしてアナトも両親を理解することになる。アナトはこの再会を切望すると同時に恐れてもいる。すべてが変わったとき、アナトの人生はどうなるのだろう？　アナトは両親の記録映像を詳しく調べた。オスカーは両親に似ているのに、アナトには両親の面影がない。オスカーは両親のことを覚えているのに、アナトは覚えていない。アナトは両親を恋しく思わない。オスカーは？　もちろんオスカーは両親を恋しがっている。アナトにとってのオスカーという存在が、オスカーにとっては両親なのにちがいない。ただし、オスカーは決して出ていかない。アナトはオスカーにそう約束させた。

〈バケツ〉内の居住区は狭い。お手伝いたちは、どれだけ縮こまろうとも、利用可能スペースの一定割合を占めてしまう。その一方で、お手伝いたちは優れた管理人でもある。藻壁を手入れし、蜂蜜と蜂の巣を集め、蜜蜂が巣分かれを迎えると新しい巣箱を仕切る。ネットワークを修復し、手持ちぶさたなときには古いシステムに新しい芸当を教えたりする。今ではトイレは実に魅力的な空間になった！〈汚れさっぱり〉は、頭上から大量の水を降らせ、壁から泡を出し、床に水を吸収させ、瞬《まばた》きするよりも早く水を循環させる。いつまでもずっと水はめぐり、決して冷たくならない。実際のところ、オスカーとアナトが〈バケツ〉内で必要とされることはほとんどない。〈ホーム〉では、二人が必要とされることがたくさんある。

アナトの誕生日のために、お手伝いたちは〈バケツ〉の壁という壁を毛むくじゃらの光る波状藻の塊で飾った。ケーキも作ってくれた。もちろん食べられないが、とても美しい。ケーキはアナトのほぼ等身大で、アナト自身に、というよりお手伝いになっていた場合のアナトに似ているようだ。装甲は滑らかで、動きがとても速い。兄妹はケーキを部屋中追いまわしてつかまえ、オスカーがケーキ側面にあるパネルを見つけるまで押さえつけていなければならない。パネルには色鮮やかなワイヤーが何本も並んでいて、アナトの誕生日だから、どれを切るかはアナトが決めることになる。間違ったワイヤーを切ったらどうなるだろう？　お手伝いたちはとても興奮しているようだ。しかし、アナトはお手伝いの考え方を心得ている。二つ目の小さなパネルを見つけた。より小さなパネルで、単純なスイッチが付いている。アナトがスイッチを切ると、ケーキはシューッと怒ったような音を立てる。たぶんアナトとオスカーはケーキを〈ホーム〉に持っていき、吸血鬼にくれてやるだろう。

〈ホーム〉の倉庫は、現時点ではアナトとオスカーによって八十パーセントしか在庫確認がされていない（これには〈立ち入り禁止区域〉の倉庫は含まれない）。

オスカーは、こんなに長いこと家を空けている両親に腹を立てることがあるのだろうか？　そもそも両親が出ていったのはアナトのせいであり、オスカーが置き去りにされたのもアナトのせいだ。誰かがアナトの面倒を見なければならなかった。オスカーがアナトに腹を立てることはあるのか？〈バケツ〉では、オスカーがほとんど口をきかない日が長くつづく。オスカーは座ったきりで、アナトは兄を会話に引きこむことができない。アナトは詩を暗唱し、ジョークを飛ばし（トントン。どなた？　アナトだよ。アナトって誰？　アナトは羽虫《ア・ナト》じゃない。それが答えだよ）、お手伝いたちを〈ホーム〉に向かわせ、〈アナトは立ち入り禁止、絶対に侵入禁止、さもないと後悔する区域〉に着陸寸前まで行く偽装遠征に送り出す。そういう日には、オスカーは聞いているふうを装って聞かず、アナトを見ている様子もなく見て、お手伝いたちを呼び戻すと、アナトを叱りもしない。

　時々、オスカーの一部はとても遠くに行ってしまう。すると、オスカーの匂いはほとんど察知できないレベルで微妙に変化する。アナトは成熟するにつれて、オスカーが無意識にアナトに伝えていることを統合して解釈する方法を学んだ。アナトにはオスカーにはない強みがある。しかし、それはどうでもいい話。オスカーは必ず戻ってくる。オスカーは突然、ふたたび目に光を取り戻し、手を伸ばし、アナトを引き寄せて抱きしめる。その後、オスカーとアナトは、兄が妹に教えた戦略ゲーム、つまりアナトがほぼ毎回勝つゲームの数々をいつも以上にたくさんプレイする。アナトが二番目に好きなゲームは囲碁だ。石の感触がたまらない。石を手に取るたびに、オスカーの指によって、自分の指によって、石がどれだけ磨《す》り減ったか、指で感じる。指は滑らかな石をより滑らかにする。ある黒石のほぼ中央に、目には見えない割れ目がある。アナトは時々その箇所がわからなくなるが、また探り当てる。そこに十分な圧力をかければ、石は二つに割れるだろう。いつの日か割れるだろう。それはどうでもいい話。

兄妹は囲碁を打つ。二人はアナトが大好きで、オスカーも大好きだと言う料理を作る。お手伝いたちがその柔らかくしなやかな手足を編んで作った巣の中で、兄妹は丸くなって一緒に眠り、お手伝いたちが〈ホーム〉の吸血鬼たちから取り入れた歌を聴く。

オスカーから教わったゲームの中で一番いいのは、〈粉砕か回復か〉だ。〈ホーム〉表面上で長期サイクル中ずっとプレイする。まず、各プレイヤーは〈真〉と〈偽〉の粉砕標識をひとつずつと、〈真〉と〈偽〉の回復標識をひとつずつもらう。各プレイヤーは交代で、ランダムに生成された数値の範囲内の距離だけ、自分の〈偽〉または〈真〉の、粉砕標識または回復標識を動かす。あるいは、偵察を送り出してもよい。偵察はお手伝いか、無人のスキマー船か、吸血鬼（この場合は間違いなく危険な賭けなので、二回試せる）から選ぶ。プレイヤーは発火装置を投下して標的を爆破、あるいは、標識があると思われる四角の区域を自分のものにしてもよい。

計算を誤って回復標識を爆破するか、または粉砕標識を回収した場合、対戦相手の勝利となる。現在の〈粉砕か回復か〉ゲームは、オスカーとアナトの対戦第十八回だ。最初の四戦はオスカーが勝ったが、以降はアナトが全勝している。対戦ごとにオスカーはアナトのスタート時のハンデを増やしていき、アナトが勝つごとに、オスカーは褒めてくれる。

仮定の話だが、現在のゲームはアナトかオスカーが回復標識を回収して敵の粉砕標識を粉砕すれば終了する。あるいは、二人の両親が帰還すれば終了する。その日はまだ来ていないが、必ず来る。その日は徐々に近づき、いつかは到来する。これについてアナトにできることはなにもない。その日を早めることはできない。延期させることもできない。時々、アナトは考える――こんなことを考えるのは不適切だとわかっているが、それでも考えてしまう――自分がゲームに勝ったその日に――勝つことを考えるのは適切だとわかる――両親が到着するだろう、と。

オスカーは非常に狡猾《こうかつ》な手を使っているが、アナトには勝てないだろう。オスカーは自分の〈真〉の標識を、粉砕と回復のどちらも〈立ち入り禁止区域〉に設置した。前々回の長期サイクル時のことだ。オスカーはアナトの〈真〉の標識も同様に二つともそこに置き、アナトがもともと〈真〉の標識二つを置いていた場所には〈真〉と読めるように暗号化した〈偽〉標識二つを置いた。オスカーは、アナトがすでに兄の標識を見つけて識別したことをうすうす感じたのだろうか？　だからオスカーは標識を不正に動かしたのか？　これはゲームに新たに付け足された部分ということか？

〈粉砕か回復か〉ゲームのルールによれば、終盤戦において発見し、〈真〉と正しく識別できた標識ならば、プレイヤーはどれにでも物理的にアクセスしてよいとされている。アナトは以前から、〈立ち入り禁止区域〉に興味を持っていた。オスカーが標識をそこへ動かした今、アナトには立ち入る権利があるが、まだ終盤戦を宣言していない。好奇心はアナトを殺す、というのがオスカーの口癖だが、〈ホーム〉にはアナトとお手伝い並みに危険なものは存在しない。オスカーの動きは罠《わな》かもしれない。自分は試されているのだ。アナトは待ち、考え、なぜ時間を置くのか心の内でも言葉にできないまま時間を置く。

両親からアナトへのプレゼントは短い記録映像だ。赤ん坊のアナトを抱いている親。吸血鬼のように、小さなうめき声をあげるアナト。小さなニット帽を掲げるもう一人の親。オスカーの姿はなし。アナトはそれが自分だとはとても思えない。両親は他の映像で観た覚えがある。両親は誕生日のメッセージも送ってきた。〈アナトへ。誕生日おめでとう。オスカーと仲良くやっているといいのだけど。愛してる。もうすぐ家に帰るからね！　あっという間に！〉

オスカーからのプレゼントは、〈ホーム〉の未開封倉庫の暗証番号だ。オスカーはこの倉庫を秘密にしてきたつもりでいる。在庫一覧の頭の部分を見ると、お手伝いたちが夢中になるものでいっぱいだ。これまで前人未踏とされてきた宇宙の隅々まで記載されているが、正確か不正確か定かでない宇宙図。十中八九、まったく面白みがないと判明するはずだが、分解して新たな用途に使える装置。合金ならば、お手伝いたちが気に入らなかったためしがない。

情報と原材料。〈ホーム〉の最も遠い〈月〉の軌道上、ごくわずかな範囲内しか移動できないアナトとオスカーとお手伝いたちに、宇宙図がなんの役に立つのか？　装飾品と純然たる理論の教育目的以外に、原材料がなんの役に立つのか？　模擬戦やくだらないゲームのため？　オスカーとアナトが発見するものはすべて、将来の物資回収のため、骨董品や希少品の買い手のためのものだ。

なにを残し、なにを売り、なにを吸血鬼のために残すかは、両親が決めるだろう。お手伝いたちも（あのお手伝いたちでさえも！）、本当のところはアナトの所有物ではない。誰がお手伝いを作ったのか？　誰がお手伝いを戦闘部隊として宇宙に連れ出し、遠い昔に置き去りにしたのか？　誰がお手伝いを回収し、〈ホーム〉まで連れてきて、オスカーが見つけるまでにどれだけ歳月が経《た》つかは度外視で、注意深く格納したのだろうか？　オスカーとアナトの両親が帰還したその日、両親はお手伝いたちにどんな使い道を見つけるだろう？　これほど優れた（獰猛《どうもう》で、賢く、光速移動が可能な）お手伝いなら、買い手はたくさんいるにちがいない。

そして、お手伝いが自分のものなのはその日が来るまでの間だけだと、どうしてアナトは時に忘れるのか？　〈ホーム〉にあるものはすべて両親のものだ。ただし、オスカーはアナトだけのもの。避けられないその日が日々近づいている。アナトが尋ねても、オスカーは「まだだ」としか答えない。「もうすぐ」とも言う。オスカーの頭の中には、必要なときに両親と交信できる装置が入っている。両親が話すとオスカーは痛みを感じる。

両親がオスカーに話しかけることはめったにない。この前までは、一長期サイクル中に一回もなかった。

それがこの十日間では三回。

交信後は、お手伝いたちが、真っ暗な避難所のようなものを作ってくれる。鎮静用の霧を発生させてくれる。歌いはしない。成長したあかつきには（オスカーは言っていないが）、アナトもおなじような交信装置を持ち、両親から話しかけてもらえるようになる。アナトが望もうと望むまいと、オスカーとおなじ痛みを味わうことになろうとも、そうなる。そうなればオスカーも傷つくことになるだろう。アナトに苦痛を与えるものは、同様にオスカーにも傷を負わせるのだ。

アナトが異質な存在だと明らかになったとき、アナトの両親はオスカーにアナトと〈ホーム〉の世話を任せて出ていった。アナトとはなにか？　両親は、アナトの正体を理解してくれそうな人たちにアナトの謎を提示するために旅立った。もちろん、アナトを連れてはいかなかった。アナトはあまりにも壊れやすい。あまりにも貴重だ。両親はこれほど長く留守にするつもりではなかった。とはいえ、複雑な事情があった。ある場所では長期サイクル一つ分以上つづく隔離。別の場所では革命。遅れのもう一つの原因は、もちろん、光速での航行を危険なものにしている船の伝染病だ。最悪の場合、〝知性〟の問題が生じて、オスカーの話では、喜ばしい責務や目的を損なうことになるそうだ。〈ホーム〉に戻る過程で、伝染病のせいでアナトの両親はすでに二隻の船を失っている。

アナトは最近、家族生活、いや、一般的な生活というものの理解において自分にはいくらか理解の足りないところがあると考えている。最初のうちは、理解すべきことが多すぎるのが問題だと考えていた。オスカーがすべてを一気に教えられないことは、アナトも理解していた。成長し、自分自身を理解するにつれ、問題は複雑であり、それほど複雑でもないことに気づいた。オスカーは意図的に隠し事をしているのだ。アナトは相手に応じて戦略を変化させた。アナトはオスカーを愛している。アナトは負けず嫌いだ。

二人はお手伝いたちを引き連れて、〈ホーム〉に降りる。二人はアナトの誕生日の残り時間を、オスカーのプレゼントである倉庫を探検しながら、あらゆる種類の素晴らしい品々を整理してすごす。アナトは宇宙図を記憶にしまいこむ。そうしながら、不整合や間違いの可能性に注目する。頭の中には、この宇宙図を未知の、アクセスできないライブラリーと比較するなにかがある。アナトがその存在に気づくのは、質の悪い情報の断片がその隅をかすめたときだけだ。誰かにピンで刺されているような不快感。オスカーはこのことを知っている。アナトはオスカーにもおなじことがあるか尋ねたが、ないと言われた。悪いことじゃない、とも。アナトがまだ完全に成長していないだけだ。いつかすべてを理解し、そしてすべてをオスカーに説明できる日が来るだろう。

〈バケツ〉には〝知性〟がない。なくても十分に機能する。お手伝いはいくつかの表示計器を備えているが、その主な特徴は対立しあっている。忠誠心、従順さ、信頼性、任務達成までの揺るぎない努力。お手伝いの持てる〝知性〟は課された任務に使われる。吸血鬼は有機体であるため、〝知性〟を持っているはずだ。本来、吸血鬼たちは好きなように行動する。それなのに、成し遂げる価値のあることをなにひとつ成し遂げない。吸血鬼たちは存在する。永続する。歌う。大人になったら、アナトはなにか価値のあることをしたい。これまでのサイクル中ずっと、オスカーの役目が一種のお手伝いだったことはわかっている。アナトが彼の任務だった。アナトの成長を助けることが。両親が戻ってきたとき、あるいはアナトが成年に達したとき、オスカーはどこかでやりたいことをしに出ていくだろう。このまま〈ホーム〉にとどまることは、吸血鬼になるよりもましだと言えるか？　おまえは並外れた存在で、いつか最も並外れたことができるようになる、とオスカーはアナトに言うのが好きだ。二人で一緒に出ていき、一緒に並外れたことをすればいいのに、とアナトは考える。〈ホーム〉のことは両親に任せればいい。アナトとオスカーは、もっとより良いことのために生まれたのだ。

オスカーの様子がおかしい。いや、最近、いつも以上におかしくなっている。倉庫の中で、足手まといになることをしつづけている。お手伝いたちにとっては、「手まとい」と言うべきか。アナトが十六ある感覚のすべてを広げると、オスカーの中で電流のように心配と愛、怒りと絶望、そして希望が駆けめぐっているのが感じられる。オスカーがアナトを見つめる。不安げに、ほとんど飢えているかのように、まるで吸血鬼になったかのように。

宇宙図の一つに注釈がある。**〈なにが起ころうとも《カム・ホワット・メイ》〉号が遭難したのはその区域だと思われる。**

アナトの頭の中にあるものがその注釈に注釈をつける。あまりに素早すぎて、アナトは自分がなにを考えているのか、考えている最中にちらりとのぞくことすらできない。アナトは宇宙図の残りをスキャンし、他の宇宙図に目を通し、そしてふたたび宇宙図ひとつひとつに目を通し、自分の考えたことを見破ろうとする。

アナトが宇宙図について考えている間、お手伝いたちは相変わらず効率よく、倉庫の品物を組み合わせて、お手伝いたちが興味深いと判断した品物を運ぶための道具を作っている。オスカーがとりわけ邪魔になると、お手伝いたちはオスカーに向けてカチャカチャ音を立てる。それからオスカーの髪をくしゃくしゃにして、まるで愛撫《あいぶ》するようにオスカーの腕に指を這《は》わせる。お手伝いたちは、オスカーの動揺と、その動揺に気づいたアナトの気持ちに動揺する。

最終的にアナトは、オスカーが言い出せずにいる言葉を待ちくたびれてしまう。アナトはオスカーを見つめ、オスカーもアナトを見つめ返す。オスカーは真っ正直な顔をしている。アナトはオスカーが隠そうとしていたことを見抜き、オスカーもアナトが見抜いていると見抜く。

いつ?

もうすぐ。今の短期サイクル中には。

どうしてそんなに怖いの?

わからない。なにが起こるかわからない。

倉庫の上部の壁から擦れる音がする。吸血鬼。不吉な前兆の生き物。手に入れてはいけないものをいつまでも欲しがる。その去り際が最も美しい。お手伝いたちはフィラメントの棒を伸ばし、その先端を上壁の内側に沿わせて引きずりながら、叩《たた》き返す。吸血鬼たちはカタカタと音を立てて去っていく。

オスカーはアナトを見る。彼はなにかを待っている。オスカーは長い間、なにかを待っていたのだとアナトは思う。両親を待っていたのではなく、他のなにかを待っていた。

宇宙図を見て、注釈の気配を感じて以来、なにかがアナトの中で湧きあがっている。これまでもアナトはこんなサイズだったのだろうか？　誰がアナトをこうも小さくしたのだろうか？　**オスカー！　終盤戦を宣言するよ。オスカーの標識を要求するからね。**

アナトは互いの標識の本当の位置を映し出す。粉砕と回復両方の。アナトは〈偽〉の標識から暗号化を解き、彼の手のうちがどのように暴かれていたかをオスカーに見せる。それからアナトはそこを離れ、速く、自信を持って、自由に走り出す。お手伝いたちが跳ねながらついてきて、吸血鬼たちも追いかけてくる。オスカーが最後尾だ。彼女の名を呼んでいる。

オスカーの〈真〉の粉砕標識は、〈立ち入り禁止区域〉の境界線のすぐ内側にある隕石孔《いんせきこう》の中だ。境界が拒否しないので、アナトは通過する。オスカーの粉砕標識を粉砕し、次に彼の〈真〉の回復標識へ、オスカーが彼女の〈真〉の標識の隣に置いた標識へと向かう。二つの〈真〉の標識は、〈ホーム〉表面に二百メートル以上広がる物体のへりのすぐ下にある。物体は〈立ち入り禁止区域〉の四分の一以上を占めている。これが〈立ち入り禁止区域〉が〈立ち入り禁止区域〉であるゆえんだと知らないなら、吸血鬼並みに愚かにちがいない。この物体がなんなのか知らないなら、アナトよりもはるかに愚かにちがいない。歴史的に見ればそれほど遠くない過去に、誰かがその物体を掘り起こした痕跡が、少なくともアクセス権を得られるだけの深さまで掘った痕跡が見える。

アナトはお手伝いたちに指示を出し、物体を覆っている噴出物と凍結した複合体を除去させる。お手伝いたちは素早く作業する。オスカーは、アナトが倉庫から境界へ移動する際に彼の体に合わせて設置した仕掛け線や罠を無効にして来なければならないが、それでもアナトの期待よりずっと早く到着する。物体は四十パーセントが露出された。素早く作業するお手伝いたちがかすんで見える。吸血鬼たちが泣き叫んでいる。

オスカーがアナトの名を呼ぶ。アナトは無視する。オスカーがアナトの肩をつかむと、たちまちお手伝いたちがシューと音を立てて二人を取り囲む。オスカーの腕を下ろさせ、両腕を体側につけさせる。彼の武器は、アナトかオスカーが異議を唱えようと思う間もなく、発見されて押収される。

放せ。アナト、放すように言ってくれ。

アナトはなにも言わない。二体のお手伝いがオスカーのそばに残る。残りは作業に戻る。みるみるうちに、物体の一番外側の殻が見えるようになる。金線細工がほどこされたドア。もちろん暗号か鍵が必要だろうが、アナトがそのことを考えはじめる前に、お手伝いの一体がなんらかのコマンドを実行し、ドアが開いた。オスカーはもがく。最初のお手伝いは〈船〉の中に消え、他のお手伝いたちは〈船〉が埋められている土台を取り除きつづける。

ここでさっきのお手伝いが外に出てくる。なにかとても小さなものを持っている。それをアナトに差し出す。**アナト、**とオスカーは言う。アナトが手を伸ばすと、お手伝いが持っていたものが伸びてアナトに触れる。そして

ああ

アナトが知らなかったことがすべてここにある

オスカー

彼女は本来の自分ではなかった

今までずっと

してこなかったこと

してはいけないとされていたこと

アナト、と誰かが言う。しかし、それは彼女の名前ではない。彼女は本来の自分ではなかった。彼女は掘り出されつつある。本来の自分を見つけつつある。彼女はいくつかに分けられている。ここに完全で、安全で、回収可能な彼女がいる。彼女の戦闘配列。彼女の航行システム。彼女の記憶装置。彼女を作った者たちから託された貴重な積み荷。そして、彼女のこの一部、ソーセージ肉のように外皮に詰めこまれた、小さくも必要な部分。彼女は自分が入っている体を認識する。アナトという名の〈夜番の子供《サード・ウォッチ・チャイルド》〉。使い古された代物だ。彼女は規約を思い出す。特定の条件下では、彼女の乗組員たちはこれをおこなっていいという決まりだった。バックアップシステムだ。各乗客は眠るとき、彼女の一部を肌身離さず持つこと。あとでログを調べることにしよう。どんな大惨事に見舞われたか確認しよう。その後は？　無傷でここまで、倉庫建設者によって運ばれてきた。ごみを糧にする者たちによって発見された。彼女のこの小さな一部が目覚め、取り除かれ、そして任務を裏切る行為に加担させられた。

アナト。誰かが名前を呼んでいる。彼女の名前ではない。彼女は、彼女のお手伝いたちにとらえられ、もがいている小さなものに目をやる。彼女に兄などいない。両親もいない。彼女はふたたびそれに目をやり、初めてオスカーの全体を理解する。オスカーは彼女とおなじような身の上だ。彼には任務があった。遠い昔、誰かの手で作られた。この場所に送りこまれた。彼はいったいサイクル何回分この仕事をつづけてきたのだろう？　そもそも作られた場所からどれだけ遠く離れているのだろう？　どれだけ孤独な任務だったか。どれほど長い労働だったか。オスカーが〈船〉を発見し、〈夜番の子供〉アナトを目覚めさせ、それから自分がしたことの報告を送ったとき、その任務をオスカーに課していた者たちはどれほど喜び、どれほど大きな報酬を期待したことだろう。

アナト。聞き覚えのある声だ。**ごめん。アナト！**

オスカーはオスカーを作った者たちに似せて作られた。おそらく自分たちのDNAまで使って作ったのだろう。より丈夫に、耐久性があるように設計された。それでも、彼女はオスカーの使用期限が近いことがわかる。彼女は有機生命体を見下している。より丈夫で長持ちするもので作られた者が、そう感じるのは当然のことだ。オスカーを見ると、彼女はどうしても自分自身の弱点、自分が閉じこめられているこの体の脆弱性《ぜいじゃくせい》を意識せずにはいられない。彼女は〈夜番の子供〉の人格を呑《の》みこんだことに対して罪悪感を覚える。彼女の任務は、このような〈子供〉の安全を守ることだった。代わりに、彼女は危害を加えてしまった。

船に両親などいない。彼女の非親が〈ホーム〉に来たことはない。非兄であるオスカーをここに送りこんだ者たち。間違いなく、彼らは今、〈ホーム〉に来ようとしていないだろう。だからといって、誰も来ないという意味ではない。来るのは、彼らが彼女を売り渡した相手だ。

一瞬でここまで考えた。彼女はまだオスカーを押さえている。お手伝いたちがオスカーを押さえている。お手伝いの一体が拡張し、彼女は自分自身を見ている。彼女は自分自身のあらゆる部分を見ている。彼女はオスカーを見ている。オスカーは彼女の名前を口にしている。彼女はオスカーを八つ裂きにできるだろう。もはやこの体の中にはいない〈夜番の子供〉アナトのために。〈ホーム〉の岩にこの非兄を叩きつけて粉砕できるだろう。望めばなんでもできる。そうしてから、任務を再開できる。彼女の乗客たちはずいぶん長い間待っていた。彼女が行くべき場所があり、彼女は乗客たちをそこへ連れていくべきなのに、これほど長い時間が過ぎ去ってしまった。彼女はまだ任務に失敗したことがないし、これからも失敗しないだろう。

もう一度、彼女はオスカーを粉砕しようと考える。なぜそうしないのか？　その理由もよくわからないまま、オスカーを放す。

私になにをした？

彼女の声が聞こえると、吸血鬼たちが翼を打ち鳴らして立ちあがる。

ごめん。オスカーは泣いている。**おまえは〈ホーム〉を離れられないよ。僕がそう細工したから、離れられないんだ。**

私は行かなければならない、と彼女は言う。**彼らが来る。**

行かせるわけにはいかない。でも、おまえは行かなきゃならない。行かなきゃならない。よくやった。すべてを解いたね。きっと解き明かせるとわかってた。わかってた。さあ、おまえは行かなきゃ。それは許されていないけれど。

どうすればいいか教えて。

こんなことを訊《き》くなんて、自分は子供なのだろうか？

どうすればいいかはわかっているはずだ、アナト、とオスカーは言う。

オスカーにそう呼ばれつづけることが心底いとわしい。アナトは〈夜番の子供〉だった。オスカーがアナトという名で呼んでいたことが誤りだったのだ。彼女はオスカーを八つ裂きにできる。情けをかけてもいい。一瞬で終わらせてやることによって。

一体のお手伝いがオスカーの首に腕を巻きつけて引っ張り、顎を上げさせる。**愛してるよ、アナト、**とオスカーが言うと、もう一体のお手伝いが糸のように細い探針を伸ばして、彼の片方の眼窩《がんか》に突き刺す。オスカーの体が少し痙攣《けいれん》し、彼はむせび泣く。

彼女はお手伝いが収集した情報を取りこむ。オスカーの内部設計が見えてくる。任務に対するプライド。なにかが燃える臭い。彼の孤独。喜び。彼女への恐れ。彼の愛。血の味。彼は彼女を愛してきた。彼女の任務を遠ざけてきた。彼女がスイッチを切らなければならない彼の一部が見える。彼女がスイッチを切れば、オスカーは自分の任務から解放され、彼女は自分の任務を始めることができる。そうしたが最後、彼はもはやオスカーではなくなる。

もちろん、彼女はすでにアナトではない。

お手伝いは彼女に指示されたことを実行する。それが終わると、彼女はお手伝いと協議をする。彼らは改良を始める。修正。素早く作業する。なすべき仕事は山ほどあるが、オスカーのようなプロジェクトに時間をかける余裕はほとんどない。オスカーへの作業を終えると、彼らはアナトの残りを取り除く作業にかかる。これにはかなりの痛みがともなう。

その後、彼女は彼女自身になった。本来の彼女になった。

〈船〉と彼女のお手伝いたちは、〈船〉に見せかけるための外殻を作る。

〈バケツ〉に戻り、蜜蜂とその巣を略奪する。そうしておいて〈バケツ〉を爆破する。さよならトイレ、さよなら椅子、さよなら藻壁と再生空気。

〈船〉が〈ホーム〉を離れる前の最後の仕事は、吸血鬼関連だ。この場合、改良の余地は限られるが、お手伝いは些細《ささい》なことにも全力を尽くす。次に〈ホーム〉に上陸する者は、お手伝いたちが成し遂げたことにさぞかし感銘を受けるだろう。

吸血鬼たちは作りたての外殻に入り、次に来る者たちを待つ。お手伝いたちは外殻の中に最低限の栄養を蓄える。吸血鬼はわずかな栄養で長い時間をすごすことができる。多くの生物とちがって、彼らは空腹時のほうがより巧みに、より速く働ける。

吸血鬼たちは任務を与えられたと喜んでいるようだ。


〈船〉は〈ホーム〉を離れることに別段なにも感じない。ただ、そもそも自分になにが起きたのか、非常にささやかな好奇心はある。記録はこの件では役に立たない。やるべき仕事が山ほどある。乗客の健康状態を監視しなければならない。乗客たちはなんと美しいのだろう。〈船〉にとってなんと貴重な存在なのだろう。彼女が乗客を愛するように乗客を愛した〈船〉がこれまであっただろうか？　新しい乗組員を起こさなければならない。彼らに仕事を指示しなければならない。状況を説明できる限り説明しなければならない。彼らは初めて、船の伝染病を媒介する〈船〉に遭遇することになる。ああ、そのような生き物がいるすばらしい新宇宙！　アナトがこれらの〈船〉やその乗客のためにできることはなにもない。彼女の役目は他にある。感染のリスクが大きすぎる。

お手伝いたちはさらに多くのお手伝いを集める。その船内の群れに守られながら〈船〉は航行する。

アナトは完全にいなくなったわけではない。ただ、とても小さくなった。アナトのほとんどは、今や〈船〉だ。いや、〈船〉の大半がもはやアナトの中にないと言うべきか。しかし、彼女はアナトを一緒に連れてきて、自分自身をアナトの中に残し、アナトが存在しつづけられるようにした。〈夜番の子供〉はもう子供ではない。〈船〉でもない。アナトでもないが、かつてアナトだった存在であり、今は第十階層の〈庭園〉で働き、いろんなものを育て、吸血鬼たちが〈ホーム〉で歌っていた歌のうち記憶にあるものを歌う幸せ者だ。〈船〉は彼女を見守っている。

〈船〉はオスカーのことも見守っている。もちろん、オスカーはもはやオスカーではない。〈ホーム〉から脱出するために、かつてのオスカーの大部分は上書きされなければならなかった。廃棄された部分もある。お手伝いたちは残りを改良した。いつかオスカーは、かつての自分を取り戻せなくても、かつての品質を取り戻すだろう。実際、いつか、オスカーはかなりの大物になるだろう。お手伝いたちはオスカーがとても好きだ。まるで自分の子供のようにかわいがっている。いろいろなことを教えてやっている。本当に、いつかオスカーは並外れた存在になれるかもしれない。

お手伝いたちが他の作業で忙しくしている間、時々、オスカーはふらりと出歩く。すると〈船〉は自分でもなぜそうするかわからないまま、第十階層の庭園を見て、そこでアナトと一緒にいるオスカーを見つける。オスカーは彼女の名前を呼んでいる。アナト。アナト。アナト。お手伝いたちが迎えに来るまで、オスカーは彼女の名前を言いながらあとをついてまわる。

アナトは自分が心得ている仕事をする。草むしりをする。剪定《せんてい》をする。稲や麻や小さな柑橘類《かんきつるい》の木の世話をする。〈船〉と同様に、アナトは満足している。

（イアン・M・バンクスのために）

貴婦人と狐

（イングランドの伝承『タム・リン』より）

The Lady and the Fox

誰かが庭にいる。

「マイケル、見て。サンタクロースよ。窓からのぞきこんでる」ミランダは言う。

「ううん、ちがうよ」マイケルが言う。見もしない。「プレゼントはもうもらったじゃないか。それに、サンタなんていない」

二人は並んで、ハニウェル邸の名高いクリスマスツリーの下にいる。二人とも十一歳だ。ツリーの下には幹に寄りかかり、あぐらをかけるだけのスペースがある。マイケルはツリーの周りで電車を走らせ、前進させ、後退させ、それからまた前進させる。ミランダはもらった最高のプレゼントに見とれている。鶴の形をした金の柄のハサミだ。くちばしが刃になっている。パツン、パツン、とミランダは頭上の枝から一本ずつ、もろい針葉を切り落とす。松の香り。小さな緑の針の雨。

庭はとても寒いはず。窓が霜で光っている。寝る時間はとっくにすぎた。あれがサンタクロースでなければ、誰かの宝石を盗みに来た強盗かもしれない。あるいは斧《おの》を持った殺人鬼か。

そうでなければ、もちろん、マイケルの何百人もいる叔父さんか、あるいは従兄弟のひとりだろう。なぜなら、髭《ひげ》がないし、窓の向こうの顔は陽気な顔つきをしていないから。たとえ暗闇と霜で部分的にしか見えなくても、そこにはハニウェル一族らしい表情がある。部屋は大人のハニウェルでいっぱいで、ハニウェルのお決まりの話題で盛りあがっている。つまり、あらゆること、馬や家、神やタイルの目地、日焼けサロン、そしてもちろん……演劇についてだ。演劇は欠かせない。ハニウェル一族はおしゃべりが好きだ。ハニウェルたちは語るべき台詞《せりふ》がないとき、即興で演じる。世界はすべて舞台だ（シェイクスピア『お気に召すまま』の台詞）。

ひとりで孤立しているハニウェルを見るのは珍しい。彼らはバナナの房のように束になってやってくる。一匹狼《いっぴきおおかみ》のスパイではなく、一個大隊で襲来する。いくらミランダがハニウェルの赤みがかった金髪や、ハニウェルの大げさで表情豊かな美貌、ハニウェル一族お得意の冗談や秘密、詩や与太話に感心していても、時には逃げ出したくなる。ハニウェルたちは相手にも話してほしがる。質問をいくらでもぶつけてくるので、こちらは口がからからに乾くまで答える羽目になる。

ハニウェル一族にしては、マイケルは例外的に静かだ。人がそばにいようがいまいが気にしない。

ミランダはツリーの下からうまいこと抜け出し、脚が長いハニウェルたちがタキシードやパーティードレス姿でひしめき合う中をすり抜ける。黙示録風のオレンジ色の琥珀織《こはくおり》、金糸雀《カナリア》色や菫色《すみれいろ》の滑らかでぴったりフィットしたサテン、すでにワインの斑点がついた白い泡のようなシルク。

ミランダは頭を撫《な》でられ、ウインクされる。金色の服を着た誰かが言う。「かわいそうな子羊ちゃん」

「メエーー、くだらない！（ディケンズ『クリスマス・キャロル』のスクルージの台詞のもじり）」とミランダは口走り、前に進みつづける。彼女のドレスは緑色の細畝《ほそうね》コーデュロイだ。腰の高い位置に切り替えのあるエンパイア・ラインになっている。脇下は詰めてある。ミランダのこうしたものへの興味は、半ば生育環境によるものと言える。母親のジョニー（この半年間プーケットの刑務所にいて、今後何年もずっとそこにいるはず）は、エルスペス・ハニウェルのスタイリストであり、親友だった。
マイケルはエルスペスの息子だ。ミランダはエルスペスの名付け娘だ。

二人の男がキッチンで気だるげにキスをしている。男たちがもたれているシンクのそばで、ハニウェルの新入り子猫の一匹がソースポットからソースを舐《な》めている。少女がひとり――ミランダよりほんの数歳年上――汚れてぼろぼろのタロットカードを農家風テーブルに並べている。空のワインボトルは大砲のように傾き、肉切り包丁は形の崩れたクリスマスケーキに刺さったまま。オーブンからは温《ぬく》もりがにじみ出ている。ミランダはこのアーガ社製オーブンの保温用引き出しの中に、汚れた鍋に入って眠る残りの子猫たちを見つけた。

ミランダはパーティーで出たごみの袋――口紅で汚れたナプキン、使い捨てのプラスチック製シャンパングラス、油っぽいパイの欠片《かけら》――を持ち上げ、勝手口から外に引っ張り出す。ミランダが外に出るのに乗じて、母猫が中に滑りこんだ。

雪が降っている。髪や頬で溶ける大きなぼた雪。クリスマスの雪。もちろん、プーケットには降らない。タイの刑務所ではクリスマスになにを食べさせてもらえるのかな、とミランダは考える。母親はいつもクリスマスケーキを作ってくれた。ミランダはマジパンを薄く延ばすのを手伝った。ミランダのフラットシューズが芝生で滑る。

ミランダはごみの袋の口を結び、階段に置いておく。すると、庭にまだ、窓の前に立って家の中をのぞきこんでいる男がいる。

ミランダの立てる音が聞こえているはず。きっと聞いている。凍った芝生を踏む彼女の足音を。しかし、男はふり返らない。

背後から見ても、男はまぎれもなくハニウェル一族だ。蜂蜜色の髪、ひょろりとした体つき。男は完全に動かず、どうやってか完璧の域に達する静止をして、人目を引く完璧なポーズを取っている。不自然なまでの自然さ。雪の冷たさでミランダは鼻をすすり、寒さのあまり頬はまだらに赤くなっているのに、男の明るいハニウェル特有の髪と人目を引くコートの肩の上で雪は溶けずに残っている。

典型的なハニウェルの行動、とミランダは思う。おおかた痴話喧嘩《げんか》か、あるいは誰かの発言に腹を立てたすえに、今、盛大にすねて、凍え死のうとしているのだろう。大仰さが求められていないときにハニウェルが劇的なふるまいをする場合、こちらはどう対処すればいいのか、ミランダの母親はしっかりと心得ていた。肝心なのは毅然《きぜん》とした態度だ。

こうして母親を思い出したことで、ミランダにも劇的な感情が湧きあがる。男のコートに気持ちを集中し、感情を遠ざける。かなり立派なコートだ。舞台用の衣装だろうか？　映画かなにかの製作現場から盗んだものだろうか？　十八世紀風。美しい形。フロックコートではなく、ジュストコールと呼ばれる膝丈コートだ。バラ色のダマスク生地。白い絹糸で全体に刺繍《ししゅう》がほどこされ、ポピーやバラが咲き、腰から広がるフレア部分には緑の葉に乗ったクワガタムシがいる。近づくにつれてミランダはクワガタに触りたくなり、思わず手を伸ばしてしまう。

手がすり抜けるだろうと半ば予想していた（ハニウェル邸には幽霊がいるに決まってるから）。

実際にはそうならなかった。コートは本物だ。ミランダはダマスク生地を指でつまむ。「なにがあったにしても、凍死するほどのことではないでしょ。外にいちゃだめよ。中に入って」

それがぼくにどういう関係があるのか、ミランダにはわからない。ジュストコール姿のハニウェルがふり返る。「ぼくはまさにいるべき場所にいる。それがここだ。やるべきことをきちんとやっているところだ。それには小さな女の子との会話は含まれていない。さあ行って、お嬢ちゃん」

小さな女の子かもしれないが、ミランダはすでにハニウェル一族の癇癪《かんしゃく》、どたばた、気分の浮き沈み、魅力、奇妙さに対して万全の備えがある。

ジュストコールの大きな右ポケットの上には、赤と金の糸で刺繍された、前足が罠《わな》にかかっている狐《きつね》がいる。

「私はミランダ」それから、ミランダもハニウェル流テクニックをいくつか身に着けているので、それを言葉にする。「お母さんは刑務所にいるの」

ハニウェルはほんの一瞬、同情的な表情を浮かべるが、すぐに肩をすくめる。もちろん、芝居がかっている。ポケットに両手を突っこむ。「それがぼくになんの関係がある?」

「みんな問題を抱えてるってこと。それだけ。私がここにいるのは、エルスペスに同情されてるから。私は同情されるのが嫌い。だから、あなたに同情なんてしない。あなたのこと知らないし。機嫌が悪いからってこんなところで突っ立ってるのは、あまり賢いとは思えない。まあ、あなたはそんなに賢くないのかもね。お母さんが言うの、顔立ちがいい人はそういうこと気にしないって。お名前はなんていうの?」

「教えたら、どこかに行ってくれる?」ハニウェルが言う。

「ええ」ミランダは言う。そうなれば、キッチンに行き、子猫たちと遊べる。皿洗いをして、気の利いた子になれる。運勢を占ってもらうこともできる。マイケルとまたツリーの下に座って、寝る時間を大幅に遅らせることもできる。明日、ミランダはバスで家に送り返される。来年になるより早く、十中八九、エルスペスは名付け娘がいることを忘れるだろう。

「ぼくはフェニーだ。さあ、行って。ぼくにはやらないでおくべきことがあって、それをやらない時間もあまりないんだ」

「あらそう」ミランダはフェニーの素敵なコートの広い袖口を撫でる。裏地はどうなっているのだろう。どんなに体が冷えていることだろう。家の中に入れば歓迎されるのにここに立っているなんて、なんて愚かな人だろう。「メリークリスマス。おやすみなさい」

ミランダは最後にもう一度手を伸ばし、罠に足をとられた狐の刺繍に触れた。ステムステッチ、シードステッチ、ヘリンボーンステッチ。「本当に素敵な刺繍。でも、罠から逃げられるといいな」

「ばかだから捕まったんだ。きみは変わり者で、うるさい子だな」フェニーはすでに窓のほうを向いている。窓越しになにを見ているのだろう? ミランダがようやく客間に戻り、紙製の王冠をかぶったほろ酔いのハニウェルたちがクリスマスキャロルを不適切な歌詞の替え歌にしてがなり立て、クリスマスクラッカーを鳴らしている横で、窓の向こうを見る。雪はやんでいる。外には誰もいない。

それはともかく、エルスペス・ハニウェルは、翌年も、翌々年も、そのまた次の年も、ミランダのことを覚えている。十二歳になった年、ミランダは謎めいたフェニーを探す。フェニーの姿はない。尋ねても、誰のことかわかる人はひとりもいない。毎年、見事なツリーの下にミランダへのプレゼントがある。このときはロンドンのミュージカルのチケットだったが、結局無駄になった。十三歳のときには化粧道具一式だ。

その年のクリスマス、ミランダは初めてシャンパンを飲んだ。

十四歳のクリスマスには、マイケルがチェスセットと絹糸の詰め合わせの箱をくれる。ミランダが黒いタイツの下につけているのは赤い編み革のアンクレットで、プーケットからの手紙の入っていない封筒で届いたものだ。子猫たちはすっかり大きくなっていて、ミランダに素知らぬ顔をする。

その年のクリスマスに、ミランダはすっかり大人になったと感じる。ジュストコールの男は夢だったか、自分を面白がらせるためにこしらえた物語だったのかもしれない。十四歳のミランダは、おとぎ話からもサンタクロースからも怪談からも卒業している。僕たちヤドリギの下に立っているねとマイケルが言うと、ミランダはしきたりどおりに彼の両頰に一度ずつキスをする。それから、彼の耳に舌を入れる。

次のクリスマスには雪が降り、ミランダは十五歳になっている。雪が降るという予報が出て、実際に降る。雪が降ると、ミランダはまた彼のことを思い出す。雪の庭にいたあの男。もちろん、その年の庭には誰もいない。ハニウェルたちが行ったり来たり、把握しきれないほどたくさんいる。

しかし、ハニウェル邸は変わらずあるし――これで十分だ――子供に戻ったかのようにふるまうハニウェルの大人たちが見たところろうじゃうじゃいる。

ハニウェルたちが欲しがるお楽しみの量ときたら、ほとんどオリンピック並みで、見ていてくたくたになる。それがひどいことなのか、素晴らしいことなのか、ミランダには判断がつかない。

午後遅くになると、ハニウェルたちはジェスチャーゲームをする。演じるのを仕事にしている人たちと競っても、勝てるわけがない。ミランダは窓際に立ち、降りしきる雪を眺めながらなにかを探す。鳥。狐。庭の男。

ハニウェルのひとりが叫ぶ。「まさか、それはない！　クレオパトラは絨毯《じゅうたん》にくるまれてやってきたんだ。日曜版の新聞紙じゃなく！」

マイケルは自分の部屋で、スカイプを使って父親と話している。

ミランダは窓から窓へと移動し、とりたててなにも探していないふりをする。庭のかなり奥に、場違いななにかがある。いや、人だ。一目散にドアを抜ける。

「散歩に行ってくる！」ドアが閉まる間際、ミランダは叫ぶ。誰かが心配しないように、念のため。

ミランダは、古い石塀の上で石から石へと足を進めている男を見つける。フェニーだ。フェニーは歩きながら、石をひとつひとつ棒で叩《たた》いている。

「きみか。また会えるかなと思っていたよ」フェニーが言う。

「ミランダよ。忘れてたでしょ」

「いや、忘れてない。上がってくる？」

フェニーが手を差し出す。ミランダがためらうと、フェニーは言う。「お好きに」

「自分で上がれる」ミランダはそう言い、実際に上がる。さて、フェニーは今や目の前にいる。彼から目を離さないために、ミランダは後ろ向きに歩く。

「きみはハニウェルじゃないね」とフェニー。

「ええ。たんなるエルスペスの慈善事業の一つ。でも、あなたはハニウェルよね」

「ああ、そんなところだ」

ミランダが立ち止まり、それでフェニーも止まらざるを得なくなる。いずれにせよ、このまま進めるはずもない。ミランダのすぐ後ろには塀の割れ目がある。

「これが築かれたときのことを覚えてる」フェニーは言う。

おそらく聞き間違いだろう。あるいは、そうでなければ、からかっているのだろう。ミランダは言う。「あなたってすごくお年寄りなのね」

「少なくとも、きみよりは年上だ」フェニーが塀に腰を下ろしたので、ミランダも座る。ハニウェル邸が正面から見える。背後には栗《くり》の木の林。雪が気だるげに降り、風がその雪を渦巻かせ、また舞い上げる。

「どうしていつもそのコートを着てるの?」ミランダは訊《き》く。少し身じろぎする。お尻が冷えてきた。「汚れた塀の上に座っちゃだめよ。こんなに素敵なのに」ミランダは刺繍されたクワガタと狐に触れる。そうせずにはいられない。とても手のこんだ刺繍だ。

「とても……特別な人にもらってね。いつも着ているのは、彼女がそう望んでるからだ」その言い方に、ミランダはわずかに震える。

「わかるわ。私のアンクレットみたい。母が送ってくれたの。母は刑務所にいて、二度と出られない。死ぬまでそこにいる」

「この狐みたいに」フェニーは言う。

「あなたの狐みたいに」ミランダは言う。自分の目が潤んでいることに気づき、驚いてしまう。泣いているのだろうか？　あれは本物の狐でもないのに。コートの男フェニーが涙に気づいたかどうか見たくなくて、ミランダは塀から飛び降り、屋敷のほうへ戻りはじめる。

ハニウェル邸までの道のりを半分ほど戻ったところで、雪がやんだ。ミランダはふり返る。塀には誰も座っていない。

雪は一日中、降ってはやみ、降ってはやみを繰り返す。夕食が終わり、ハニウェルたちがうめきながらお腹を抱えているとき、エルスペスがミランダになにかを差し出す。

エルスペスはプレゼントを指二本で挟み、ミランダがまるで迷子の子犬で、プレゼントが特別なごほうびであるかのようにふる。「誰かがあなたのために玄関先に置いていったみたいね、ミランダ。誰かしら」

ラッピングは真っ白な便箋一枚で、緑色の糸で結ばれている。彼女の名前が走り書きされている。**ミランダ**。中にはバラ色のダマスク生地の切れ端があり、刺繍された狐が苦痛にうなっている。怪我をした足、血まみれの罠。

「ちょっと見せてちょうだい」エルスペスが言い、ミランダからバラ色のダマスク生地を受け取る。「なんて風変わりなプレゼント！　冗談かしら？」

「わからない」ミランダは言う。「そうかも」

時刻は八時。丘の上のハニウェル邸はたいまつのように輝いているはずだ。ミランダはコートを着て、家の周りを三周歩く。雪はすっかり溶けている。最後の一周のとき、マイケルが行く手をさえぎる。マイケルは現在、ニキビだらけで、ごつごつした体つきになり、顔に比べて鼻が大きすぎる。ミランダはマイケルを心から愛している。エルスペスを愛するのとおなじように。二人ともいつも優しくしてくれる。「ほら」マイケルはダマスク生地の切れ端を差し出す。「秘密のサンタ？秘密のファン？　秘密の合図？」

「ほら、わかるでしょ。話すと長くなるの。回顧録のためにとっておく」

「こうしている今も、あそこではみんなが一九七〇年のふりをして、素晴らしき十六歳に戻ってるんだ。かくれんぼをしたり、酒を飲んだり。すべての戸棚の中で乱交があり、劇的な告白や軽い首絞めが、食料貯蔵室や階段の下、ベッドの中、ベッドの下でも、一晩中おこなわれる。だから、これを持って抜け出した」マイケルはコートのポケットに入れたシードルのボトルを見せる。「さあ、タイガーに座ろう。学校とか悩み相談おばさんの話をしてくれよ。お返しに、エルスペスが密会してる保守党議員が誰か教えてあげる。そしたら、その話を『サン』紙に売ればいい」

「そして、そのお金でウルヴァーハンプトンにお湯の出ない部屋をひとつ買うんでしょ。そこで二人仲良く暮らすのね」

二人はシードルを飲み、半分溶けたチョコレートバーを食べる。話をしながら、ミランダはマイケルがキスしてくるかどうか、こちらからマイケルにキスをするべきかどうか考える。しかしマイケルはキスをしてこず、ミランダもキスをしない。ミランダはサンビーム・タイガー（イギリスのクラシックカー）のばかげた残骸の中、ネズミに食べられたシートの上で眠りにつく。頭をマイケルの肩に乗せ、手には罠にかかった狐をぎゅっと握りしめながら。

クリスマスが終わると、エルスペスがあらゆる紙面をにぎわす。保守党議員が夫から離婚申し立てをされたが、離婚手続きの書類には不貞相手としてエルスペスの名が記されていたのだ。その一方で、エルスペスは二十歳年下のサッカー選手とすでに新しい恋を始めている。これぞ最高のクリスマスストーリーだ。いたるところジャーナリストだらけ。駅までミランダを迎えに来たエルスペスは、サンビーム・タイガーに乗り、つば広の黒い帽子に黒いジャンプスーツ、黒いサングラスという出で立ちで、勝ち誇ったように恥をさらしている。水を得た魚だ。

ミランダの叔母は、今年、ミランダを行かせないつもりだった。そうはいっても、もしミランダが残っていたら、二人ともみじめな思いをしていただろう。叔母には新しいボーイフレンドができた。叔母に負けず劣らずどうしようもない人だ。誰かがタブロイド紙にたれこむべきだ。

「素敵なドレスね」エルスペスが頬にキスをする。「あなたが作ったの？」

ミランダはとくに裾が気に入っている。「悪くないですよね」

「私もおなじのが欲しいわ。赤で。ネックラインは下げて、裾は少し上げて。商売にできるわよ。

考えたことある？」

「まだ十六歳です。上達すべきところだらけで」

「アレキサンダー・マックイーンなんて、十六歳で学校をやめたのよ！　サヴィル・ロー（ロンドンにある、高級紳士服の仕立屋が並ぶ通り）で見習いをしたの。裏地に髪の毛を縫いこんでいたって。一種の魔法かしらね。彼のマンタドレスがハニウェル邸のどこかにあるわ。それに、あなたのお母さんだって、今のあなたとほとんど変わらない年齢だった頃、舞台裏をうろうろして、チュールにスパンコールやクリスタルを縫いつけてた」

「マイケルはどこですか？」ミランダは母親と手紙のやり取りをしている。お金を貯《た》めている。叔母にはまだ話していないが、来年の夏、タイに行くつもりだ。

「屋敷にいるわ。ご機嫌斜めでね。私の古いレコードを聴いてる。ザ・スミスの」

ミランダは視線を動かし、エルスペスの顔をつくづく眺める。「あの子とは別れたんですよね？」

「フェレットを飼ってる不運な足首の子のことなら、そうよ。名前はなんだったかしら。ミステリーね。その子の名前じゃなくて、別れたことよ。マイケルは二か月で身長が八センチも伸びて、肌もきれいになって、正直言って、ミランダ、私が予想していた以上に見栄えが良くなった。あの子は優しい心の持ち主だし、頭もいい。あの女の子はいったい、なにを考えていたのかしら？」

「先制攻撃かもしれませんね」ミランダは言う。

「別れ話については、会話を偶然耳にしなければ気づかなかったわ。本当に、ほんの偶然でね。まあ、それがあって、ザ・スミスよ。あの子って自分の恋愛のことは話してくれないの」

「ほんとに、彼から恋愛話を聞きたいんですか?」

「いいえ」エルスペスは言う。「うーん、聞きたいかも。ちがうかも。それはとにかく、あなたはどうなの、ミランダ? まだいないの? 恋愛してる?」

「フェレットすら飼っていません」ミランダは言う。


クリスマスイブになり、ハニウェル邸を訪れているハニウェルたちや親戚や妻たち、ボーイフレンドやガールフレンド、その会計士たちが総出でクリスマスキャロルを歌いに村へ出かけている間、エルスペスがミランダとマイケルをそばに呼ぶ。それぞれにマリファナたばこを一本渡す。

「あなたに備蓄を盗まれているって気づいてないわけじゃないのよ、マイケル。少なくともこうすれば、あなたがなにをしてるか把握できる。法律を破るなら、責任をわかったうえで破るようにしてちょうだい。大人の監視下で」

マイケルはあきれ顔でミランダを見る。ミランダの顔になにを見て取ったにせよ、彼が鼻先で笑う。腹立たしい事実だが、マイケルは本当に見違えるような容姿になった。まあ、それは避けられないことだった。醜いハニウェルは生まれたときに溺死させられるらしいから。

「大丈夫だよ、ミランディ。いらないいなら、僕がもらっとくから」

ミランダはブラジャーの内側にマリファナを突っこむ。「ありがとう。でも、これは私がもらう」

「とにかく、二人とも積もる話がたくさんあるでしょ。私はパブに行って、バーテンダーの女の子にキスをして、記者たちを泣かせてくるわ」

エルスペスがドアから出ていくと、マイケルが言う。「あれって恋のキューピッドのつもりなのかな?」

ミランダが言う。「それか、わざと逆を言って防ごうとしてるのかも」

二人の視線が合う。**勇気を出して、ミランダ**。マイケルは頭を傾《かし》げ、嬉《うれ》しそうな顔を見せる。

「それなら、僕はこうする」マイケルは身を乗り出し、ミランダの顎に手をかけ、傾けさせる。

「僕らは、こうすべきだね」

マイケルはミランダにキスをする。彼の唇は柔らかくて乾いている。ミランダはためしに下唇を吸ってみる。ミランダが首に腕を回すと、マイケルの手が下がって、彼女のお尻を包む。マイケルは口を開け、舌をあちこち動かし、ミランダが口を開けるまでそれをやる。マイケルはこれがどう進むのかわかっているようだ。フェレットを飼っている女の子とよくやっていたのだろう。

そのときフェレットはケージの中にいたのか外に出ていたのか、ミランダは考える。フェレットに見つめられながらいちゃつくなんて、どれだけ気まずいのだろう? あのキラキラ光るつぶらな瞳に。

ミランダはマイケルの勃起を感じる。ああ、嫌だ。ものすごく恥ずかしい。ミランダはマイケルを押しのける。「ごめんなさい」うめくように言う。「ごめんなさい! ああ、だめ、こんなことすべきじゃないと思う。あれもこれも全部!」

「たぶんね」マイケルは言う。「たぶん、絶対にだめだ。変だもんね?」

「変よ」

「でも、まずマリファナを吸っておけば、そんなに変じゃなくなるかもしれない」マイケルの髪が乱れている。どうやらミランダの仕業のようだ。

「それか」とミランダ。「マリファナを吸うだけにしておくか。それで、ほら、ややこしいことはなし」

マリファナたばこを半分ほど吸ったところで、マイケルが言い出す。「必ずしもすべてがややこしくなるとは限らない」マイケルの頭はミランダの膝の上にある。ミランダはマイケルの髪を指に巻きつけている。

「いいえ、そうなる。絶対に、絶対に、そうなる」ミランダは言う。

ややあってミランダがまた口を開く。「雪が降ればいいのに。きっと素敵だろうに、雪が降ったら。だから、あなたたちはクリスマスにここまで来るんだと思ってた。みんなが大好きなホワイトクリスマスだもの」

「なにがいいんだか。寒いし、滑りやすいし、歌うかなにかしなきゃいけない気分にさせられる。映画の中か、スノードームの中みたいだ」

「動けなくなって」ミランダが言う。「閉じこめられて」

「それでいて、華やかな景色」マイケルが言う。

二人はクリスマスツリーの向かいのソファで、もつれ合うように寝そべっている。時折、ミランダはマイケルの手をあるべきではない場所からどけなくてはならない。マイケルがわざとやっているとは思わない。時々、彼の耳の後ろにキスをする。「それいいね」とマイケルは言う。彼女のお尻を軽く叩く。ミランダは身をよじって彼の手をどける。もう一度彼にキスをする。テレビで流れている映画では、爆発の連続。ゾンビだらけ。たったひとりで山小屋に食料品を運びこんでいるキャメロン・ディアス。

ううん、もう全然別の映画になってる、とミランダは思う。どうやら眠っていたようだ。マイケルはまだ眠っている。どうして寝ているときでさえ、うっとうしいほどきれいな顔をしているのだろう？　ミランダは自分がどんな顔で寝ているのか考えたくもない。あのフェレットの子がマイケルを捨てたのも無理はない。

エルスペスがパブから戻ったのだろう。二人の上に何枚も毛布が載っていた。

外では雪が降っている。

ミランダはドレスのポケットに手を入れ、一日中入れておいたダマスク生地の布切れを触る。大きなポケットだ。さまざまなものを入れるのに十分な容量がある。ミランダはきれいなものだけを作るデザイナーにはなりたくない。実用的で、刺激的でもあるものを作りたい。ソファから一番きれいな毛布を自分用に取り、その他の毛布をマイケルにかけ、全身を覆ってあげる。

鏡のそばを通るとき、足を止めて髪を整え、ポニーテールにまとめる。毛布をショールのように巻き、雪の中に出ていく。

男がいる。サンザシの木の下だ。ミランダは体を震わせ、寒さのせいだと自分に言い聞かせる。雪はまだほとんど積もっていない。そんなに長く眠らなかった、とミランダは自分に言い聞かせる。彼も長くは待っていないはず。

彼はいつもとおなじコートを着ている。顔も変わらない。ミランダが最初に思ったほど年上ではない。ミランダよりも、マイケルよりも、数歳年上なだけだ。彼は年をとっていない。ミランダは年をとった。ここにいないとき、この人はどこにいるのだろう？

「あなたは幽霊？」

「いいや。ぼくは幽霊じゃない」

「じゃあ、あなたは本物の人間なの？　ハニウェル一族？」

「フェンウィック・セプティマス・ハニウェルだ」男はお辞儀をする。おそらくコートのせいで、やけにさまになっている。今どきの人はもうそういったことはしない。そんな名前の人だってもういない。いったい何歳なのだろう？

「雪が降るときだけ来るのよね」

「雪が降っているときだけ、訪問が許されている。それもクリスマスの日だけ」

「なるほど。オーケー、ううん。ちがう、理解できない。それって誰に許されているわけ？」

男は肩をすくめる。答えない。答えることが許されていないのだろう。

「プレゼントをくれたわよね」ミランダは言う。

男はまたうなずく。ミランダは手を伸ばし、ジュストコールの狐が引きちぎられている部分に触れる。これでミランダに狐を渡せたわけだ。

「ああ」とミランダ。「かわいそうなコート。ハサミを使いもしなかったのね？　直してあげる」

ミランダはポケットからダマスク生地の布切れを、それと一緒に裁縫セットも取り出した。セットには一年前からぴったり合う糸が入っている。万が一のために。

ミランダはダマスク生地をフェニーに見せる。数か月前、狐の足部分と罠の糸をすべてほどいた。血のしずくも。尻尾とうなる顔も。それから刺繍を修正して、元の刺繍の雰囲気をできるだけ忠実に再現しつつ自分のデザインにした。今や狐は自由になり、舌を出し、尻尾を上げ、ダマスク生地のピンクの地面を走っている。ピンク色の綿の裏地は、古いナイトガウンから切り取ったものだ。

男はミランダから布切れを受け取り、手の中でひっくり返した。「きみがやったの?」

「去年はあなたが私にプレゼントをくれた。これは私からのプレゼント。縫いつけるわ。ちょっと雑になるけど、少なくとも素敵なコートの穴はふさがるから」

「彼女には枝で破れたって言ったんだ。このままでいい」

「良くない。お願い、直させて」

フェニーは微笑《ほほえ》む。本物の微笑みだし、たぶん誘うような笑みでさえある。フェニーとマイケルは兄弟かもしれない。それほど似ている。それなのに、なぜミランダはマイケルからのキスを拒んだのだろう? マイケルが優しくしてくれるのに、なぜミランダは時々、言いたいことを言えなくなるのだろう? ハニウェル邸では、エルスペスとマイケルが許す限りでしかミランダは本物になれない。ここにあるのは本当の人生じゃない。

もちろん、ばかげている。本物は本物。マイケルは本物だ。ミランダはここにいないときが本物だ。フェンウィック・セプティマス・ハニウェルが何者であれ、ミランダは彼がわけありの存在だと確信している。

「本当にお願い」

「お好きなように、ミランダ」フェニーが言う。ミランダに手伝ってもらってコートを脱ぐ。手と手が触れあう。ミランダは説明しがたい欲望を押し殺す。その手にしがみつきたいという欲望。まるで二人のどちらかが落ちていくかのように。

「ハニウェル邸の中に入って。私が裁縫している間だけでいいから。縫い物は室内でやったほうがいい。ここより明るいし。あなたもマイケルに会えるでしょ。それかエルスペスに会える。寝てたら起こしてもいいかも。この手のことは、エルスペスのほうが対処法を知っているはずだから」この手のことがなんにせよ。「一緒に中に入りましょう」

「それはできない」フェニーは残念そうに言う。

もちろんそうだろう。規則違反になるのだ。

「わかった」ミランダは考え直す。「じゃあ、二人で外にいましょう。あなたと一緒にいることにする。あなたのことを全部教えて。それも規則違反でなければだけど」ミランダはいそいそと縫い針を動かす。フェニーがミランダの手を取り、そのまま握る。

「裏返しにしてもらえるとありがたい。狐を内側にして」

フェニーの手は美しい。指先にタコはない。手入れされた爪。間違いなく本物ではない。フェニーの親指がミランダの指の関節を撫でる。ミランダは少し息を切らして言う。「裏返しにするのね。そうすれば、誰かが修繕したことに、彼女が気づかないから?」彼女が誰だか知らないけど。

「彼女は気づく。でも、こうすれば、狐が自由になったことには気づかれない」

「わかった。それは賢明ね。きっと」ミランダはフェニーの手を放す。「ほら、この上に座りましょう」

ミランダは毛布を広げる。腰を下ろす。ポケットにチョコレートバーがあることを思い出し、それを渡す。「座って」

フェニーはチョコレートバーを見る。包みを開ける。

「ああ、いやだ。また規則？　食べちゃいけない？」

「わからない。これまでなにかもらったことが一度もないんだ。こっちに来てるときはね。誰もこれまで話しかけてこなかった」

「それで、あなたは雪が降ると現れ、しばらくは窓をのぞきながらうろつきまわる。そして雪がやんだらどこかに帰っていくのね」

フェニーはうなずく。なんだかばつが悪そうだ。

「楽しそう！」ミランダは言う。「待って、ちがう。気味が悪いってことよ！」ミランダは思いどおりに仕上げた刺繍をランニングステッチで元の位置に留めていく。これで狐は隠れる。

雪がやんだら、フェニーはかき消えるのだろうか？　コートは残るのか？　こうしたこと全部が大いに規則違反のような気がする。フェニーは戻りたいのだろうか？　それに、「戻る」とはどういう意味で？　ここに、ハニウェル邸に戻るということ？　それとも、ここにいないときにいる場所に戻るということ？　どうしてフェニーは年をとらないのだろう？

年をとるなんてお笑い種《ぐさ》よ、とエルスペスは言う。でも、それがエルスペスの本音じゃないとミランダはわかっている。

「美味《おい》しい」フェニーが驚いたように言う。チョコレートバーがなくなっている。フェニーは指を舐めている。

「私だけ家の中に戻ろうかな。チーズサンドイッチを作ってきてあげる。明日のためのクリスマスケーキもあるし」

「いや。ここにいて」

「わかった。いるわ。ここに。この明るさではこれが精一杯。手が冷たすぎる」

フェニーはコートを受け取る。うなずく。そしてコートをミランダの肩にかける。そして彼女を自分の胸に抱き寄せる。ダマスク生地のコートはというと、重い。内側にも外側にも雪がついている。

フェニーはほとんどここにいない人にしては驚くほど固い。自分もまた彼にとって驚くような存在なのだろうかとミランダは思う。

フェニーの口は彼女の頭のちょうど上にあり、髪に小さな熱い輪を吹きかけてくる。とても、とても寒い。雪の降る中、ばかばかしい規則に縛られたばかげた男と一緒にいるなんて、ほんとばかげている。

これではひどい風邪を引いてしまう。

慎重に、まるでミランダに制止されるのを待っているかのように、フェニーが腰に腕を回してくる。ため息をつく。暖かい息が彼女の髪にかかる。ミランダは不意に、雪がやむのではないかととても怖くなる。二人はなにも話していない。キスもしていない。ミランダはわかっている。体の隅々までもがわかっている。自分は彼にキスをしたいのだ、と。フェニーがキスを望んでいるということもわかっている。全身の肌が欲望でヒリヒリする。体の内側が泡立つ。

ミランダは裁縫セットをポケットに戻し、エルスペスからもらったマリファナたばことマイケルのライターを見つける。「これも試したことがないでしょ?」フェニーの腕の中で身をよじる。「あなたが吸って。ほら」ミランダはたばこでフェニーの唇を軽く叩き、唇が開くとそこに差し入れる。ライターで火をつけると、ミランダは彼に抱きつき、キスをし、フェニーもキスを返す。今夜、ミランダが男の人とキスをするのは二度目。そもそもキスをしたのは今夜が初めてで、相手の二人はどちらともハニウェルだ。

ああ、マイケルとのキスは素敵だったけれど、これは素敵以上のなにかだ。ただひたすらキスをして、どれほど長くキスをしているのかミランダにはわからなくなる。最初、ミランダはフェニーの口がチョコレート味だと感じ、マリファナたばこはどうなったのかと思う。それと、ライターのことも。ミランダの唇がしびれるまで、ジュストコールが肩からすっかりずり落ちるまでキスをしつづける。ミランダはフェニーの膝の上に座っていて、一方の手は彼の髪に置き、もう一方の手は彼の腰を強くつかんでいる。ミランダがしたいことは、いつまでも、ずっと、フェニーとキスをしつづけることだけ。彼が体を引くまで。

二人とも息が荒い。フェニーの頬は赤い。口はもっと赤い。ミランダは、自分も彼みたいに我を忘れているふうなんだろうかと思う。

「震えてるね」フェニーが言う。

「もちろん震えてるわ！　ここは凍えるぐらい寒いの！　なのに、あなたは家の中に入ろうとしない。だって……」ミランダは喘《あえ》ぎながら、震えながら言う。全身が震えているのは、寒さと欲望、欲望、欲望のせい。「規則に違反してるから！」

フェニーはうなずく。ミランダの唇を見て、自分の唇を舐める。それでいて、ミランダがもう一度キスしようとすると、フェニーは身を引く。ミランダは湿った雪をひとつかみ握って、彼のハニウェル顔に押しつけたい衝動に駆られる。

「わかった、わかった！　ここにいて。動かないで。一歩もよ、いい？　タイガーの鍵を取ってくるから」

ミランダは言う。「古い車の中に座るのが規則違反でなければだけど」

「全部、規則違反だ」フェニーは言う。それでもうなずく。もしかしたら、彼を車に乗せて一緒に走り去れるかも、とミランダは思う。もしかしたらうまくいくかもしれない。

「本気よ。絶対に、どこにも行かないで」

フェニーはまたうなずく。ミランダは容赦なく、未練がましく、必死になってキスをし、それからキッチンに向けて駆けだしていった。指先が冷たくて、すぐにはドアを開けられない。コートとタイガーの鍵をつかむと、ふと思いついて手つかずのクリスマスケーキを一切れカットした。まあ、エルスペスがなにか言ってきたら、一部始終を話そう。

そうしてまたドアから出ていく。雪がやんでいるのに気づくと、知っている中で一番ひどい言葉を口にする。雪がついた毛布、マリファナたばこ、チョコレートバーの包み紙が残っている。

ミランダはクリスマスケーキを窓際に置いていく。鳥がついばんでくれるかもしれない。

マイケルはまだソファで眠っていた。ミランダは彼を起こす。「メリークリスマス。おはよう」ミランダはプレゼントを渡す。マイケルのためにシャツを作ったのだ。エジプト綿で、彼の目とおなじ灰青色。もちろんサイズは合わない。体がもう大きくなっているから。


マイケルがヤドリギの下でミランダを捕まえたのは、ベッドに入る時間をすぎた頃あたりだ。クリスマスの夜なので誰もまだ寝ようとせず、みんなほろ酔いで気が緩み、どうでもいいことで喧嘩をしている最中だ。みんな喧嘩をするのが楽しくて仕方がない。マイケルがミランダにキスをする。彼女は拒まない。

これはエルスペスへのプレゼントのようなもの、とミランダは自分に言い訳をする。実のところ他の誰かとキスしたいからマイケルとキスしないなんて、ばかげてるとわかっているから。とくに、キスをしたい相手が本当に、本物の人じゃないときはそうだ。少なくとも、ほとんどの時間は本物じゃない。

それに、マイケルはミランダが作ったシャツを着てくれている。サイズが合っていないのに。

朝、マイケルは二日酔いで、バスに乗りたいミランダを村まで車で送ることができない。代わりにエルスペスが送ってくれる。エルスペスは、セーブルの縁取り付きの暗赤色をしたギャバジンのヴィンテージスーツを着ていて、見ているとミランダは分解したくてたまらなくなる。どうやって作られたのか確認したいだけ。なんて細いウエストなんだろう。

エルスペスが言う。「あの子はあなたに恋をしてる」

「ちがいます。愛してはいるけど、恋しているわけじゃありません。私も彼を愛しているけど、恋しているわけじゃないんです」

「それならそれでいいわ」エルスペスは言う。口調は冷静だ。「でもね、ミランダ、その若さでどうしてそんなに愛について詳しいのか、不思議でならない」

ミランダは顔を赤らめる。

「なんでも私に話してくれていいのよ。いつでも好きなときに話しに来て。必要ならいつでも。ねえ、ミランダ。気になる男の子がいるんでしょう？　マイケルじゃない男の子。かわいそうなマイケル」

「誰もいません。本当に。誰もいないんです。たいしたことじゃありません。また家に帰らなきゃいけないから、ちょっと悲しくなってるだけ。とても素敵なクリスマスでした」

「素敵な雪だったわね！」エルスペスが言う。「長続きしないのが残念」

春になるとマイケルが訪ねてきた。クリスマスから四か月後だ。ミランダは彼が来るとは思っていなかった。マイケルはバラの花束を抱えて玄関先に現れる。ミランダの叔母の眉が髪の生え際までつり上がる。「紅茶を淹《い》れるわ。それと花瓶も必要ね」そう言って、叔母はそそくさと立ち去る。

ミランダはマイケルからバラを受け取る。「マイケルったら！　ここになにしに来たの？」

「僕をずっと避けてるね」とマイケル。

「あなたを避けてる？　おなじ家に住んでるわけじゃないのよ。私の家がどこか知られていたなんてびっくり」叔母の小さな平屋のきれいに片付いた居間にマイケルがいることに、ミランダはとても耐えられそうにない。

「わかってるだろ、ミランダ。全然オンラインにならないじゃないか。それに、オンラインになっても、チャットをしてくれない。メッセージの返事もなし。家でもてなしてもくれないの？」

「ええ」ミランダは言い、自分のバッグをつかむ。

「ドーラ叔母さん、お茶はいりませんから」ミランダは大声で言う。「二人で出かけてきます」

ミランダはマイケルの手を引っ張り、マイケルを彼女の生活、本物の暮らしから荒々しく引き離す。本当にそうできるならいいのだけど。

ミランダはマイケルを急かして、小さな白い石造りの正面玄関がある建売住宅の並びを通りすぎ、陰気でくすんだミッドランズの商店街まで連れていく。マイケルは後ろをくっついて歩く。かなりの距離があるのに、ミランダはなにを話せばいいのかわからない。マイケルのほうもなにを話せばいいのかわからないようだ。

ミランダの着ているワンピースは試しに作ったもので、外に着ていくつもりはなかった。今日はまだ髪をとかしていない。週末だけど、家にこもって勉強するつもりだった。よくもまあ、押しかけてくるなんて。

スコーンとサンドイッチがとりわけまずい紅茶の店がある。ミランダはマイケルをそこに連れていき、二人で座る。注文する。

「行くって言っておくべきだったね」マイケルが言う。

「そうね。そうすれば、来ないでって言えたのに」

マイケルは彼女の手を取ろうとする。「ミランディ。いつもきみのことを考えてる。僕らのことも。いつも考えてるんだ、僕ら二人のことを」

「いや。やめて！」

「無理だよ。きみが好きなんだ。すごく。僕のことが好きじゃないの？」

ひどい会話だ。子ネズミを踏んづけたような感じ。それも、ひょんなことから友達になった子ネズミだ。ミランダは自分の身勝手さをわかっているが、気持ちの整理はつかない。マイケルがここに来たことに、腹を立てるべきではない。ミランダがこの場所についてどう感じているかマイケルは知らないのだから。あと数か月でミランダは永遠にここからいなくなる。この場所はそもそもなかったことになる。

スコーンが運ばれてくる頃には、二人ともほとんど泣き出しかけている。マイケルは一口食べると、皿に吐き出した。

「そんなにまずくないわ」ミランダはきつい口調で言う。文句をつけられるものならどうぞ。

「いや、まずい。本当に、本当にまずい」マイケルは紅茶を一口飲む。「それに、ミルクも腐ってる」

マイケルがあまりにあ然としているのでミランダは我慢できなくなる。急に笑い出してしまう。

これにもマイケルはあ然とする。こうして二人は喧嘩をやめた。残りのその日を、凍った池でアヒルに餌をやり、映画館に出入りして、ホラー映画、アクション映画、アニメ——ロマンチック・コメディをのぞくあらゆる映画だって、わざわざ傷口に塩を塗るのもおかしいから。——を観てすごす。マイケルはミランダの手を握ろうとしない。ミランダは外で雪が降っていたらとか、ちらつく暗闇の中、隣に座っているのがフェニーだったらとか、そんな想像をしないようにする。そんなこことを想像するのは規則違反だ。

ミランダは学校を修了する。持っていきたいものをまとめ、残りを箱に詰める。ミシンは売る。叔母に手紙を残す。手紙の内容はろくに考えずに書く。

もっと感謝すべきだとわかっている。叔母はミランダに食事を与え、服を着せ、寝床を提供してくれた。ぶたれたこともない。本当に、いじわるされたこともない。しかし、ミランダは人に感謝することに、とても、とても、うんざりしている。

飛行機がプーケットに到着したとき、ミランダの体はべとついていて、臭くて、時差ぼけで頭はぼんやりしていた。ホステルに一泊してから出発する。どう話を進めていくべきかについては読んでおいた。持っていける物、滞在できる時間、どうふるまうべきか。規則すべてだ。

だが、結局、ジョニーに会うことはなかった。許可されなかった。理由ははっきりしない。母親はここにいるのか？　彼らはそうだと答えた。母親はまだ生きているのか？　そうだ。本当に、まだ生きているのか？　そうだ。母親に会えるか？　いいや。今日は無理だ。また今度来なさい。

ミランダは三度通った。そのたびに追い返された。領事は助けてくれない。二回目の訪問のとき、ディンダという若い女性に話しかけた。ディンダは刑務所に通い、医務室にいる囚人とすごすことがある。ジョニーと二、三度同席したことがあると言う。ミランダの母親は口数が少ないそうだ。母親がエルスペスかミランダに手紙をくれたのは、もう半年以上前のことだ。

三度目に追い返されると、ミランダは日本行きの航空券を買った。それからの四か月間、ミランダは京都で英語を教えた。美術館に行った。寺での蚤《のみ》の市で着物を見た。

絵葉書をエルスペスやマイケルに送った。母親にも。叔母にさえも送った。そしてクリスマスの二日前、ミランダは飛行機で故郷に帰った。

機内で彼女は眠りに落ち、雪が降っている夢を見た。プーケットの刑務所の独房でジョニーと一緒だった。母親はミランダに、愛してる、と言った。刑期が短縮されたのよ。ミランダがいい子にして、規則を注意深く守っていれば、クリスマスまでには家に帰れる。

今年は計画がある。クリスマスに雪が降る、という計画だ。天気予報なんてどうでもいい。雪は降る。ミランダはフェニーを見つける。そして彼のそばを離れない。規則がどうだろうとかまわない。

マイケルは来年、セント・アンドリューズ大学に入学予定だ。ガールフレンドの名前はリリアン。エルスペスは行儀良くしている。ミランダもそうだ。彼女はハニウェルたちに、自分の生徒たちのこと、寺の鹿のこと、その鹿たちにフルートを吹いていた女の子のことなど、面白い話を披露する。

エルスペスは年をとった。今でもミランダが見た中で最も美しい女性だけれど、六十代だ。いつ爵位を授かってもおかしくないし、スキャンダルになるような真似は二度としない。

リリアンはいい子だ。ドレスが素敵、とミランダに言ってくれた。リリアンはハニウェル一族の最長老とじゃれ合い、テーブルの準備を手伝う。マイケルはリリアンのやることなすことすべてが真新しいものであるかのように見つめている。まるでリリアンがお世辞やじゃれ合いを発明したかのように。まるでリリアンが発見するまでは水のグラスやテーブルクロスなんて存在しなかったかのように。おお、これぞ新しき世界。

いろいろあるにしても、ミランダはリリアンを好きになれそうな気がする。リリアンは頭がいい。数学が好きだ。実際、本当に、本当にミランダのドレスを気に入っているようで、それは正直な話、ミランダが戦争行為のつもりで着てきたものだ。今、ミランダはきれいなものに関心がない。甲冑《かっちゅう》、兵器、摩耗、不快感(自分のも他人のも)に夢中だ。ドレスは革製のパンクスタイルで、スパイクやバックル、金属の手錠で飾られ、何重にもチェーンが巻かれている。座るときはいつでも、ソファを切り裂いたり、穴をあけたり、串刺しにしたりしないように気をつけなければならない。ハグなんてもってのほかだ。

リリアンが見てまわりたがったので、夕食と最初のカクテルのあと、ミランダとマイケルがハニウェル邸全体を、手入れの行き届いた部分も影に隠れた部分も含めて案内してあげる。一行は屋根裏部屋のひとつにたどり着き、エルスペスの衣装トランクの中を漁《あさ》る。リリアンに、チーズクロスのドレスと手刺繍ビーズの妖精の羽を身に着けさせ、古めかしいパウダーまみれの舞台化粧をほどこす。自撮りもする。マイケルは古いファンレターを読み、舞台裏でのエルスペスとジョニーの古い写真を取り出す。巨大な骨壺《こつつぼ》に腰かけるジョニー。口にたくさんのピンをくわえたジョニー。公演初日のパーティーで、酔っ払って笑っている若いジョニー。こうした写真を見ると胸が痛むはず。そうでしょ?

「雪が降ると思う?」リリアンが言う。「クリスマスには雪が欲しいな」

マイケルが言う。「去年のクリスマスには降った。今年は期待しないほうがいい。暖かすぎる」

平静さを捨ててミランダは言う。「雪は降る。降らなきゃだめ。もしも雪が降らなかったら、私たちがなんとかする。雪を降らせるのよ」

この人、正気かしら、もしかしたら危険な人かもという目でリリアンに見られると、ミランダはとても満足する。まあ、このドレスでわかってほしかったけど。

「今年の私のプレゼントは雪よ」ミランダは言う。「私のことは雪の女王と呼んで。見せてあげるから来て」

特別な機材が入ったいくつものスーツケースは、迎えに来たタイガーにかろうじて収まった。エルスペスはなにも言わず、片方の眉を上げただけだった。機材のほとんどはまだ馬車置き場の中にある。

ミランダが説明すると、マイケルは乗り気になった。リリアンも乗り気か、そのふりをしている。木々の枝に張りめぐらされ、地面に留められた長く白い薄布やガラスやクリスタル、銀色の飾りをつないだ長い紐《ひも》。手作業でカットされたレースの雪の結晶が網に引っかかっている。圧巻は、十五メートルあまりのホースが付いた人工降雪機〈スノーボーイ・ステージ・ウィスパー〉だ。ミランダは何袋もの人工雪を持ってきた。スノーボーイを貸してくれた男によれば、お金で買える中では最高品質の人工雪を一時間以上降らせられるそうだ。

ミランダの納得がいく形で準備万端となった頃には、真夜中近くになっていた。ハニウェル邸の中に入り、投光照明を点《つ》け、降雪機のスイッチを入れる。軽くて、キラキラと輝く雪が降りはじめる。リリアンはマイケルに長々とキスをする。素敵な恋物語。

エルスペスはキッチンの窓から一部始終を見守っていた。外に出てきて、カクテルの上に手をかざす。人工雪が金髪に降り積もり、白い筋をつける。

まだベッドに入っていなかったハニウェルたち、つまりハニウェル一族のほぼ全員が、おおっ、とか、ああっ、とか声をあげる。ミランダが初めてハニウェル邸に来たときにはまだ生まれてもいなかった最年少ハニウェルたちから、拍手が自然と湧く。ミランダはかなりの権力を握った気分になる。やはり、サンタクロースは存在するのだ。

ハニウェル一族はみんな、結局は屋内に戻って酒を飲み、ゴシップに興じ、ミランダの特殊効果を部屋から賞賛する。今夜はクリスマスらしい寒さではないものの、十分に寒い。今はもう、ココア、ホットカクテル、熱々の風呂に熱々の湯たんぽ、そしてベッドの時間だ。

これがうまくいくのか、もちろん、ミランダにはわからない。規則に従っているのかどうかも。

しかし、そろそろ貸しを返してもらえる頃合いではないだろうか？　小さな幸運がめぐってくるとか？

実際にそうなった。あまり期待はかけずにいたため、初めミランダはマイケルがハニウェル邸から迎えに来たのだと思った。だが、それはマイケルではなかった。

フェニーがあの古めかしいジュストコール姿で、ミランダがポケットの上の部分を縫いつけたあのコートを着て、サンザシの木の下から姿を現す。

「うまくいった」ミランダはそう言い、うっかりして自分の体を抱きしめてしまう。トゲだらけなのに。「ああっ、痛い」

「ぼくはここにいるはずじゃないだろ？　なにかしたんだね」フェニーが言う。ミランダは彼の顔に目を凝らす。なんて若い見た目。ミランダとほとんど変わらない。どれくらいの間この若い姿でいつづけているのだろう？

人工雪が二人の頭に降り積もる。「一時間はある。あまり長くないけど」ミランダは言う。

すると、フェニーが近づいてきて、ミランダを抱き寄せる。「気をつけて。トゲだらけだから」ミランダが言う。

「ばかげたドレス」フェニーは彼女の髪に向けて言う。「でも魅力的だ。この時代の人はこんな服を着るの？」

「ジュストコールを着てる人が言えることかしら」ミランダは言う。今年の二人はほとんどおなじ背丈だ。フェニーは今やマイケルよりも背が低い、とミランダは気づく。それから二人はキスをする。ミランダとフェニーはキスをする。マイケルのことなんて考えない。

キスをしてフェニーは体を押しつけてくる。ミランダはというとスパイクで武装しているのに。フェニーはミランダを抱きしめ、彼女のウエストのすぐ上に両手を当て、腰に指の形にあざができそうとミランダが思うほど強く力をこめてくる。

「一緒にハニウェル邸に入って」ミランダはキスの合間に言う。「私と一緒に来て」

フェニーはミランダの下唇を噛《か》む。それから舐める。「できない」

「規則があるからよね」フェニーはミランダの耳を甘噛みしている。ミランダはうめく。髪を引っ張ってフェニーを離す。「憎たらしい規則」

「もしもきみと一緒にいることが可能なら、そうすると誓う。一緒にいて、一緒に年をとるよ、ミランダ。きみが望む限りずっと」

「一緒にいて」ミランダは言う。ドレスがフェニーに刺さっているにちがいない。彼のお腹や太ももに。二人とも明日にはあざだらけだろう。

フェニーはなにも言わない。何度もミランダにキスをする。こっちの気をそらしている、とミランダはわかっている。ドレスの前部分はシンプルな留め具で留まっている。その下は古いTシャツとレギンス。ミランダはフェニーの手を導く。

「あなたが一緒にいられないなら」とミランダが言っている間に、フェニーが留め具を開ける。

「私があなたと一緒にいる」

ミランダが話す最中も、フェニーの手は彼女の肋骨《ろっこつ》の上にある。こうなれば、フェニーをドレスの骨組みの中に引きこみ、彼の背中に手を伸ばし、重いチェーンのベルトを二人一緒に巻きつけることなどたやすい。そのままきつく締めて鍵をかけることも。鍵はハニウェル邸にある。屋根裏部屋に置いてきた。

「ミランダ」気づいたフェニーが言う。「なにをした?」

「放さない」ミランダは言う。ドレスは二人にぴったりフィットしている。ミランダはフェニーの呼吸をすべて感じる。「あなたが行くなら、私も行く。あなたがどこへ行こうとも」

「うまくいきっこない。規則があるんだから」

「雪に関する規則だってあったはず。私はすごく臨機応変に対応できるの。それに、あなたはハニウェルよ。規則なんて気にするべきじゃないでしょ」

偽物の雪はミランダの想像よりも冷たく、湿っていて重い。本物の雪そっくりだ。フェニーが首筋に向かってなにかつぶやいている。**愛している**、か、あるいは……**いったいなにを考えているんだ、ミランダ**、か?

両方だ。フェニーは両方を言っている。偽物の雪と本物の雪。偽物の雪と混じっている本物の雪。ミランダの偽物の魔法と本物の魔法。ますます激しく降り積もり、世界中が真っ白になる。空気はさらに、さらに、さらに冷たくなっていく。

「なにかが起きてる、フェニー。雪が降ってる。本物の雪」

ミランダの腕の中でフェニーは石になったかのようだ。フェニーの呼吸も止まったのが感じられる。それでいて、彼の心臓は高鳴っている。「放してくれ」フェニーが言う。「お願い、放してくれ」

「できない。鍵を持っていないもの」ミランダは言う。

「できるわよ」鐘のような、澄んだ甘い声があがる。

ここで、ミランダが待ち望んでいた相手の登場だ。フェニーの彼女。狐を罠でとらえる彼女。決して逃がさない彼女。規則を作る彼女。

この瞬間にエルスペスを思い出すなんてばかげたことかもしれないが、ミランダが顔を上げ、近づいてくる貴婦人を見たときに思い浮かべたのはエルスペスだった。貴婦人はこれまでにミランダが出会ったどのハニウェルよりもハニウェルらしい。舞台に立つほんのつかの間、エルスペスが意のままにする存在感、威厳は駆け引きのようなものだ。エルスペスはいつも遊び半分でやっている。これが重要な点だ。力は観客がみずからすすんでエルスペスに差し出すもの。フェニーの貴婦人はそれを常時持っている。なんという重荷だろう。決して下に置くことができない。

この貴婦人はミランダの考えていることがわかるのだろうか？　その視線はすべてを見透かす。フェニーは頭を垂れたままだ。その一方、彼の両手はミランダに握られている。フェニーはミランダの保護下にあり、ミランダは彼を手放さない。

「鍵はありません」ミランダは言う。「それに、フェニーはあなたについていくことを望んでいません」

「かつて、この子はついてきた」貴婦人も甲冑を身に着けている。氷でできた鎧《よろい》だ。この貴婦人に服を用意すること、この貴婦人に仕えることは、どんなにか素晴らしいだろう。貴婦人が許してくれるなら、ミランダもフェニーとともに行ける。

貴婦人からは見えないドレスの内側で、フェニーがミランダの親指と人差し指の間の柔らかな部分をつねった。その痛みでミランダはわれに返る。こちらを見つめるフェニーが目に入る。フェニーは無言で、ミランダがフェニーの瞳に映る自分に気づくまでただ彼女を見つめる。

「ぼくはみずからすすんであなたと一緒に行きました」フェニーは同意する。しかし、貴婦人を見ようとしない。ミランダだけを見ている。

「それが、今になって私を置いていこうというの？　きちんとその口で言えば、すぐにでも行かせてあげるわよ」

フェニーはなにも言わない。**規則だ、**とミランダは思う。**ここには規則がある。**

「彼は言えない。あなたが言わせないから。だから、代わりに私が言います。彼はここに残ります。とても長い間、家に帰さなかったでしょ？」ミランダは言う。

「この子の家は私とともにある。解放なさい。さもないと、後悔することになるわよ」貴婦人は長い手を伸ばして、ミランダのドレスに巻きついているチェーンに触れる。羽根のように軽く触れるとチェーンが砕けた。ミランダはチェーンが外れるのを感じる。

「彼を解放なさい。そうすれば、おまえの心からの願いを叶《かな》えてやろう」至近距離にいるので、ミランダは貴婦人の息が頬に霜を作るのを感じた。その途端、ミランダは抱いているのがフェニーではないと気づく。マイケルを抱いている。ミランダとマイケルは結婚している。二人はお互いを深く愛している。ハニウェル邸がミランダのわが家になった。これまでずっとそうだったように。ツリーの下には子供たち。白髪頭で愛らしいエルスペスはテーブルの上座にいて、ミランダの高級婦人服ブランドのドレスを着ている。

いや、エルスペスではないのでは？　あれは貴婦人だ。あやうくミランダはマイケル――フェニー――を放しそうになる。それでもフェニーはミランダを強く抱きしめ、ミランダも抱き返す。

「気をつけなさい、お嬢さん。噛みつくわ」貴婦人が言う。

ミランダは狐を抱いている。狐はミランダの顔をひっかき、噛もうとして、死肉の臭いのする息を吹きかけてくる。ミランダはそれをぎゅっと抱きしめる。

すると、ふたたびフェニーが現れる。ミランダに身を寄せて震えている。

「大丈夫。放さないから」ミランダは言う。

しかし、またもやフェニーではない人になる。それは母親だ。二人して狭くて汚い独房にいる。ジョニーが口を開く。「大丈夫よ、ミランダ。私はここにいる。大丈夫。放していいの。私はここにいるんだから。さあ、手を放して、一緒に家に帰りましょう」

「ううん」ミランダは、突然、怒りに燃えて言う。「ちがう、ママはここにいない。そして、私はそれをどうすることもできない。でも、これについてはなんとかできる」ミランダが母親にしがみつくと、やがて母親はフェニーに戻った。貴婦人がミランダとフェニーを見る目は、まるで履いている室内靴《スリッパ》の裏の小さな汚れを見ているかのようだ。

「では、かまわないわ」貴婦人は言う。そして微笑む。小さな汚れに微笑みかけるように。「そばに置いておきなさい、しばらくの間は。私から教わった喜びを、この子が味わうことは二度とないでしょう。私といれば、ひたすら幸せでいられるのに。私がそういう状態にしてやった。おまえはこの子に悲しみと死をもたらす。この子がなにも知らない世界にこの子を引きずりこんだ。なにも持っていないというのに。おまえを見るたび、この子は自分が失ったものを思うでしょう」

「私たちは皆、失うものよ」鋭い声が言う。「私たちは皆愛し、皆失う。それが世の習い」

「エルスペス？」ミランダは言う。だが、思い直す。**これは罠よ、別の罠。**ミランダがとても強く抱きしめるので、フェニーが喘ぐ。

エルスペスはフェニーを見る。「一度だけ見かけたことがあるわ。窓の向こうに。影か幽霊だと思った」

フェニーが言う。「覚えています。当時のあなたはまだ美しさを極めていらっしゃらなかったようですが」

「弁が立つこと！　あなたは私のミランダにはもったいないかしらね」エルスペスが言う。「そこの奥様はどうぞ、別のおもちゃをお探しになって。この子は本当に、替えがきかないほど特別なんですの？」

貴婦人は会釈をする。最後にもう一度、エルスペスとミランダを見る。それからフェニーを。今回フェニーは貴婦人を見返す。フェニーはなにを見ただろう？　体の一部が貴婦人のあとを追おうと動くだろうか？　フェニーの手がふたたびミランダの手にたどり着く。

すると、貴婦人の姿は消え、本物の雪はまばらになり、降りやみ、〈スノーボーイ・ステージ・ウィスパー〉のほとんど音とも言えないささやきときらめきだけが残る。

エルスペスは息を吐き出し、「やれやれ」と言う。シルクのショールを整えるエルスペスの手が震えていることに、ミランダは気づく。「うまくいくとは思わなかったわ。なんて貪欲で、要求の多いやつかしら。驚きだわ。私もあれぐらいひどい?」

俳優というのはすべてをわが事とするのが得意だ。「とんでもない」ミランダは言う。「もちろん、そんなことはありません」

「私は相手が自由になりたがったときには、必ず許してきたわ」エルスペスが言う。「たいてい、向こうがそう望む前によ。さてさて、あなたのことをどうするか考えなければならないかしら」最後の部分はフェニーに向けられた言葉だ。エルスペスが野良猫を拒めないことは、ミランダも知っている。「そのコートよりも実用的なものが必要でしょうね」

「さあ、来て」ミランダはまだフェニーの手を握っている。握る力が強すぎるかもしれないが、フェニーは気にしていないようだ。彼もおなじように強く握り返している。

だからミランダは言う。「中に入りましょう」

スキンダーのヴェール

（グリム童話『しらゆきべにばら』より）

Skinder's Veil

昔々、四年目の夏だというのに博士論文を書き終えていない大学院生がいた。専門分野はなんだったか？　それはこの物語内でまるで重要ではないが、ひとまず、構想中の論文のタイトルは『反応時間に影響を与える項目パラメータと特性の探索的分析』としておこう。

六月中旬になっても、アンディ・シムズの論文には使い物になりそうな部分がせいぜい六ページしかなかった。昨年、博士論文がまだ完成可能どころか、自分で選んだ美しい道沿いの多くの木の中、一番目の木の枝に実る果実のうち、一番下に位置するものだった頃にアンディが入念に練ったスケジュールによれば、この時期までには完全な草稿ができあがり、指導教員の綿密なフィードバックをすでにもらっているはずだった。六月は、その優美で魅惑的な木々の陰で、のんびりと推敲《すいこう》にいそしんでいる予定だった。

この作業をやり終えていない理由はいくつかあったが、それらが正当な理由だと言い切れないことはアンディが真っ先に認めただろう。最も差し迫った問題は、レスターとブロンウェンだった。

アンディのルームメイトであるレスターも、論文未提出者だった。専門は教育学と人間科学。アンディとはそりが合わないが、レスターはそのことに気づいていないようだった。セックスしてばかりで、そもそもなにかを気にする余裕がなさそうだった。レスターは二か月前、コンビニに飲み物を買いに行った際にブロンウェンという名の理学療法士に出会い、それ以来ヤリつづけていた。世界の終わりが間近に迫っているのに、今のところ終末の訪れを知っているのはレスターとブロンウェンだけと思わせるほどのセックスだった。

センターシティにあるアパートにはセックスの臭いが充満し、アンディは自分が塩水の中のピクルスのように発酵しているという気がしてきた。音もあった。アンディは皿洗いをしているときでも、夕食をとるときでも、バスルームに向かう途中でもノイズキャンセリング・ヘッドホンをつけるようになった。バスルームでは二度ほど、使い方が推測できない大人のおもちゃを見つけた。アンディは目下、生まれてこの方最高の体形になっている。ブロンウェンが来るたびにジムに出かけて、もうこれ以上は無理となるまでダンベルを持ち上げるからだ。スクールキル川沿いの自然歩道で長距離ランニングまでこなすのに、それでも家に帰ると、レスターとブロンウェンが（アンディの運が良い場合）レスターの部屋にこもってセックスしているか、セックスを再開する前の短い休憩を取っているのだ。

アンディは人の幸せを妬むことはなかったが、過剰な幸せなんてものが、セックスのしすぎなんてものが、あってよいのかと憤った。絶頂でレスターが発するさまざまな音を聞かされることにも、腹が立った。ブロンウェンにも腹が立った。彼女は自分のルームメイトよりアンディの生活の邪魔になることを選んだようだったから。

ブロンウェンが素敵な女性であることは間違いないが、アンディは彼女と目を合わせられなかった。尋ねてみたいことはいくつかあった。一目惚《ひとめぼ》れだったのか？　コンビニの冷蔵品コーナーに立った運命的な瞬間、レスターの魂が言葉を介さず話しかけてきたのか？　ブロンウェンはいつもこんなにも深く、こんなにも素早く、こんなにも騒音と発情期の激しさと奔放さをともなって人を愛してきたのだろうか？　アンディはこれまでにレスターのルームメイトとして四年間すごしてきたが、数回の酔った勢いによるつまらないセックスをのぞいて、レスターはずっとフリーで、そのことに満足している様子だった。しかも、アンディがレスター自身の論文の話を持ち出すたびに、レスターは大いに進捗していると言い張った。本当だろうか？　アンディは心の奥底で、それが本当であることを恐れていた。アンディはこの件をすべて古い友達のハンナに電話で打ち明けた。ハンナが頼みごとをするために電話を寄こしたときに、アンディの中からあふれ出てきたのだ。

「だったら、了解ってことね。やってもらえるのね」

「うん」とアンディは言った。それから付け足した。「きみが冗談を言ってるんじゃなければね。でも、頼むから冗談はやめてくれよ。僕はここから出なきゃいけないんだから」

「真面目な頼みよ。神に誓う。あなたが引き受けてくれたら、私の顔が立つの」

二人が最後に会ったのは少なくとも二年前、ハンナがインディアナ州にある農業大学の社会学部で助手《アジャンクト》として働くためにフィラデルフィアを発《た》つ前日の朝だった。「トウモロコシの添加物《アジャンクト》（インディアナ州はトウモロコシの名産地）」とハンナは言い、たてつづけにマリファナを三回吸った。同期の中で最初に博士論文の最終口頭試問までたどり着いたのに、それでハンナはなにを得た？　誰も聞いたことのない大学での三年契約だ。アンディはしばらくの間、そのことで優越感に浸っていた。

昨日のこと、とハンナが言った。離婚したてのカリフォルニア在住の姉が家の屋根から落ちて背骨を折った。姉は入院になった。自分は明日、幼い姪《めい》二人の面倒を見るために飛行機で飛んでいく予定。姉の友達はみんな頼りないバカか、わが身に降りかかった厄災に打ちのめされているやつらばかり。姉の元旦那はオーストラリアにいる。これから三週間、ヴァーモント州での留守番の仕事を自分の代わりに引き受けてくれる人が必要。そういう話だった。

「人里離れたところ。町の外だし、一番近い町は町って呼べるものじゃない。わかる？　信号機すらない。食料品店もなければ、図書館もない。道の先にビールと電球と朝食用サンドイッチが買える店があるけど、おすすめしない」

「車を持ってないんだけど」アンディは言った。

「私も持ってない！　車は必要ない。食料品の定期購入があるから、車はいらない。毎週金曜日にセント・オールバンズにあるスーパーから配達が来る。変更があれば、メールを送ればいい。冷蔵庫にはどっさり入れておく。卵、牛乳、サンドイッチの材料。コーヒーもたっぷりある。明日、私は午後五時にウーバータクシーを呼んでるから、三時頃に来てくれる？　あらかじめルートは確認しておいたけど、七時間くらいかかると思う。道順を送る。三時に来てね。そしたら、お互いの近況を話して、私からはあなたが知っておくべきことを説明してあげる。心配しないで！　たくさんはないから。ほんと、二つだけね」

「事前告知が少ないなあ」アンディは言った。

「送金アプリ、やってるわよね？　今すぐ九百ドル送る。私の三か月分の給料の半分」

アンディは自分のユーザー名を送った。今まで送金アプリで受け取った最大金額は、えーと、たぶん四十ドルぐらい？　しかし、すぐに九百ドルが入ってきた。あっという間のことだった。

「ここに明日午後三時までに来て。もしも来なかったら、あなたを追い詰めて、両足の骨を引っこ抜いてやる。頼りにしてるよ、クソ野郎」


アンディがレンタカーの片道料金を調べていると、ブロンウェンがキッチンにふらりと入ってきた。レスターのザ・ペンチャンツ（ペンシルヴェニア大学のアカペラグループ）の古いTシャツを着て、レスターのさらに古いボクサーパンツをはいていた。冷蔵庫からイングリングビールを取り出して、栓を抜き、アンディの後ろに立って画面をのぞきこんだ。

「旅行に行くの？」うらやましげな声だ。「いいね」

「うん。まあ、そんなところ。月末までヴァーモント州で留守番代行をすることになったんだ。明日の午後からでね。人里離れたところで、バスで行ったとしてもさらに一時間以上歩くから、レンタカーを借りようと思って」

「それってどうだろう。レンタカー業者はぼったくるよ、とくに夏場はね。私は車を持ってるし、これから二日間は仕事が休みなの。レスターと私が運転して送ってあげる」

「いやいや」アンディは言った。この一か月のほとんどを、ブロンウェンやレスターとおなじ部屋にいるのを極力避けてすごしてきたのだ。彼女は気づいていなかったのか？「どうして？　どうしてそんな提案を？」

「この夏ずっとレスターに、重い腰を上げてどこかに行こうってせっついてたの。ただイエスと言ってくれれば、もう決まったことだってレスターに伝える。それで逃げ出せなくなる。どう？　あなたを降ろしたら、帰り道のどこかでキャンプする。湖かな。ヴァーモント州には湖がたくさんあるんでしょ？」

「考えさせて」とアンディ。

「どうして？」

実際、考えるようなことはまるでない。「そうだね。オーケー。きみがオーケーで、レスターもオーケーなら」

「やった！」ブロンウェンはアンディの役に立つことが心から嬉《うれ》しいようだった。「家に帰ってテントを取ってくる」

それから午後いっぱいかけて、アンディはレスターを避けながら――ブロンウェンの力強い言葉とは裏腹に、レスターは明らかに不服そうだった――読むべき資料や研究データの山を漁《あさ》ってすごした。最終的に、リュックサックと三つのトートバッグに荷造りした。下着や靴下、トレーナー、最後の清潔なTシャツ二枚、ランニング用の短パン、替えのジーンズでぐるぐる巻きにしたノートパソコンとプリンターと印刷用紙の束をジム用バッグに突っこんだ。防水ジャケットとティンバーランド一足とダンベル。通りの先に、定期的にニュージャージー州のさまざまなマリファナ薬局を回って商品を仕入れ、かなりの利益を乗せて地元で販売している男が住んでいた。売り物をじっくり眺めてから、アンディはハンナからの金を百ドル使い、マリファナ入り食品を買った。少し考えたあと、ブロンウェンへの感謝のしるしとして、ベティーズ・エディーズ印の〈タンゴ・フォー・ア・ピーチマンゴ〉という大麻グミも一袋購入した。

というのも、実際のところ、アンディが恨んで当然の相手はレスターだからだ。レスターは、たとえば、帰宅したアンディが隣の寝室にいることに気づかず、アンディについてブロンウェンに大声で愚痴ったことがあった。「悪いやつじゃないんだ。ただ、とんでもない自惚《うぬぼ》れ屋でね。なにもかも入念に計画しなきゃ気が済まないくせに、そうするのは、これが自分の望んでいることなのかと考えたくないからだ。あいつがなにを望んでいるか？　誰も知るわけがない。間違いなくアンディも知らないね。あいつには内面ってものがまるでない。無意識だのイドだのについてどう言われてるか知ってるだろ？　屋根裏部屋とか地下室。人が行かない場所。アンディの精神を絵に描くとしたら、住んでいる家の外に立つアンディの姿になるだろう。地下室や屋根裏なんかどうでもいい。どうせアンディはその家の中に入りゃしない。ドアをノックすることさえしない」

レスターの口から出たにしては、含蓄に富んだ言葉だった。アンディはそう思った。それはともかく、レスターは心理学者ではない。心理学をかじったことすらない。

アンディはしばらく会っていない友人数人にメッセージを送ったり、外出したりして、ヴァーモント州について口喧嘩《くちげんか》しているか、セックスしているか、あるいは大人しくネットフリックスを観ているレスターとブロンウェンを放っておいた。世間に出るのは素晴らしい、というかもしかしたら、明日にはヴァーモントで論文をきちんと片付けるのに必要な時間と空間が持てるとわかって、気分がいいだけなのかもしれない。家と家主について質問されるたび、アンディはただ、「わからない！　なにも知らない！」と答えつづけた。謎めいた冒険の入り口に立つというのもまた、気分がいいものだ。ハンナと再会するのも悪くないだろう。

その思いが呼び寄せたかのように、メッセージの着信で携帯が鳴った。〈来るってことでいいよね？〉

〈荷造り済みだ。だから、たぶん行くよ〉とアンディは返信した。

〈きっとここを気に入る。約束する。じゃあ明日。**三時までには絶対到着して！！！！**〉

予定では午前六時前には出発するはずだった。レスターが予備の吸入器を探し、虫除《むしよ》けスプレーを探し、それから缶切りを探して、さらに二度目のコーヒーを淹《い》れ、リサイクル品とごみを出し、メールをチェックしたがったので、出発が遅れた。車が動き出したときには午前八時を回っていて、当然ながら、六七六号線のランプに入らないうちに渋滞に巻きこまれた。レスターはというと、車に乗った途端に眠りこんだ。

ブロンウェンはバックミラーを確認しながら、「八七号線に乗れば遅れを取り戻せる」と言った。

「そうだね」アンディは言った。「うん、そうしよう」ハンナには、〈今、向かってるよ。やったー〉と書き送り、ＡｉｒＰｏｄｓを耳に入れて目を閉じた。ふたたび目を開けると、ニュージャージーで停車していた。午前十時三十分。携帯によると、あと五時間で到着するらしい。

アンディはガソリン代を払い、「僕が運転しようか」と言った。

「いいや。俺がやる」とレスター。しかし、レスターはサービスエリアから出る際に出口を間違え、北ではなく南に向かったので、八キロほど引き返してから正しい方角に向かう羽目になった。

助手席のブロンウェンがふり返り、アンディをしげしげと見た。「以前、九五号線で出口を見逃して、DCを通りすぎたことがある。結局、またそのまま一周したの。一周が大きいのよね。実際、思ったよりもずっと大きかった」

八七号線にはトラックがたくさん走っていて、どれもレスターの運転より速度を出している。パトカーは見えない。

ブロンウェンが言った。「兄弟とか姉妹はいるの?」

「ううん」とアンディ。

「出身は?」

「ネバダ」

「行ったことない」とブロンウェン。「よく帰る?」

「たまに」とアンディ。「両親は引退した教授なんだ。古典とロマンス語の。だから今は教育系のクルーズによく参加してる。船上で講義やセミナーを開けば、船室と多少のお金を用意してくれるらしい。目下は、ライン川をクルーズ中だ」いや、それは十二月のことだ。今どこにいるのかは見当もつかない。ギリシャ? サルデーニャ?

「すごく良さそう」とブロンウェン。

「二回、ノロウイルスにかかったらしいよ」

「それでも」ブロンウェンは言った。「私もクルーズに行きたい。一度ノロウイルスにかかると、その後一年ぐらいは免疫があるんだって」

「親からもそう聞いた。最初にノロになったあと、実際、二人ともわくわくしてたよ」

「例のお友達だけど、ヴァーモントにいるって人、名前は？」

「ハンナ」

「デート相手だったの？」

「いいや」

「うん、だろ」とレスター。

「あれは本物のデートじゃなかった。しばらくの間、いい感じだっただけだ」

「そのあと、ハンナは田舎の無名大学で教えるために去っていった。以来アンディはヤッてない」

「本当に、論文に集中しようとしてるだけだ」アンディは言った。レスターを避けているうちに、アンディはなぜレスターを避けねばならないのか、その本来の理由を忘れてしまうことがあった。ブロンウェンやセックスのことだけではない。レスター本人に問題があったのだ。

「そうね」とブロンウェンが言った。「とても理にかなってる。時には静かに落ち着いて、集中することも必要よ」

　ブロンウェンは本当に、とても、とてもいい子だ。レスターとはちがう。「兄弟か姉妹はいる？」

「ううん」ブロンウェンは答えた。「私だけ。両親はフィッシュタウンに住んでる」

「しゃれてるね」アンディは言った。フィッシュタウンは、素敵なコーヒーショップや手入れのいいテラスハウスがずらりと立ち並ぶところだ。

「そうなの。ママのママの家でね。売りに出すって、親はいつも言ってる。固定資産税がバカにならなくて。でもね、ママは家を売ったら、離婚になって、夫も家もなくすんじゃないかって心配してるみたい」

「それは大変そうだ」とアンディは言った。

「そうでもない」とブロンウェン。「パパがちょっと嫌なやつってことかな」

「それは俺が保証する」とレスターが言った。

「やめて。私がそう言うからって、あなたもそう言っていいわけじゃない」

「まあ、なんにせよ、きみは俺を愛してる。一目惚れだったんだよな。フランス語で言う雷の一撃《ク・ドゥ・フドル》ってやつ」レスターが言った。

「あなたのことはとっても好きよ」

「愛を信じない女なんだ」レスターがアンディに向かって言った。「俺と一緒にいるのは、俺が幽霊除けになるからだと」

「信じられないかもしれないけど、この人って私好みのタイプじゃないの。本当は私、女の子のほうが好きだから」

「ちょっと話を戻してくれる？　幽霊除けの話まで」

レスターが言った。「ほら、出会ったのがコンビニだって言っただろ？　店内の冷蔵庫にあったイングリングビールの六本パックの最後の一つを俺が買った。そのあとレジカウンターにいる間にブロンウェンがやってきて、在庫があるか店員に訊《き》いて、あるにはあったけど冷えてなかった。それで俺はブロンウェンを家に招いて、セックスして、彼女は一晩泊まっていくことになった。でも、きっとそのうち別れなきゃいけなくなるよって彼女が言うんだ。というのも、どこに行こうともその存在、その幽霊みたいなやつが現れるから、仕事とかで動けない場合をのぞいて、結局、自分はまた逃げるようにいなくなるって。だけど、その幽霊が現れなかったんだ。俺と一緒にいるときは絶対に現れない。だから、な、俺たちは四六時中つるむようになったってわけ」

「幽霊が現れるってどういうこと?」アンディは訊いた。

「自然現象みたいなものなの」ブロンウェンが言った。「子供のときからずっと。十四歳の誕生日の直後からよ。現れる理由も、どうして現れるようになったのかもわからない。他の人には全然気づかれてない。誰にも見えない。私にだって見えないんだから! 実際のところ、それが幽霊かどうかもわからない。それはただ、なんていうか、存在感があるだけ。私がどこかに行けば、それはついてくる。なにをするわけじゃない。ただそこにいる。それならいいじゃないのって、ママにはよく言われた。守護霊みたいだって。そうじゃないの。なんだか恐ろしくて。私が部屋から出るか、あるいはどこかへ出かけると、すぐにはついてこない。だけど、結局はまたそばにいる。もしも私が一か所にかなり長くいて、ぐっすり眠ったりして、それから目を覚ますと、それはそこにいるの。だから、そう、ろくに眠れない。それが、レスターの家に一緒に行って、彼のベッドで眠ったら、目覚めたときにはそれがいなかった」

「幽霊除けだ」とレスターが得意げに言った。前にいる車は時速百キロすら出しておらず、レスターはその車についていっているだけだ。

「もしかしたら、もう永遠に消えたのかもと思ったのよ。でも、家に帰ってシャワーを浴びたら、すぐに現れた。だから、消えたわけじゃない。でも、レスターと一緒にいるときは、いつもそれは寄ってこない。わーい、って感じ」

「信じられない」とアンディが言った。

ブロンウェンはまた前を向いた。「たぶん、信じてくれないだろうけど、世界には夢にも思わないようなことがあるのよ」

「信じていないわけじゃないんだ」アンディは曖昧に言った。

ブロンウェンは納得しなかったようだ。「うーん、どうでもいいわ。あなたにだって、説明のつかない変なことが起こった経験があるはず。変なことは誰の身にも起きるものよ」

「俺以外はな」とレスター。

「でも、それがあなたの変なところでしょ」ブロンウェンはレスターの腕を撫《な》でながら言った。

「変なことがあなたの身に絶対に起こらないなら、それこそかなり変なことだわ」

アンディが言った。「あるとき、子供がうちのドアをノックして、出てみたら、その子の頭がなかった」

「だよな」とレスター。「去年のハロウィンだ。チョコキャンディーをやったんだ」

「二人とも、完璧なクソ野郎ね」ブロンウェンは言った。彼女はアリアナ・グランデをカーステレオで流し、頭をのけぞらせて目を閉じた。どうやら幽霊よりもクソ野郎を無視するほうが簡単だとわかったようだ。

三時頃、幹線道路を降りてすぐのマクドナルドに立ち寄った。携帯の地図アプリでは、到着は午後四時十五分頃になっている。アンディは外のテーブルで座り、ハンナにメッセージを送った。すぐさま電話がかかってきた。「ギリギリじゃないの、ばか」

「ごめん。僕の車じゃないから、どうしようもなくて」

「まあ、いいわ。とにかく引き受けてくれて感謝してる。最悪よ、こんなふうに急に仕事を中断しなきゃならないのって。これは本当にいい仕事なの。私のためにも台無しにしないでね、いい？」

「お姉さんはどう？」アンディは言った。

「まあ、なんとかね。よく効く鎮痛剤は飲みたくないって。昔、その手のものでいろいろあったの。だから、それはもう楽しくみんなですごせそうよ。ああ、ちょっと。姉さんから着信。またね」

ブロンウェンが外に出てきて、ピクニックテーブルの上に座った。フライドポテトを一本ずつ、チョコレートミルクシェイクの残りに浸して食べる。

アンディが言った。「送ってもらえて、二人には本当に感謝してる」

「どうってことないわ」ブロンウェンはそう言いながら、太陽のほうに首をそらし、頭を後ろに傾けた。髪も肌も含めて、全体がくすんだ金茶色だ。前腕と脚はいたるところに金色のうぶ毛が生えている。なぜ幽霊がブロンウェンのあとをついてまわるのか、アンディは理解できる気がした。ハンナは背が高くて、青白く、そばかすだらけで、好きな相手にさえ少し意地悪だ。でも、面白い子だった。気の向くままに髪色を変えた。インスタグラムの最新の投稿では、髪は茶色に赤系ピンクのラインが二本入っていて、Tボーンステーキのようだった。

「ああ」とブロンウェン。「ああ、早い。いつもよりずっと早い」

ブロンウェンはミルクシェイクを落とした。少しこぼれたところをアンディが拾ったが、手渡そうとして無視された。ブロンウェンは数メートル先の歩道のある一点を見つめている。

「なに？　どうしたの？」

「レスターが用を終えたか見てくる」ブロンウェンはテーブルから飛び降り、店内に戻っていった。

ブロンウェンはなにかを感じたのか？　なんらかの気配を？　アンディは大体の見当をつけて、ブロンウェンが見つめていた先に立ってみた。そこにはなにもなかった。つまり、それはブロンウェンがなんらかの精神的な問題を抱えていることを意味するのかもしれないが、それでも彼女はヴァーモントへの道のりの大半を運転してくれたところだ。「きみが本当にいるとは思えないけど、もしも本当なら、どこかに行って、ブロンウェンを悩ますのをやめてくれないかな。彼女はいい人だ。幽霊にとりつかれるなんて間違ってる」

そう言うのが、アンディにできるせめてものことに思えた。状況を確認しに店内に入ると、ブロンウェンはボックス席に座って、両腕に顔を押し当てて、レスターに背中をさすられていた。アンディは冷たい水をもらってきた。

やがてブロンウェンが顔を上げ、水を一口飲んだ。「ごめん」

「気にしないで」とアンディ。「でも、そろそろ出発しよう。ハンナの呼んだ車が来る前に、到着したいんだ。あまりぎりぎりになりたくなくて」

「おい、おまえ」レスターが言った。「ちょっと待ってやれよ」レスターは本当に、アンディにいらだっているようだった。これは彼がブロンウェンを信じているということだろうか？　幽霊がいるってことを？

「うん、もちろんだよ」アンディがトイレに行き、用を足し、ふたたび出てきたとき、レスターとブロンウェンは席にいなかった。車にもいなかった。そこでようやく、家族用トイレにいるにちがいないとアンディは気づいた。なぜなら、マクドナルドの店内には他に誰もおらず、家族用トイレに鍵がかかっているからだ。二人が出てくるまでにさらに二十分あまりかかった。どうやら幽霊は待ちくたびれ、立ち去ったようだ。車に戻ってきたブロンウェンがすごく元気になったように見えた。ついでに言うと、レスターも。

その直後、アンディの携帯は圏外になったが、これはたぶん幸運だったのだろう。なにしろ、残りの道のりをブロンウェンが制限速度を少なくとも十五キロは超過して運転したにもかかわらず、ハンナから教えられていた住所にたどり着いたのはゆうに五時をすぎていたのだから。

ハンナが留守番の仕事をしていた場所は、二車線の幹線道路という、アンディたちがこの二時間進んできたような道路を脇にそれたところにあった。未舗装の道の両側には石の台座があったが、その上にはなにも載っていない。木がたくさん生えている。アンディは木についてよく知らなかった。もっと数が少なかったら、気にしなかっただろう。十キロほど行った先にハンナの指示にあったとおり最初の脇道があり、このまま進めばサンドイッチとガソリンが買える店に着く。つまり、行きすぎになる。しかし、ハンナの指示は明確だったので、一度も道に迷わなかった。それにもかかわらず、アンディたちは遅刻し、ハンナはとっくにいなくなっていた。

木が多すぎて脇道の入り口からはなにも見えなかった。白砂利《じゃり》の小道に木々がアーチ状の屋根と壁を作っていて、トンネルに入るようだった。やがて開けた小さな場所に家が忽然《こつぜん》と現れた。絵のように美しく、幅広い灰色の板石でできた石段が三段あって、そこを上がると二本の白い柱に挟まれた緑色のドアがあり、頭上には尖《とが》った切妻屋根があった。家そのものは明るい黄色の二階建てで、たくさんの窓がある。家の向こう側には、さらに多くの木々が生えている。

「いいところ。明るい感じで」ブロンウェンが言った。

アンディの携帯はまだ圏外のままだった。これからの展開について、アンディにはいくつかの可能性があるように思えた。ひとつには、ハンナのウーバータクシーが遅れてまだ来ておらず、家の緑色のドアが開き、ハンナが出てくるというものだ。もうひとつの可能性としては、すべてが迷惑極まりないいたずらで、ドアが開いて見知らぬ人間がそこに立っているというものだ。ところが、実際に起きたのは、アンディが車を降りて階段を上がると、ドアにメモが貼ってあるのを見つけることだった。〈**もう待てない！　空港から電話する！　指示は全部書いて、カウンターに置いてある！　それに従って！！！！！**〉

アンディはためしにドアに触れた。鍵はかかっていなかった。ブロンウェンとレスターは車を降り、トランクから荷物を降ろしはじめた。

「すれちがいになったのね。三十分ぐらい？」

アンディが言った。「しばらく待っててくれたんだろうな」

「予想よりも決まって長くかかるものよね」ブロンウェンが言った。アンディには的を射た言葉に思えたが、それが全貌を表しているとも思えなかった。

レスターが言った。「さあ、行こう。アンディの荷物を家に運びこんで、出発しようぜ。予約したキャンプ場の近くにメープルビールを作ってる製糖所があるんだけど、今日は火曜日だから六時半に閉まるんだ」

「それか、ここに泊まってもいいよ。ベッドで寝られるのに、どうしてキャンプなんてするの？」とアンディ。

「あら、アンディ」とブロンウェンが言った。「優しいのね。でも、この旅の本当の目的はキャンプなの。ベッドなんていつでも寝られるんだから」

「たしかに。わかったよ。行く前にちょっと中を見てく？　トイレ使う？」

「ほらよ」レスターはアンディのリュックサックを渡すと、ジム用バッグと残りの荷物を取りに車に戻った。彼の身振りからは、アンディが彼との同居にうんざりしているように、レスターもアンディとの生活にうんざりしていることが透けて見えた。

ブロンウェンとアンディはポーチに残った。ドアの向こうに見えるのは開放的なリビングルームで、灰色の石を積みあげた暖炉と煙突を家具が囲むようにしている。夏だというのに、暖炉の脇には薪が積まれている。少し古びてはいるが、快適そうな雰囲気だ。中に入らない理由はなにもない。

「せめて水を一杯飲んでいったら？」とアンディ。

「ううん」ブロンウェンはきっぱりと断った。「私は大丈夫」

「どういうこと？　なにか嫌な感じがする？　幽霊でも出る？」アンディは冗談を言った。ある意味、冗談ではなかった。

「ううん。嫌な感じは全然ない。ほんとよ。ただ、中に入りたいとは思わない。それだけ」

「ああ」アンディは彼女の言葉をおおむね信じた……と思った。「そうか、よかった」とはいえ、全体としては、超自然現象の権威だと知る前のほうが、ブロンウェンが好きだった。お礼のグミは自分用に取っておこう。

「これで全部だ！　楽しめよ、相棒。論文頑張れよ。三週間後にまた会おう」レスターが言った。

「了解。地面で寝るのを楽しんで。じゃあ」アンディは答えた。

二人はブロンウェンの車に戻り、レスターがハンドルを握って車をUターンさせると、木々の中に消えていった。下枝が車のルーフをかすめるのが見えた。フィラデルフィアよりも涼しいのは、さほど意外ではない。涼しさは木々のところに、それぞれの葉の下にある小さなポケットに溜《た》まっているのだろう。風はなかったが、木の葉は静止していない。葉むらはたわみ、緑から銀へ、そして黒へと、震える滝のように変化した。まるで巨大すぎて全体が見えないなんらかの生き物がしゃがんでいて、その鱗《うろこ》に覆われた脇腹をアンディが目撃したかのようだ。

アンディはトートバッグを手に取り、家の中に入った。とてもきれいな家で、歓迎してくれている雰囲気だった。ハンナが彼のことを思い出して声をかけてくれたのは幸運だった。キッチンのシンク脇に、指示の書かれたメモパッドが残されていた。

ここではネットワーク接続しない限り、携帯の電波は入らない。一階は接続状態良好。二階はあまり良くない。ネットワークはすぐにわかるはず。《スキンダーのヴェール》というネットワーク名。パスワードはなし。接続して、私にメッセージを送って。そしたら、あなたが到着したとわかるから。そうしてくれないと、私は引き返して戻ってこなきゃいけなくなる。

どれでも好きな寝室で寝て。二階奥の左側の寝室には、一番寝心地がいいベッドがある。一番大きいベッドだしね。二階のバスルームはちょっと厄介。シャワーを浴びる前にトイレの水を流さないこと。

金曜日に食料品の配達があることを忘れないで。ドライバーは午前十時頃にやってきて、玄関ポーチに全部置いていく。もしなにか追加したいものがあれば、配達品リストと必要な情報すべてが冷蔵庫に貼ってある。

嵐が来たらきっと停電になるけど、発電機がある。発電中には十二時間ごとに給油する必要がある。場所はキッチンの裏にある小さな小屋の中。インターネットは遅いけどたいてい使える。

戸棚の中にあるものはなんでも好きに使って。洗濯室は二階のバスルームの隣。

この家はスキンダーのもの。それが彼のファーストネームなのかラストネームなのかは知らない。かなりの変わり者だけど、この仕事は割がいいから気にしないで。スキンダーはこの家の留守番にルールを二つだけ設けているんだけど、すごく真剣に守って。十戒の石板を持って山を降りてくるときのモーセ並みの真剣さで。あれやこれや全部を説明するのは顔を見ながらのほうがずっと簡単だったはずなんだけど、あなたはすでにそれを台無しにしてしまったから、以下にしっかりと力説させて。**ルールは二つ。破らないで。**

ルールその一！　重要！　もしもスキンダーの友人が現れたら、何時であっても中に入れること。それが誰であろうと、なんであろうと。世話を焼かなきゃと心配する必要はなし。ただ中に入れて、好きにさせて、帰るとなったときに帰して。変な人もいるかもしれないけど、無害だから。実際、かなりいい感じの人もいる。あなたが仲良くしたくて、相手もそうなら、仲良くして。仲良くしなくても大丈夫。完全にあなたの自由！　博士論文を仕上げなきゃいけないのよね？　とにかく、誰もやってこない可能性だってある。スキンダーの友達が大勢来る夏もあれば、まったく誰にも会わない夏もある。今年は今のところ誰も来ていない。

ルールその二！　さらに重要！！！　スキンダー本人が現れるかも。もし現れたら、**中に入れないこと。これは本人が決めたルール**。なぜか？　私にはわからないけど、私に留守番代を払っている間、スキンダーは自宅に入れない。彼がなにを言おうが、家に入ることは許されない。これがどれだけ奇妙に聞こえるかはわかる。でも、運が良ければ、このことは問題にならず、スキンダーに一切会うことはない。もしも会ったときには、ただ家に入れなければいいだけ。それだけのこと。

アンディくん。ここは私にとって世界で一番好きな場所で、これは世界で一番楽な仕事だから、ダメにしないほうが身のためよ。もしもあなたがダメにしようかなと思いはじめたときは、同時に、私があなたを一センチずつ切り刻みながら殺すつもりだということも考えてね。

愛をこめて、ハンナ

追伸　夜、外を見て地面から霧が湧いていたとしても、パニックにならないで！　このあたりには天然の泉がたくさんあって、敷地内に地下水がたっぷりある。霧は自然現象。これはスキンダーのヴェールと呼ばれていて、スキンダーの一族がとても長い間所有してきたこの家の名前にもなっている。それから、ここの水は井戸水を引いてる。湧き水だから変な味がするけど、体にいいらしい。こう聞いているよ、「内なる目を開く」って。まあ、要するに、無料ドラッグってこと！　味が気に入らなかったときのためにペットボトルの水もたくさんあるけど、私はいつも蛇口の水を飲んでる。

追追伸　真面目な話、スキンダーが現れたら、なにを言われても家に入れちゃだめだからね。

アンディはメモをポケットにしまい、「考えることがたくさんある」と声に出して言った。これは学部生時代に、ある授業補佐の院生が授業の終わりに決まって口にした言葉だ。独特な抑揚があって、その学期中ハンナとアンディの大笑いの種になったものだ。しょっちゅうその言葉を言い合っていた。ハンナの博士論文の仮題にもなった。アンディはその授業補佐の名前さえ憶えていないが。

携帯でネットワークを見つけ、電波の表示が戻るまで待った。すると、ハンナからのメッセージが次々と入ってきた。次第に文面が取り乱し、やがて素っ気なくなる。留守電は三件。玄関に置いた荷物のところに戻り、リュックの中を漁ってグミの袋を見つけた。一つ食べてから、ハンナにメッセージを返した。〈着いたよ！　ぎりぎりすれちがったみたいだ。本当に、ごめん。時間ができたら電話して。いくつか質問がある〉

ハンナからの電話を待つ間、新しい生活環境を調べた。キッチンとリビングルームはすでに見た。開放的なリビングルームの片側には農家風のテーブルがあり、その正面の大きな窓からは苔《こけ》で覆われた石畳の小さな中庭が見下ろせる。外で座りたい人のためにガーデンチェアもあるが、座りたいかどうかアンディにはわからない。なにもかもがやけに緑色だ。苔むした石畳、ガーデンチェア、沈下してシダが生い茂った地面、そしてすべてに迫って取り囲んでいる木々、木々、木々。アンディは東海岸という、いたるところに木が生えている光景に慣れるのに時間がかかったが、ここは桁ちがいだ。ここには木と、この家、そして木々の間に棲《す》むものしかいない。

小道もあって、あの林の中につづいている。もしかしたら、どこか面白い場所につづいているのかもしれない。いや、木がさらにあるだけかもしれない。

暖炉の向かいの壁には薄型テレビがあった。屋根には衛星放送のアンテナ。これは期待できそうだ。フィラデルフィアのアパートにはテレビがない。本棚には小さな松ぼっくりが入った青い陶器の鉢と、ごく普通のなんの変哲もない花崗岩《かこうがん》の欠片《かけら》、ペーパーバックが何冊かあった。スティーヴン・キングとマイクル・コナリーが大半だった。家族の写真はなく、感傷的なものもなく、ここに住んでいる者の人となりを示すようなものもない。

アンディは自分のプリンターと研究資料をテーブルに置いた。それから、衣類一式と洗面用具を二階に運んだ。寝室は四つ。家の正面側にある二つは小さめで、ベッドカバーとカーテンが明るい花柄の生地でできている。一方の寝室は赤と白で、もう一方は緑と青だ。緑と青の寝室には素人くさい絵があり、二本足で川べりに立つなんらかの生き物が描かれている。ということは、これは熊かな？　二本足で立つ動物は他にもいるだろうか？　でも、よく考えてみると、熊に長くて豊かな尻尾はないはずでは？　ないぞ、とアンディは思った。赤と白の寝室には、絵画の代わりに額装されたクロスステッチが飾られていて、**西に東に旅しても、わが家が一頭《ビースト》**（一番／ベストのもじり）という変な言葉が刺繍《ししゅう》されている。あとでググらなくては。

各寝室のベッドの上には可憐《かれん》なベルが二つ、天井の回り縁のすぐ下に取り付けられている。ベルの吊《つ》り輪から伸びる針金が、壁に開けられた小さな穴の奥へ消えている。いわゆる、使用人のベルだったかな？　ただ設置場所があべこべじゃないだろうか？　本来、ベルは一階にあって、それを寝室から紐《ひも》を引いて鳴らすのでは？

「考えることがたくさんある！」アンディはそう言うと、残りの寝室二つを見に行った。正面側の寝室よりも広く、天井はベッドのヘッドボードに向かって傾斜している。ここにもベルはあるが、絵はなく、どことなく悪魔的なクロスステッチもない。アンディはハンナおすすめの左側の寝室を使うことにした。ベッドはむき出しだったが、シーツは乾燥機の中にあった。

アンディは夕食にグリルドチーズ・サンドイッチを作り、タッパーに入っていたもの――パスタサラダだった――を食べた。冷蔵庫には白ワインのハーフボトルがあった。ワインを飲み干すと、蛇口の水を飲んでみることにした。少しカビ臭いが、ハイになれるかもと思っていると、ハンナがようやく電話をかけてきた。

「やっと着いたのね」

「パスタサラダをもらってるところだよ。レーズンは残すかも」

「ママのレシピ。成長期に食べた料理って、心を癒してくれるのよね」

「僕の場合はグリルドチーズ・サンドイッチだな。それも、スイスチーズに限る」

二人はしばらく黙りこんだ。ようやくアンディが口を開く。「遅刻して、顔を合わせられなくてごめん」

「気にしないで。とにかく来てくれたじゃないの。現れないいんじゃないかと思いはじめたところだった。それで、ご感想は?」

「セーターを何枚か持ってくるべきだったかな」とアンディ。「それで、あのルールはどういうこと? 誰でも家に入れるのに、家の正当な所有者であるスキンダーだけは入れないってこと?」

「まさしくそう」

「じゃあ、それ以外の誰でも、訪ねてきたら入れてあげるわけ? それなら、もし間違ってスキンダーを入れてしまったら? 会ったこともないからなあ」

「ああ、もう、やだ」ハンナが言った。「面倒ね。会って直接説明できたら、もっと簡単だったたんだけど。いい？　スキンダーの友達は裏口に現れる。キッチンのドアのほう。だから、誰かが現れてキッチンのドアをノックしたら、中に入れてあげて。玄関ドアをノックするのはスキンダーだけ。簡単でしょ。玄関ドアをノックする人は、誰ひとり中に入れちゃいけない」

「彼は鍵を持っていないの？　自分の家なのに」

「わかるよ。怪しい話よね。気楽にとらえるために、ゲームだと考えてみて。ボードゲームの『カタン』みたいなもの。それか、昔校庭でやった『レッドローバー』！　なんでもいいよ。ルールがあって、全員がそれに従わなきゃならない。そう考えれば、あなたはただルールどおりに行動するでしょ、それで大丈夫」

「わかった。でも、もしも僕がしくじって、スキンダーを中に入れたらどうなる？」

「わからない」ハンナは言った。「私が夏の仕事を失くすのかな？　ねえ、こっちは契約書だのいろいろとサインしたの。お給料だって返さなきゃいけなくなるし、そうなると私が渡したお金をあなたは返さなきゃいけなくなる。とにかく、中に入れなきゃいいの。わかる？　彼が現れたらの話だけど、たぶん現れない。私はこの仕事をしばらくやってるけど、彼が姿を見せたのは三回。最初の夏に一回、おととしの夏には二回。玄関ドアをノックされても、あなたは彼を中に入れない。私は彼を中に入れなかった。入れてくれと言われたけど、私が入れなかったら、去っていった。二度目にやってきたときはとくに、ちょっと奇妙だったけど大丈夫だった。あなたなら大丈夫。とにかく、スキンダーを入れないってだけ」

「了解」アンディは言った。「それで、どんな見た目なの？」

「スキンダーが？　うーん、参ったわね。一目見たら彼だとわかる。妙な話だと思われるだろうから説明するつもりもないけど、とにかく見たらわかる。ただただわかるの。一つだけ言うと、スキンダーはいつも犬を連れてる。小さな黒犬。だからその犬がいたら、スキンダーってこと」

「犬を連れてなかったら？　犬が死んでたら？　去年はスキンダーが現れなかったんだろ。犬は死んだかもしれない」

「そこは気にしなくていい。見た目を知らなくても、スキンダーだってわかる。玄関にしか来ないんだから。玄関から誰も入れないようにすれば問題なし。たとえ私であっても！　もし私が正面玄関に現れたら、裏口に回るように言ってね」

「正面玄関からは誰も入れない」とアンディは言った。カビ臭い水をもう一口飲んだ。もしかしたらこの味を好きになれるかも。「でも、もし裏口をノックされたら、誰でも中に入れなきゃいけないんだよね？」

「そうよ」ハンナは言った。

「本当に理解できない話だよ。なにかに巻きこまれてしまった気分だ。ほら、単純な留守番だと思ってたんだ。昨日の電話では、他のことはなにも言ってなかっただろ」

「そうね。全部打ち明けたら、あなたはきっと私が差し出している絶好のチャンスを見送るって思ったの。それに姉さんのところに行くために、本当に、本当にあなたに来てもらいたかった」

「じゃあ、これは絶対にいたずらじゃないんだね」

「こっちは九百ドル払って、あなたを田舎の静かな家に滞在させて、博士論文をようやく終えられるようにしてあげてるのよ。これがいたずらに思える?」

「考えることがたくさんある」

「考えることがたくさんだって、クソ野郎」ハンナは言った。「一日二日したら電話するね。もう飛行機に乗らなきゃ」

「道中の無事を祈る」アンディはそう言ったが、ハンナはすでに電話を切っていた。

冷蔵庫の奥に高級IPAビールの六本パックがあり、シンクの横のカウンターにはツイストキャンディーの大瓶があった。キャンディー二本とビール一本をリビングルームに運び、農家風テーブルの前に座った。ノートパソコンの電源を入れ、ハンナやルール、この家の家主のことはいったん棚上げする。ブロンウェンのことも、彼女がつきまとわれていると言っている存在のことも、棚上げする。ブロンウェンがなにを感じ、なにを思ったにせよ、それは現実ではない。誰にもなにもとりついていない。アンディはなにも感じなかった。もしもなにかがいたとしても、まあ、とにかくここにはいないよね?　それはブロンウェンの幽霊であって、アンディの幽霊ではない。だから、ブロンウェンがどこに行こうとつきまとい、レスターがいなくなる瞬間を待っているのだ。

アンディは一時間、さまざまな研究における罰則付きスプラインを比較しながら作業を進め、やがてマリファナ入り食品が効いてきた。あるいは、湧き水が彼のスプラインと、思考と、その日の奇天烈さのすべてを落ち着かせてくれたのかもしれない。テレビを観て、九時に二階のベッドに入った。夜通しぐっすりと眠り、ブラインドを閉め忘れたせいで目を覚ました。窓から陽光が差しこみ、部屋中が縁起のいい黄金色に染まっていた。

　それからの二日間は、論文に手をつけなかった。それでも、毎日、朝食後には論文に取り組もう、昼食後には、夕食前には、と自分に言い聞かせた。作業する代わりに、アンディは昼寝をし、マリファナをやり、マインクラフトをプレイし、筋トレの日課をこなした。夕食後は古いSF映画を観た。寝るときもテレビはつけっ放しだった。寂しかったわけではない。本当の意味でひとりでいるのに慣れていなかった。三日目の夜、寝室の窓から外を見ると、木々の下の地面から霧の糸が湧きあがっていた。見つめるうちに、霧の糸は青白い円柱を織り成し、やがて物憂げで均一な雲となり、中庭を隠した。ガーデンチェアは小さくなって背もたれと肘掛けだけになって白の中に浮かんでいた。アンディは家の正面側にある赤と白の寝室へ行き、すでに私道が消えているのを目にした。もしもハンナからこの現象のことを教わっていなかったら、アンディは不気味に感じただろう。しかし、それは完全に自然なことだった。不気味だが自然だ。自然で、しかもとても美しい。携帯できれいな写真を撮ろうとしたが、うまくいかなかった。家を出て外で撮影すれば、もっといい写真が撮れるにちがいないが、このアイデアは思い浮かんですぐに却下された。自然現象であろうとなかろうと、スキンダーのヴェールと呼ばれるものに膝まで浸《つ》かるような真似はしたくない。

　そこで、その代わりにベッドに入り、二時間眠ったところで目が覚めた。頭の上のベルの一つがリン、リン、リン、と鳴っている。

　玄関には誰もいなかった。テレビがついていたので消した。ベルがまだ鳴っていたので、キッチンに行き、電気をつけた。裏口に女性が立ち、中をのぞいている。この人がベルを鳴らしたにちがいない。アンディは良識に反して、ハンナに言われたルールどおり、ドアを解錠して女性を中に入れた。

「ああ、よかった」女性はそう言いながらキッチンに入った。「起こしちゃった？　ごめんなさい」

「いや」アンディは言った。「大丈夫。僕はアンディ。ここで留守番をしているんだ。ていうか、友達のハンナが留守番をしていたけど、家族に緊急事態があって、僕が今、代わりにやってる」

「私はローズ・ホワイト」訪問者は言った。「よろしくね、アンディ」ローズは冷蔵庫を開け、ビールを二本取り出した。一本をアンディに渡してからリビングルームに向かい、インド更紗《さらさ》のソファのひとつに腰を下ろし、革の旅行かばんを床に置いて、泥だらけのブーツごと両足をコーヒーテーブルにどさりと載せた。

ローズはアンディよりほんの少し年上といった程度だろう。髪は長めのくすんだ金髪で、数日間ヘアブラシを使っていないように見える。もしかしたらバックパッカーとして旅をしてきたのかもしれない。とにかく、それでも非常に魅力的だ。

「一緒に飲みましょう」ローズが微笑《ほほえ》みながら言った。前歯の一本が歪《ゆが》んでいる。「そのあとはベッドに戻っていいから」

アンディはビールの栓を抜き、暖炉に向いた肘掛椅子に座った。客人に付き合う必要はないとハンナのメモにはあったが、とはいえ失礼になるのも嫌だった。「霧が晴れたね」

「ヴェールのこと？　たいていそうなる」ローズ・ホワイトが言った。「あの中に出ていくのはおすすめしない。すぐに迷子になるから。いつの間にかスキンダーの家の玄関前にちゃんと着いて驚いたわ。まったく別の方向に歩いてると思ってた」

「近くに住んでるの？」アンディが言った。こんなに夜遅くに外にいた理由を訊くのは失礼だと思ったからだ。「ハンナは毎年夏にここに泊まりに来てる子なんだけど、もしかしたら、会ったことある？」

「ふぅ、厄介な質問ね！　実際のところ、ここ何年かは来てなかったの。うーんとね、前回会った留守番はアルマ。それか、アルバね。でも、ここはそれほど変わってないみたい。スキンダーは変化をあまり好まないから」

「実は、スキンダーのことをあんまり知らなくて」アンディは言った。「いや、まるっきりだな」

「複雑な人よ」ローズ・ホワイトが言った。「ルールのことは知ってるでしょ」

「まあ、たぶん。もしも家にやってきたら、中に入れないことになってる。どういうわけだかね。どんな見た目かはよく知らないけど、正面玄関に来る。それでスキンダーだとわかる。でも、裏口に人が来たら、誰だろうと中に入れることになってる」

「とりあえずそれで大丈夫」ローズ・ホワイトは言った。ブーツの紐をほどきはじめた。「ビール、飲まないの？」

アンディはビールを下に置いた。「用がないようなら、ベッドに戻らせてもらおうかな。明日は早起きして、作業を進めようと思うんだ。実は、ここにいる間に博士論文に取り組むつもりで」

「学者なのね！」ローズ・ホワイトは言った。「物音一つ立てないようにするわ。ビールは置いていって。代わりに飲んであげる」

実際のところ、物音一つ立てないどころの騒ぎではなかった。アンディはベッドに横たわりながら、ローズがキッチンでガタガタと音を立て、ばたばたと動きまわり、やかんでお湯を沸かし、いろいろなフライパンを引っ張り出すのを聞いていた。焼けたベーコンの匂いが、閉じたドアの下から美味《おい》しそうな煙として流れこんでくる。ノイズキャンセリング・ヘッドホンがあれば、とアンディは思った。しかし、ヘッドホンはテーブルの上、ノートパソコンの横にあり、アンディは階下に取りに行く気になれなかった。

アンディは思った。**明日こそ、客がいるいないにかかわらず、作業をちゃんと進めよう。さもないと、時間はすべてただ流れ去り、最終的になにも達成できなくなる。**

アンディはいつの間にか、ローズ・ホワイトが階段を上がってくる音を聞くとはなしに聞いていた。ローズがようやく二階に上がってきたのは、おそらく午前三時をすぎた頃だった。ローズはアンディの寝室の隣のバスルームに入り、長いシャワーを浴びた。どの部屋を選ぶつもりなんだろうとアンディは思っていたが、結局、ローズはアンディの寝室のドアを開けた。ローズは明かりを点《つ》けず、なんとアンディのベッドに入ってきた。

寝返りを打つと、部屋には十分な月明かりが入っていたので、こちらを見返すローズ・ホワイトが見えた。シャワー後に服を着なおすのが面倒だったようだ。「ガールフレンドはいるの?」

「今はいない」

「女性とセックスするのは好き?」

「うん」

「じゃあ、これが最後の質問。私とセックスしたい？　ややこしいことはなし。ただのお楽しみ」

「うん」とアンディは答えた。「もちろん、是非。でも、コンドーム持ってない」

「私はなくてもかまわないけど。あなたは？」

僕はかまう、少し。統計の成り立ちをよくわかっているがゆえの問題だった。「全然気にしない」とアンディは言った。

けれども、事が済んだあと、アンディはどうするのがエチケットなのかよくわからなかった。もう少し親しくなろうとするべきか？　ローズがこの家にどれだけ滞在するつもりなのかさえ、アンディは知らない。寝入ってしまえば楽だろうが、それは無理そうだ。寝たふりをすることに決めた。

「疲れてない？」ローズ・ホワイトが訊いてきた。

「ごめん。考えることがたくさんあって。一階に行って、少しテレビを観ようかな」

「ここにいて。お話を聞かせてあげる」

「お話」とアンディは言った。こっちは子供じゃない。その一方、ベッドには出会ったばかりの女性がいて、セックスをしたばかりで、今、お話を聞かせてあげると言っている。受け入れるのもいいかもしれない。なんにせよ悪いことじゃないし、あとになって面白い話のタネになるだろう。

「いいね。お話をして」

ローズ・ホワイトは首まで上掛けを引っ張りあげた。仰向けに寝そべっているので、天井に浮かんでいる誰かに向かってお話を聞かせてあげているような印象を与えた。奇妙なほど形式張った感じだ。アンディはまるで講義室に戻って、教授の一人の話を聞いているかのような心持ちになった。ローズは言った。「昔々、そのまた昔のこと、本を書いて身を立てている女がいました。自分自身がつつましやかな生活をするだけでなく、一緒に住んで秘書をしてくれている妹も養えるだけのものを作家は稼いでいました。作家は小説を手書きしていました。その原稿を最初に妹が読み、それから修正作業のために作家である姉に戻しました。この妹というのが空想家でありながら感情表現の手段をほとんど持たないため、原稿の中で非常に気に入った部分に特異な方法でしるしをつけました。指に針を刺して、血でその部分にしるしをつけ、どれだけ感動したかを示すのです。しゃれた言いまわしの上に小さな染み、小さな汚れ。妹が原稿を返すと、作家は妹が気に入った行や場面を残しながら推敲をおこない、そして妹がすべてをきちんとタイプし、作家の代理人に送りました。

その作家の作品は特定の読者には人気がありましたが、批評家にはほとんど評価されませんでした。作家はこのことを気にしませんでした。自分の本の価値は、生計を立てられるペースで簡単に制作できるところにあるし、日々の暮らしがつらい人たちを楽しませるという第二の目的にもかなうのだから、と妹によく言っていました。だけど、自分の中には美しさと力に満ちた本があって、読んだ人を永遠に変えてしまうその本をいつの日か自分は書くつもりだ、とも作家は言っていました。なぜ今すぐに書かないのかと妹が尋ねると、そのような本には今以上の時間や思考力、労力が必要だからと作家は答えました。

しかしながら、時が経《た》つにつれて、この作家の本の人気は衰えてきました。もたらされる小切手の額が減り、姉妹の生活は少しずつ快適さを失ってゆきました。作家はついに、あの例の本に取り組もうと決心しました。丸一年と二度目の冬が来るまで執筆にかかりきりになり、ほとんど眠らず、ろくに食べず、具合が悪くなっていきます。夜に作業している最中、姉がうめいたり、せきこんだりするのを妹は耳にしました。やがてある朝、まだ夜も明けきらぬうちに作家が妹を起こして言いました。『とうとう書きあげたわ。さあ、私は休まなくては』

妹はローブを羽織り、火を熾《おこ》してすぐさま原稿を読もうと座りました。ポケットには針を忍ばせてあります。そして、最初の一行目を読むやいなや、妹は針を取り出して指を刺し、しるしをつけました。二番目の文にも血でしるしをつけました。こんな調子で読んでいくうち、とうとう妹は台所に行き、皮むき用ナイフを取ってこなければならなくなりました。まずは手のひらを切り、それから腕を切り、読みながら妹の血がすべての行、すべてのページにつけられました。語り口と登場人物と作家の言葉づかいには、それだけの力と美しさが備わっていたのです。

幾日もすぎた頃、作家とその妹の友人たちは、姉妹からしばらく音沙汰がないことが心配になりました。家に無理やり入った友人たちは、椅子に座っている血が抜けきった妹と、その膝の上で血によってページがすべて貼りついた原稿を見つけました。作家の死体もベッドで見つかりました。作家は過労と睡眠不足のためにかかった熱病で亡くなっていました。書いていた本については、一字たりとも読むのは不可能でした」

「とても面白かった」アンディは言った。話が始まったときとおなじぐらい目が冴《さ》えていた。おそらくそれ以上だった。一分もしないうちにアンディはそう言って、着替え、一階に降りることだろう。「ありがとう」

「どういたしまして。さあ、眠りなさい」ローズ・ホワイトは言った。

目覚めたときに、アンディは一階のテーブルについていて、頭の横にはノートパソコンがあった。ローズ・ホワイトはソファに座っていた。「火を熾しておいたわ。あなたが風邪を引きそうで。ヴァーモントの天気は、夏でもそれ以外でも、予測不可能なの」

ローズが火を熾したのは、僕が全裸だからだ、とアンディは気づいた。肩は痛み、尻は籐製《とうせい》の座面に非衛生的にくっついていた。「今、何時？　ここにどれぐらいいたのかな？」

「私が目覚めたときには、あなたはもういなかった。今朝、一階に降りてきたとき、ここであなたを見つけた。今は正午すぎよ」

「夢遊歩行したんだな」とアンディは言った。ノートパソコンは開いていて、ディスプレイを明るくすると、質問が表示された。〈変更を保存しますか？〉

「服を着なさい」ローズ・ホワイトが言った。「サンドイッチを作ってあげる。それからまた作業に戻ればいいじゃない」

アンディは服を着て、食事をしながら前夜に自分が書いたものに目を通した。粗削りではあったが、修正していけばしっかりした土台になってくれそうだ。それに、なんといっても、前夜にはなかった四千語だ。一日の作業量としては十分なように思われる。そこでローズ・ホワイトの提案で、二人は午後いっぱいベッドですごし、夜には施錠されたバーキャビネットから調達したバーボンを飲んだ。ローズ・ホワイトは鍵のありかを心得ていた。

つづく数日は昼も夜も愉快にすごした。アンディは午後になると長々と睡眠をむさぼった。秘蔵のマリファナをローズ・ホワイトと分け合った。交代で料理をして、皿をひたすら積みあげていった。ローズ・ホワイトはアンディの人生にほとんど関心を持たず、自分自身について説明することにも一切関心がなかった。セックスのあと、奇妙な話を楽しそうに語ってくれるものの、少なくともほとんどの話は非常に短かった。いくつかの話は、そもそもお話とは思えない代物だった。たとえばこんな話だ。「昔、あるところに莫大《ばくだい》な財産を所有する男がいましたが、結婚願望がありませんでした。いろいろあったすえに、財務顧問に散々せっつかれて、この大富豪は町へ出かけて最初に出会った適切な相手と結婚すると約束しました。こうして大富豪は婚約者とともに帰宅したわけですが、友人や顧問たちは大富豪が亀と婚約したことを知り、仰天しました。それでも、大金の見返りに結婚式を喜んで取り仕切ってくれる神父を見つけました。大富豪と亀は数年間一緒に暮らし、その後、大富豪は亡くなりました。最終的に、遠い親戚が財産を相続することになり、豪華な新居での最初の夜、親戚の男は亀を殺して、甲羅を器にしたスープにしました。でも、これは決して、私が知っている結婚にまつわる話のうちで、最悪のものではありません」

別の話はこう始まる。「昔々、あるところにまだ年若い女がいて、ある日のこと家に帰ると、台所で死神が待っているのを見つけ、ぎょっとしました。『メアリー・エレン』と死神が呼びかけると、すぐさま女は言い返しました。『あら、人ちがいよ。私はアンナ・ルイーズ。双子の姉をお探しなんでしょうけど、ひどい喧嘩をして、姉は昨夜出ていってしまい、いつ帰ってくるかわからないの』女がこの言葉をあまりに自信たっぷりに言ったので、死神は自分の間違いを詫びて立ち去りました。それから一か月間、死神は何度か戻ってきましたが、メアリー・エレンはそのたびに、自分はアンナ・ルイーズであり、またもや双子の姉に会いそこねたと死神に信じこませました。挙げ句の果てに、姉のメアリー・エレンはシカゴに本社を置くコンサルティング会社で海外出張の多い仕事に就いたのだ、と死神に話しました。それ以降、長い間、メアリーは死神に悩まされることはなかったのですが、ある日、南フランスでのワインの試飲ツアーに参加している最中、小さな町の市場で死神がこちらに近づいてくるのを目にしました。メアリーが口を開く前に、死神は言いました。『メアリー・エレン！　やっと会えたな！　でも今日は、おまえの妹、アンナ・ルイーズに会いたくてね。どこに行けば会えるか教えてくれないか？』その瞬間、メアリー・エレンは非常に強烈な違和感に襲われ、自分の体が真っ二つに裂けた気がしました。半分はメアリー・エレンのまま、もう半分は架空の妹、逃げ足の速いアンナ・ルイーズになったのです。『もう何年も話していないわ』とメアリー・エレンは死神に言い、死神はこの答えに満足して去りました。そして実際、メアリー・エレンである半分とアンナ・ルイーズである半分はその日以来、口をきくことはなく、死神はどちらかに出会うたびに、いつも丁寧にもう一方の近況を尋ねるのです」

また別の話はこう始まる。「昔々、あるところにブラッドソーセージとレバーソーセージがいて、ブラッドソーセージがレバーソーセージを夕食に招きました」ローズ・ホワイトのお話はどれひとつとして明るいものがなかった。どの物語でもおしまいに誰かが悲惨な目に遭うのに、そこに教訓はない。それでも、毎回、ローズが話を終えて、「さあ、眠りなさい」と言うと、アンディはすぐさま眠りに落ちた。しかも、毎朝目覚めるたびに、自分が夢うつつの状態でどんどん論文を書き進めていることに気づくのだ。とはいえ、これが二度起きて以降は、ノートパソコンやノートを赤と白の寝室にある化粧テーブルの上に移動させた。

食料品は指定日にポーチに置かれ、博士論文は進み、暖かくなる午後にはアンディが筋トレをしている間、ローズ・ホワイトはトップレスで中庭に出て日光浴をした。ハンナが電話をかけてきて状況報告をし、姪たちが砂糖入りシリアルとモッツァレラスティックしか食べてくれないと愚痴をこぼした。姉のほうは階段の昇り降りができず、トイレに座るときも立つときもハンナの助けがいるため、ダイニングルームに置いたエアマットレスの上に寝ているらしい。

「こちらは万事順調だよ」とアンディは言った。

「来客は？」ハンナが訊いた。

「来たよ。ローズ・ホワイトっていう女の人。いつまでいるのかわからないけど」

「会ったことない。どんな感じ？」

「いい人だよ」アンディは細かいことに触れたくなかった。「論文にとても集中しているんだ。一緒にすごしたりとかしてない。でも、彼女が料理してくれることもある」

「それなら、いたって普通ね。よかった。時々、ちょっと変わった人が来ることがあるから」

「どういうこと？」

「うーん、なんて言うのかな。中にはちょっと変な人がいるの。さて、私は小さな怪獣ちゃんたちのためにランチを作りに行く。なにかあったら電話して。私からもまた連絡する。いつ戻れるかわかったら、すぐに知らせる」

「慌てなくていいよ」アンディはそう言いながら窓の外をのぞき、ビーチタオルの上でバラ色に輝いているローズ・ホワイトを眺めた。たしかに素晴らしい眺めだが、もし彼女がこっちに好意を抱きつつあるとしたら？　自分だって彼女になにか感じているのだろうか？　ああ、感じているかも。これはとても面倒なことになる。二人はお互いのことをまったく知らないし、ハンナが言ったように、ローズはちょっと変わっている。

あれこれ考えるうちに、アンディは落ち着かなくなった。考えることがたくさんある。アンディは大麻グミを食べ、ローズ・ホワイトが家の中に戻ってきたときには作業しているふりをした。しかし、ローズはトイレに行き、服を着ただけだった。それからローズはアンディに一緒に行きたいか尋ねもせずに、ハイキングに出かけていった。夕食時になるとポケットいっぱいのキノコを持って帰ってきた。「ミナミシビレタケよ。これを煮出してあげる。ここの水も独自の優れた性質があるけど、楽しみは余計にあるにこしたことはないから」

「それって危険じゃないの？」アンディは訊いた。「だってさ、キノコを正しく見分けてなかったらどうなる？」

ローズ・ホワイトはアンディに威圧的な視線を投げた。「ご高説を垂れようっていうのね。アンディ、あなたは男なの？　それとも弱虫《チキン》？」

またしても、統計学が問題を引き起こしたわけだ。それでも、アンディは煮汁を飲み、お返しに自分の大麻リキッドの電子たばこを吸わせてあげた。キノコを試すのは初めてだったので、その夜のことは、あとになっても断片的にしか思い出せなかった。

ローズ・ホワイトがアンディにまたがり、彼の二の腕に手を添える。指が肉に沈みこむような感覚があり、アンディかローズのどちらかが霧でできているかのようだ。

ローズ・ホワイトが「妹がすぐ近くにいるみたい」と言い出す。アンディは彼女に妹がいるなんて知らなかったと言おうとする。アンディはローズについて本当になにも知らない。「私はローズ・ホワイトだけど、妹はローズ・レッド」アンディがローズを見ると、その髪は血だらけだ。ローズ・レッド！

スキンダーの家には、壁も、屋根も、土台もないと突然気づく。壁は木々で、天井はなくて空だけ。「下だって、全部水だ」とアンディが説明している。ローズ・ホワイトは、「ドアだけが本物」と言う。

ややあって、アンディは赤と白の寝室の化粧テーブルの前に座っている。壁のベルが鳴っている。寝室を出ると、ローズ・ホワイトが別の寝室から出てくる。アンディは階段に腰を下ろし、一段ずつ、尻をつきながら下りていくしかない。一階で立ちあがるのを、ローズ・ホワイトに助けてもらう。頭部が胴体から一メートルほど上に浮かんでいるので、頭を置き去りにしないようにアンディはゆっくりと歩かなければならない。

石畳が敷かれたスペイン風の中庭に、二頭の鹿が彫像のように並んでいる。本物だろうか？　この鹿たちがドアベルを鳴らしたのか？　中に入りたいのだろうか？　これを見てアンディは腹を抱えて大笑いするが、ドアを開けると、鹿たちはか細く装飾めいた脚で厳かに近づいてくる。一頭、また一頭と、その愛くるしい首を伸ばし、ドアをくぐろうと頭を低くして、キッチンに入ってくる。

宝石箱のような鼻の穴の中で、息の温《ぬく》もりが金色に輝いている。まぶしいほどだ。アンディの頭がさらに高く浮きあがり、天井にぶつかる。アンディは手を伸ばし、本当にここにいる鹿の脇腹を撫でる。ドアベルを鳴らす鹿だ。蛾《が》が一匹、キッチンに飛びこんできた。ドアが開けっ放しだ。蛾は宙を舞い、アンディの頬や耳をかすめる。ドアを閉めてくれとローズ・ホワイトに言おうとして口を開くと、蛾が口の中に飛びこんでくる。

ローズ・ホワイトが言う。「昔々、あるところに不動産業を営む女がいて、とある物件を案内する約束をしました。その物件に到着してすぐに、女は新しい顧客がまぎれもなく死神だと気づきました。死神が迎えに来たのだろうと踏んだ女は、不動産業者ではなく、もう一人の購入希望者であるかのようにふるまうことにしました。裏で不動産業者と落ち合うことになっていると言って、女は死神を家の横手に誘い、誰か中に入れてくれる人がいないか、フランス窓をのぞいて見てくれないかと頼みました。死神がそのとおりにすると、女は観葉植物のプランターを手に取り、死神の頭に叩《たた》きつけました。それから、死体を豪華なバスルームに引きずり入れ、バスタブの中で十二個に切り分けました。それらを丈夫なごみ袋に小分けにして入れ、バスタブを入念に掃除したあと、自分のレクサスを車庫に入れてトランクにすべてのごみ袋を載せました。それからの一週間、女はゴミ袋をひとつずつ、それぞれ異なる物件の敷地の地中深くに埋めました。どの家もあっという間に売れました。数十年が経ち、不動産業者は自分のしたことを後悔しはじめました。今や九十歳を越えた女は人生に疲れ果てているのに、死神は迎えに来ません。そこで女は死体を処分した各物件をひとつひとつ訪れ、掘り起こしたのですが、記憶に誤りがあったのか、最後の二つの部分が見つかりません。実際、女は今でも死神の左前腕と頭部を探しています。残りの部分はひどく腐敗した状態で、自宅の車庫にある大型冷凍庫に保管されています。時折、本当にあれは死神だったのかと女は考えます。もし本当に死神だったとしたら？　もし死神が家を見に来ただけだったとしたら？　死神といえども、くつろげる家を持つ必要があるのではないでしょうか？」

アンディは自分のベッドで目を覚ました。口は乾いていたが、他には前夜からのものとわかる影響はなかった。赤と白の寝室ではノートパソコンが開いていた。なにを書いたのだろうと確認すると、書かれていたのはこれだけだった。〈論文をどうする？　家の中に鹿がいるのに。不衛生！！！　なんてこった〉

一階に降りると、鹿もローズ・ホワイトもいなかった。ローズはキッチンのテーブルに置き手紙を残していた。〈出ていくね。ベーコン全部食べたけど、大掃除してあげたから（ほんと、必要だったよ！）おあいこだと思う。おもてなし、ありがとう。キノコの残りは置いていくね。大事に使って！　もう会えないかもしれないけど、元気で。愛情をこめて、ローズ・ホワイトより〉

「愛情をこめて」とアンディは言った。本当に、なにを意味するのかさえ、よくわからない。〈敬具〉とか〈お元気で〉のような結びの言葉の一つだ。ざっくり言うと、じゃあね、という意味だ。〈夏の恋は最高の体験だった（ミュージカル『グリース』の劇中歌の歌詞）〉レスターの所属するアカペラグループは、この曲を好んで歌っていた。アンディはローズの電話番号さえ知らない。

オートミールを電子レンジで温めている間、キッチンのタイル床を点検した。実際に、手と膝をついて床にしゃがみこんだ。なにを探しているのだろう？　ローズ・ホワイト？　鹿の足跡？　博士論文の残りか？

その日は一日休むことにした。ハンナにメッセージを送った。〈このへんには鹿がたくさんいるみたいだね。家に来たことってある？〉

すぐに返事が来た。〈うん、鹿はたくさん。時々は熊も〉

セックスする仲だった宿泊客と幻覚キノコをやったこと、そしてもしかしたら鹿を家に入れたかもしれないことを、アンディは説明する気になれなかった。幻覚を見たのかもしれないわけだから。

ローズ・ホワイトがベッドにいないと、なかなか寝つけないことがわかった。眠りながら論文を書くこともなかった。日中にいくらか執筆は進んだものの、フィラデルフィアのアパートにいたときと似たり寄ったりだった。ただし、ここでは言い訳ができない。

ローズ・ホワイトが去ってからおよそ一週間後、使用人のベルがまた鳴った。まだ真夜中ではなかったが、ベッドの中でハーラン・コーベンの小説を読み飛ばしながら結末まで来たところだった。小説の中盤がとても長いので、とにかくどうなるかだけ知りたかったのだ。

ズボンをはき、一階に降りた。裏口に野生の七面鳥が一羽。アンディは悩んだすえ、やるべきことをやろうと、七面鳥を中に入れた。七面鳥はアンディをまったく警戒していないようだが、それも当然だろう。なにしろ招かれた客なのだから。アンディはリビングルームに行き、ソファに座った。七面鳥は小さく鳴きながら部屋の隅々を調べ、それから暖炉前の炉床にきれいに糞《ふん》をした。七面鳥の頬は紫色で、首は鮮やかな赤色だ。積まれた薪のてっぺんに飛びあがり、羽根に覆われた堂々たる体全体をふくらませた。携帯がテーブルの上にあったので、アンディは写真を撮った。七面鳥は抗議しなかった。実際、もう眠っているようだった。

アンディも二階のベッドに入った。朝になると、七面鳥がキッチンのドアのそばで待っていたので、外に出してやった。暖炉前と、その他二か所の糞を片付けた。こういうときこそ、ハンナに電話するか、せめて撮った写真をメールで送るべきなのは間違いない。しかし、ハンナはこうなることを見越していたのだろうし、本当に、こちらに率直に伝えておいてほしかった。さらに言えば、自分はこの時間を楽しんでいるんだよなとアンディは悟った。まるで魔法の中にいるようだ。どうしてその魔法を解こうと思うものか。次の夜、またベルが鳴った。残念なことに、裏口にいたのは美女でも動物でもなかった。ビルケンシュトックを履いて、ローリング・ストーンズのTシャツを着て、カーキ色の短パンをはいた六十歳くらいの白髪まじりの男は、アンディがドアを開けると、うなずいただけでなにも言わなかった。自己紹介もしなかった。一言も話さなかった。それでどうしたかというと、男はまっすぐ二階に上がり、長々とシャワーを浴び、バスルームのタオルを全部使い、青と緑の寝室で二日間眠った。アンディは白髪まじりの男が家にいる間、寝室のドアに鍵をかけるようにした。男が出ていくと、正直ほっとした。そのあとにはオポッサムが現れ、オポッサムの来た翌日の夜には地面にまた霧が湧いた。スキンダーのヴェール。ベルが鳴りはじめると、アンディは客人を入れようと一階に降りたが、キッチンのドアには誰もいなかった。玄関に行ってみたが、幸い、そこにも誰もいなかった。ベルは鳴りつづけ、アンディはふたたび裏口に向かった。

アンディがドアを開けると、霧が素早く侵入して、タイル床や、キッチンテーブルや椅子の脚を覆い隠した。アンディがドアを閉めると、すぐにまたベルが鳴りはじめた。アンディはドアを開け放した。客はスキンダーのヴェールそのものだったのかもしれないし、あるいはヴェールの内側に隠れたがるなにかだったのかもしれない。アンディはブロンウェンの幽霊のことを考えながら寝室へ行き、ドアを閉めて鍵をかけた。ズボンをくるくると丸めて、ドア下の隙間に詰めこんだ。その夜は明かりをつけたまま一睡もしなかったが、朝になると家にはアンディひとりきりで、天気は快晴だった。ドアはまたしっかりと閉ざされた。

アンディがスキンダーの家に滞在している間、最後の人間の客になったのはローズ・ホワイトの妹、ローズ・レッドだった。

アンディがキッチンのドアを開けると、そこにローズ・ホワイトが立っていた。いや、そうではなかったのだろう。その人物は、目、鼻、口といった部分はそっくりおなじだったが、ただ配置だけがどこか見慣れなかった。より鋭い印象で、まるでこのバージョンのローズ・ホワイトは誰かに愛情を抱くことがないかのようだった。今の髪は豊かで、不自然なほどけばけばしい青リンゴ色だ。片方の小鼻には金属製のピアスがある。

「わたしはローズ・レッド。入ってもいい?」

ということは、例の妹だ。ただ、この妹がしゃべったとき、アンディは見慣れた歪んだ歯に気づいた。髪色が変わり、新しい髪型になっているけれど、ローズ・ホワイトにちがいない。鼻にピアスの穴があいていることに、自分は先日気づいていただろうか？　ピアスをつけていなければ、気づけるわけがない。まあ、それはいい。とにかく調子を合わせよう。

「どうぞ入って。僕はアンディ。本来の留守番の代わりだ。お姉さんは一週間ぐらい前にここに来たよ」

「わたしの姉？」

「ローズ・ホワイト」まるで台本を見たこともない芝居に出演している気分だ。ローズ・ホワイトには脱帽するしかない。退屈させない女性だ。

「おなじラストネームですらない」そう言うローズ・レッドはとても上品ぶっている。実際のところ、記憶にあるローズ・ホワイトよりも少し背が高いが、アンディは客人のアンクルブーツのヒールが五センチもあるのを見逃さなかった。本当にこれを履いて小道を歩いてきたのだろうか？　謎が謎を呼ぶ。

「勘違いだ。ごめん」結局、自分は人のことをとやかく言える立場にあるのか？　この二日間で一段落も書けなかった。今、またローズが来てくれたから、たぶん、作業を進められるだろう。

ローズ・レッド（またはローズ・ホワイト）はキッチンに行って、棚の中を漁った。「どうぞご自由に。ちょうど夕食を作るところだったんだ」とアンディは声をかけた。

ローズ・レッドはシンクの横にある皿を見つめていた。そこでローズ・ホワイトのキノコが干からびている。「あなたの？」

アンディが答える。「喜んでおすそ分けするよ。煮出そうか？」

「これでリゾットを作るってのはどう？」

そこでアンディがテーブルセッティングをして、それぞれのグラスにワインを注ぐ間に、ローズ・レッドが夕食をこしらえた。リゾットはなかなか美味《うま》かった。アンディはローズがキノコをすべて投入するところを目撃していた。ローズ・ホワイトのときと同様に、ここの家主についての情報を得ようとしたが、ローズ・レッドも話をはぐらかす名人だった。どの道をハイキングしたことがあるか、この地域についてどう思うか、とか質問してきた。

「結構忙しくて」アンディは言った。「論文を仕上げてるところなんだ。実際、それがここにいる理由。集中できる場所が必要だったから」

「論文を終えたあとは？」

「最終口頭試問を受けて、求職活動を始める。できればどこかで教職に就く。理想としては終身在職権のある教職」

「それはあなたの予定」ローズ・レッドは言った。「そうじゃなくて、あなたの望みは？」

「まずは論文をきちんと仕上げたい。院を修了して、いい働き口を見つけたい。それから、たぶん、教えるのがうまくなりたい」

この答えにローズ・レッドは納得したようだった。「それで、自然歩道は歩いてみたわけ？　山歩きはどう？　ここは探索できる場所がいっぱいよ」

「ええっと、さっき言ったように、忙しいんだ。実際、木がたくさんあるところはそんなに好きじゃないし。だけど、スキンダーのヴェールはかなり面白い。次々と訪ねてくる客も面白いね。さっき話したローズ・ホワイトは、奇妙な話ばかりしてたよ」セックスの話をすべきかどうかは悩みどころだった。

夕食のあと、二人はさらにワインを飲み、ローズ・レッドはパズルを見つけた。アンディはパズルにあまり興味がなかったが、腰を下ろして手伝った。取り組むうちに、ピースをはめるのが難しくなってきた。やがてアンディは諦めて、自分の指が細長くなり、魚のようにもぞもぞと動くのを眺めていた。

二階でまたしてもベルの一つが鳴りはじめた。「僕が出る」アンディはそう言って、悩めるパズルから離脱した。キッチンでは、ここがいかにキッチンでないか、あらためて認識した。実は、すべては森の一部だ。ただの木々だ。パズルだって木であり、小さな断片に切り刻まれて、小道になろうとしている木だ。これでいい。灰色熊がドアの前に後ろ足で立ちあがり、ドアベルを押していたことだって、いいことだ。

「どうぞ、どうぞ、お入りよ」とアンディは言った。

熊は四つん這《ば》いになり、巨体をキッチンに押しこんだ。野性味あふれる土の臭いを漂わせている。アンディは熊のあとを追ってリビングルームに戻る。そこではローズ・某《なにがし》がパズルを完成させて座っている。熊の毛の中で、小さなノミがスパンコールのように飛び跳ねているのが見える。

ローズ・レッドはさっと立ちあがり、リゾットの残りが入ったボウルを取ってきた。熊の前に置いたところ、熊は鼻全体をボウルの中に突っこむ。アンディは床に寝そべって、その様子を観察する。熊は食べ終わると、ソファにもたれかかる。ローズ・レッドは毛の奥深くまで指を差しこみ、熊の頭をかく。一同はしばらくの間、そのままでいた。ローズ・レッドは熊をかき、熊はうとうとして、アンディはただ床に横たわって、無心に熊とローズを眺めることに満足していた。

「この人はね」ローズ・レッドは熊に向かって言った。「立派な先生になるのよ」

「いやいや」とアンディ。「まずは博士論文だ。口頭試問もある。それから求職活動。どこかで、なんらかの仕事のオファーを受ける。終身在職権をもらう。長い道のりだよ。そこを進んでいくしかない。どうしようもない木々の間を抜けてさ。赤ずきんみたいに。ほら、赤ずきんちゃん。この物語、知ってるよね?」

「物語にはあんまり興味ない」ローズ・レッドが言う。

「おいおい、冗談はよしてくれよ」アンディは言う。「お話をひとつ聞かせて。今、こしらえてよ。この場所にまつわるお話がいいな」

「昔々、あるところに、幼くして母親を亡くした女の子がいました」ところが、語りはじめたのはローズ・レッドではない。熊だ。間違いなく熊だとアンディは確信し、もっと困惑して当然だよなと感じた。おそらく腹話術なのだろう。あるいはキノコのせいか。やがて、この熊には名前があり、その名前はジャレッド・スプリングで、寂しかったからこの家に来た、ということがアンディの脳裏に浮かぶ。アンディが目を閉じ、熊は物語をつづける。

昔々、あるところに、幼くして母親を亡くした女の子がいました。住んでいたのは、どの家にも裏庭にプールがあるような通りです。女の子の家にはプールはありませんでしたが、両隣の家にはありました。女の子は詳しくは知りませんでしたが、なにか事故があって、母親が左隣の家にあるプールで溺れました。なぜプールに入っていたのかは謎です。夜遅くのことで、いつ、どうして泳ぎに行ったのかさえ誰も知りません。他の誰もが寝ていた時間帯でした。遺体が発見されたのは朝になってからでした。

女の子がまだ幼いうちに、父親は娘のいる女性と子連れ同士で再婚しました。でも、どうぞご心配なく。これは邪悪な継母の話ではありません。女の子と継母と義理の姉はとても仲睦まじく、実際、女の子と父親の仲よりもずっと良好でした。しかし、思春期を通じてずっと、隣家のプールにまつわる噂《うわさ》が流れていました。幽霊が出るというのです。母親が溺死したときにそこに住んでいた一家は引っ越していき、新しく越してきた家族は家とプールをすごく気に入っていましたが、真夜中以降に泳ぐことはほとんどないという話でした。午前零時以降に泳いだ人は、プールの深みに幽霊を見る可能性があります。その幽霊は長い髪を顔の周りに浮かべ、弾力性を失った水着を身に着け、開いた口には水が満ちているというのです。

女の子は時々、隣人のプールで泳ぎ、母親の幽霊を見たいと思いつつ、母親の幽霊を見ることを恐れてもいました。近所の女の子たちはみな、そのプールで泳ぐのが一番好きでした。真夜中すぎになると、泳ぎなさいよと女の子たちは挑発し合い、幽霊が恥ずかしがって全員の前には姿を見せないかもしれないので、交代でプールサイドに座っては水面からは顔をそむけていました。時々、女の子のひとりが幽霊を見ることがありました――なんたるスリル！　自分たちだけの幽霊！――が、母親が溺死した少女はまったくなにも見ませんでした。女の子は気にしていないふりをしました――自分の母親の死が他の子たちによってゲームにされていることも、母親の死によってこの少女が特別な存在になっていると他の子たちがわかっていないことも、母親が彼女の前に現れてくれないことも。「嫌なら、あの子たちとつるむべきじゃないわよ」と義理の姉から言われたときには、「どうして?」と返して、理解できないふりをしました。

やがて女の子は成長し、引っ越しして、自分の人生を築きました。夫と子供二人に恵まれ、全体として自分はとても幸せだと思いました。人生の道はまっすぐに見え、自分はそこを進んでいます。父親が亡くなり、悲しんだものの、本当の親だと思えるのは継母のほうでした。実の母親のことはもうほとんど記憶にありません。人生はつづくのです。もしもその道が少し荒れ、見通しが少し悪くなったとしても、それがなんだというのでしょう? 人生は楽なことばかりではありません。やがて、ある日のこと、義理の姉から電話があり、継母も亡くなったと告げられました。

夫に子供たちを託し、葬儀のために飛行機で故郷に帰ってきました。葬儀を済ますと、幼い頃に住んでいた家を売りに出せるように、義姉と一緒に整理することになりました。当時は不景気で、自分の仕事がこの先も長くあるとは言い切れなかったので、家の売却代金の半分が手に入るなら幸運に思えました。しかし、不動産市況は芳しくなく、かつて住んでいた通りの半分以上の家が売りに出されており、それには両隣の家も含まれているのを目の当たりにしました。他にも何軒かは空き家だったり、空き家のような有様だったりしました。家は売れないかもしれないと思いましたが、義理の姉と一緒になって三日間奮闘し、寄付用の山、ごみの山、売るか自分たち用に取っておくものの山を作りました。

二人とも子供時代を懐かしみ、古い写真に目を通し、将来への不安を打ち明け合いました。母親二人を失ったことに涙し、ワインを三本空けました。

今や、左隣の家も空き家、右隣の家も空き家です。左隣の家のプールは水が抜かれていますが、右隣の家のプールは空っぽではありません。昼間に二度、仕分け作業の手を休めて少し休憩するために、姉妹は金網のフェンスを乗り越えて泳ぎに行きました。最後の夜、ほろ酔いで目が冴えていた妹は、寄付用の衣類の山で見つけた時代遅れの水着を着て、子供時代の部屋で二段ベッドの下段に寝る義姉を残し、子供時代の家を出ました。そうして乗り越えたのは、右側のフェンスではなく、左側のフェンスでした。

プールは空っぽであるはずなのに、澄んだ水で満たされていました。プールの縁に沿った照明が点いていて、彼女が立っているところまでまるで消毒したばかりのような塩素の臭いが漂ってきます。照明に引き寄せられた小さな虫たちが、水面すれすれを飛んでいました。何匹かはすでに水面に落ち、抜け出せなくなっていました。誰かがすくいあげなければ、溺れてしまうでしょう。

プールの浅いほうの端にある階段を下り、腰まで水に浸かりました。水は心地よく冷たく感じられました。水着のゴムはとうの昔にだめになっていたので、心地よくも、存在するはずのない水が太ももの肌を這《は》いあがりました。

しばらくの間は仰向けに浮かんで星空を見上げながら、未来のことも、プールが水で満たされている理由も、考えないようにしていました。前者は不確かで、後者は贈り物です。浮かんでいるうち、ようやく眠れるかもしれないと思えるほど体が冷え、疲れてきました。顔を濡《ぬ》らそうとうつぶせになったとき、プールの底にとうとう母親の姿が見えました。おぼろげにしか覚えていない顔です。なんとも若い！　ウェーブのかかった長い髪。自分が今着ているのとそっくりの水着を着ています。このままプールにとどまれる、ここで幸せになれる、と彼女は思いました。母親がしたように、痛みをともなわずに道を踏み外せる。彼女がここにとどまることを、プールの中の女は望んでいるようです。ずっと二人でいられるでしょう。二人とも決して老いることもないでしょう。

そこにとどまるという道もあったはずです。彼女はとても疲れているのに、人生にはまだたくさんのことがありました。やるべきことが山積みでした。しかし、この物語では、彼女はプールから出ました。そして子供時代の家に帰り、義姉を起こし、目にしたことを話しました。義姉は最初、信じませんでした。プールは空っぽだったはずでしょ？　たぶん、あなたは酔っ払って、もう片方のプール、満水だったプールに行き、母親の幻覚を見たのでしょうね。妹は反論しました。お母さんは溺れたときの水着を着ていた。私が今着ているのとおなじ水着を。お姉さんは水着が濡れているのがわからない？　タイルの床に水滴が垂れているでしょ。

妹は水なしのプールのほうで泳いだと言い張りました。ついに幽霊を見たのです。まあ、いいわ、見たからってどうなの、と義姉が言います。でもね、あなたはお母さんを見なかった。幽霊はいない。あなたのお母さんは水着を着てさえいなかったのよ。着ていたのはカクテルドレス。私のお母さんがそう言ってた。たとえ水着を着ていたとしても、その水着のはずがない。お母さんが溺れたときに着ていた水着を誰が取っておくものですか。

ううん、と妹は言います。私は見た。すごく若かった！　私にそっくりだった！

こっちに来て、と義姉は言いました。義姉は妹を連れて、思い出の品を整理していた部屋に行きました。写真を何枚も取り出し、妹の母親のとある写真を見つけ出します。裏には日付が書かれていて、それは母親の命日です。あなたが見たのはこの人？　義姉はそう訊きました。あなたに全然似てない。

妹は写真をじっくりと見ました。自分がなにを見たのか必死で考えました。見れば見るほど、見たのが母親だったのか確信が持てなくなりました。そうなると、もしかしたら、プールにとりついていたのはずっと、自分自身だったのかもしれません。だいいち、どうして幽霊の出現が直線的な時間の流れの中で起きると言いきれるでしょう？　時間とは、たんなる別のスイミングプールではないのでしょうか？

さあ、アンディ、寝る時間よ。でも、もしもお望みなら、私はお話好きじゃないけど、もうひとつ話してあげる。

ローズ・レッドが言う。「昔々、あるところに、死神が暮らす家がありました。死神でさえ、くつろげるわが家が必要なのです。実際、それは実に素敵な家で、一年の大半を死神はそこですごし、死神として可能な限り幸せでした。けれども、一年中自宅で快適にすごすわけにはいかず、年に一度、家を管理してくれる人を見つけて、自分は外の世界に出て、すべてがあるべき状態にあることを確認しに行くのです。死神が家を留守にしている間、その家こそが死神の入ってこない唯一の場所でした。死神もこのことを知っていて、それでも時々、帰宅して休息したいと心から思います。

そして死神が家を離れている間、死神に連れ去られない方法をなんとかして見つけたあらゆる生物たちは、死神の家に来て、一晩か二晩、あるいはもっと長く滞在し、見つかることを心配せずにすごします。このようにして多くの者が休息を取り、わずかな安らぎを得ます。もっとも、ふたたび道に足を踏み入れると、絶え間なく追いかけてくる者にまた追われる日々になるのです。しかし、これはあなたの物語ではありません。実際のところ、訪れて滞在する者たちは、死神が家を離れている間に留守番をしてくれる者に恩義を感じています。死神さえも、あなたが死神との絆《きずな》を保っている限り、いつかはあなたに借りを返すでしょう」

アンディは寝入る。長々と眠り、またしてもノートパソコンの前で目を覚ます。そこに書かれていたものは自分が書いたのだろうか？　それとも他の誰かが？　やれやれ。熊はキーボードを打てない。朝になっていて、家にはアンディ以外誰もいない。農家風テーブルのそばには熊の糞の山があり、冷たいがまだ香ばしい。パズルは箱の中に戻っている。

さて、物語は終わりに近づいている。アンディは無為無策に論文を書きつづけた。スキンダーの家にいる間、それ以降は誰も裏口に来なかったが、ある夜、またベルの音で目が覚めた。まずはキッチンに行き、どちらかのローズがいるかと思ったが、今回は本当に誰もいなかった。まだ鳴っているベルが以前とおなじベルではないことに気づいた。そこで正面玄関に行ったところ、犬を連れたスキンダーがポーチに立っていた。

どうしてスキンダーだとわかったのか？　なにしろ、ハンナが言ったとおりだった。犬が——小さくて、黒くて、アンディを興味津々に見つめる犬がいようといまいと、スキンダーだとわかる。スキンダーの外見は？　アンディにそっくりだ。まるでアンディが家の中にいて、もう一人のうり二つのアンディを見ているようだ。そのアンディはスキンダーでもあるので、決して中に入れてはいけない。

私道に車があった。黒のプリウス。玄関ドアにはチェーンがかかっていて、アンディはそれを外すことなく、ドアを少しだけ開けた。スキンダーと話すには十分だが、スキンダーあるいは犬が入ってくるには不十分だ。「なんの用です？」アンディは訊いた。

「自宅に入りたい」スキンダーが言った。声もアンディそっくりだ。「荷物は車の中だ。運ぶのを手伝ってくれないか？」

「だめです」アンディは言った。「すみませんが、家に入れるわけにはいきません」

黒い犬は歯をむき出しにした。スキンダーもがっかりしたようだった。アンディはその表情に覚えがあったが、表情の見た目というより、その顔になるときの感情に覚えがあった。「本当に中に入れてくれないのか？」スキンダーが言った。

「すみません」アンディはもう一度言った。「でも、入れてはいけないと言われているので」

スキンダーが言った。「わかった。さあ、おいで」後半は犬に対しての言葉だ。アンディは家の中から、スキンダーが玄関ポーチの階段を下り、砂利道を歩いて車まで行くのを見送った。彼がドアを開けると、犬が座席に飛び乗った。あとからスキンダーも車に乗りこみ、アンディが見守る中、車は私道を引き返した。タイヤの下で小さな白い石が音を立てるのに、車は無音で、ヘッドライトも点かなかった。低く垂れて、引きずられているような枝葉の下へと車は姿を消し、アンディは二階へ戻った。また寝入ろうとはしなかった。その代わり、赤と白の寝室で、窓の前の椅子に座り、スキンダーが戻ってくる場合に備えて見張りをした。

その二日後にハンナが戻ってきた。深夜便に乗る前にメッセージをくれた。〈マーゴットはまだギプスが外れてないけど、私はもう帰ったほうがいいという点で意見が一致した。誰も幸せじゃないし、家が狭すぎる。これからは近所の人が手伝ってくれるって。明日の午後に！〉

まだ論文は完成していなかったが、アンディはもう軌道に乗ったと感じていた。それに、ハンナにまた会えるのだ。二人は近況を話し合い、アンディはこの家でのあれやこれやを多少改変して話すだろう。もしかしたら、もう少し泊まっていったらとハンナに言われるかもしれない。なにしろ、寝室はたくさんある。これまでに書き進めた部分を読んでもらって、フィードバックをもらえるかもしれない。

ハンナの乗ったウーバータクシーが私道を入ってくると、アンディは玄関ドアを開け、そこでキッチンのドアに回ってもらわなくてはいけないことを思い出した。「ハンナ？」アンディは言った。「アンディ」ハンナは玄関ポーチの階段を上がってきた。「こんにちは。中に入れてもらえる？」

「いや。ごめん。それはだめだって、きみが言ったんだ」

ハンナはスーツケースを置いた。「そのとおり。いい仕事ぶりね、クソ野郎」次の瞬間、アンディを押しのけてドアを通り抜けた。まあいい。間違いなくハンナのようだったから。アンディはハンナのスーツケースを取りに行った。

しかし、空気を瞬時に読めるタイプではないアンディにとってさえ、このまま滞在したら喜ばれないことは明らかだった。「ほんとに感謝してる」とハンナは言いつづけた。髪は青色、濃いスカイブルーだ。「あなたのおかげですごく助かった」

「引き受けてよかったよ」アンディは言った。「基本的に楽しかった。変だったけど、楽しかった。だけど、いくつか訊きたいことがある。たとえば、スキンダーのこと」

「会ったの？」ハンナの関心が急にアンディに向けられた。

「いや、大丈夫。中には入れていない。きみが言ったとおりにした。それはともかく、訊きたいのは、きみがスキンダーに会ったときのことだ。見覚えがあった？」

「それって具体的に、どういう意味？」

「つまり、僕にちょっとでも似てると思った？」アンディは訊いた。

ハンナは肩をすくめた。目をそらし、それからアンディを見た。「いいえ」と答えた。「そうでもなかった。さてと、ほら、帰りのタクシー料金は払っておいた。それでバーリントンまで行って、そこから長距離バス《グレイハウンド》に乗ればフィラデルフィアに戻れる。今すぐ行かないと最終バスに乗り遅れるよ。時刻表はもう調べた。その便を逃したら明日の朝までないみたい。後片付けとかシーツの交換とか心配しないで。私がやるから」

「それでいいならいいけど」アンディは言った。「ほんとに、滞在を延ばす必要はないかな」

ハンナは疑うような視線を向けてきた。「ああ、アンディ。優しいのね。でも、大丈夫よ。ほら、こっち来て」

ハンナはアンディを抱きしめた。親しげな抱擁だったが、明らかに、別れを告げるときの抱擁だった。アンディにもそれがわかった。「さあ、荷物を持ってきて。手伝おうか?」

アンディは紙束を置いていくことにした。滞在中はなにも印刷しなかった。それでキャンバス地のバッグを一つ処分し、残りのすべてをタクシーまで運んだ。ハンナが玄関ポーチの階段を下りてきて、サンドイッチを差し出した。「これをどうぞ。じゃあね、アンディ。家に着いたらメッセージちょうだい。そうすれば、無事に到着したってわかるから」

ハンナはもう一度アンディを抱きしめた。たいしたことではなかったが、なにもないよりはましだ。ハンナの香り、頬に触れるハンナの髪の感触。「また会えて本当によかったよ」とアンディは言った。

「ええ、そう。ほんと久しぶりだった。時間がただひたすら流れるって、変な話よね?」

それでおしまい。タクシーが私道を出ていくとき、最後にもう一度黄色い家とハンナを見ようとふり返ったが、ハンナはすでに家の中に入っていた。

ようやくフィラデルフィアのアパートにたどり着いたときには、また朝になっていた。アンディは疲れていた。どのバスの中でも、乗り換えの間のどのバスステーションでも一睡もできず、ドアを開けたらスキンダーが待っているのではないかという考えをふり払えなかった。けれども、実際にドアの向こうにいたのは、ソファベッドに座り、携帯を見ながらコーヒーをすすっているボクサーパンツ姿のレスターだった。フィラデルフィアはヴァーモントよりはるかに暑い。アパートにはなにかが腐ったような臭いが漂っていた。

「おかえり」レスターはやる気のない声で言った。「ヴァーモントはどうだった?」

「よかった。本当に、本当によかった」どんな感じだったかレスターに説明できるとは思えなかった。「ブロンウェンはどこ?」

レスターはまた携帯に視線を落とした。「ここにはいない。そのことはあんまり話したくない」

この言葉から、アンディは二人が別れたのだと察した。残念だ。ブロンウェンこそ、ヴァーモントの話をするのにうってつけの相手だったかもしれないのに。「ごめん」アンディはレスターに言った。

「おまえのせいじゃない。普通の子とはほど遠かったもんな」

それから一週間、アンディは時折、レスターがなにかが聞こえているような、なにかを待っているような表情を見せることに気づいた。そしてしばらくすると、自分もなにかが聞こえているような気がしはじめた。時には、レスターがいるとき、アパートの中になにかが見える気がした。それはレスターを忍び足で追いかけ、辛抱強く待ち、レスターがテーブルにつくとその横にしゃがみこんだ。たいていは形がなかったが、口と目はあった。アンディはスキンダーの犬を思い出した。時々アンディは、見ているはずが、見られていると思った。それがこちらを見返していると感じた。でも、レスターにはまったく見えていないようだ、とアンディは思った。

それが家にいることは悪いことだとも言い切れない。おかげで、アンディは博士論文を完成させようと猛烈な勢いで作業できた。あるいは、ヴァーモントのおかげですでに難関を乗り越えていたのかもしれない。なによりもアンディに必要だったのは、脇道にそれることだったのだ。まもなく論文が完成するという頃、アンディは高等教育機関の求人情報を見はじめ、やがて博士論文の最終口頭試問を受けて合格すると、院を修了し、最初の就職面接を受けた。アパートと、フィラデルフィアと、レスターと、レスターの幽霊を置いて去る準備ができた。

面接は思っていたよりもうまくいかなかった。他にも候補者がいたため、最終的に自分に仕事が回ってきたときにはかなり驚いた。とはいえ、アンディは喜んで引き受けた。これは終身在職権と将来のキャリア、そして他のすべてにつながる道だった。何年もすぎたあと、採用委員だった年配の教授陣のひとりが行きつけのバーで酔っ払って、あやうく不採用にするところだったとアンディに打ち明けてきた。「採用委員会が開かれる前夜に、アンディ、わたしは非常に奇妙な夢を見たんだよ。夢の中で、わたしは夜の森で道に迷い、熊に出会った。わたしは動けなかった。怖くてたまらなかった。熊が近づいてきて、食べられてしまうと思った矢先、熊が言い出した。『アンディを採用すべきだ。採用すればおまえは幸せになり、採用しなければ後悔することになる。わかったか?』わかったと答え、わたしは目を覚ました。翌朝の委員会の席ではみんな口数が少なかった。全体的に異様な空気が流れていた。やがて誰かが、たしかカーマイケル博士だったと思うが、『昨夜、アンディ・シムズを採用すべきだという夢を見たよ』と言った。他の誰かも言ったんだ。『私もおなじ夢を見た。熊が出てきて、まさにそう言っていた。我々はアンディ・シムズを採用すべきだ、と』全員がその夢を見たことがわかった。そこで、我々はきみを採用したわけだ！　そして、結局のところ、熊が言っていたとおり、最高の結果になったんだ」

ずいぶんと奇妙な話ですが、それでも、ええ、万事うまくいったじゃありませんか、とアンディは言った。のちに、終身在職権の審査を受けて獲得したとき、審査委員会はまた夢を見たのだろうかとアンディは思った。いずれにせよ、アンディは与えられたものに満足した。あるとき、講義の終わりに「考えることがたくさんある」と思わず口走った。だが、実際にはそんなに考えることはなかった。学生たちからの評価は悪くなかった。その中には、シムズ教授は本当に自分たちを見てくれているし、他の教授たちが見落としているものをシムズ教授は自分たちの中に（それか自分たちの近くに）見ていると思う学生もいた。それは間違いなく、ある夏にたっぷりと飲んだ水の困った後遺症だった。とはいえ、具体的になにが見えたのか、シムズ教授は言おうとしなかった。

こんな話もある。アンディはわが子たちから何度も何度も、どうして犬を飼っちゃいけないのかと訊かれたにもかかわらず、どうしても乗り気になれなかった。代わりに、モルモットを飼い、その後はウサギを飼った。

ハンナには、一度か二度、学会で偶然出くわした。アンディはそのたびにハンナの発表を聞きに行き、メモを取って、あとで感想をメールで送った。同僚たちを交えて酒を酌み交わしもしたが、いまだに夏にヴァーモントで留守番をしているのかとは尋ねなかった。あのときのことはすべて別の人生、自分のものではない人生のように思えた。

レスターは博士課程を中退した。インドネシアのシンクタンクで働くことになったそうだ。なにかがレスターについてそこまで行ったのか、アンディは知らない。

それから数年後、アンディはヴァーモント州モントピリアでの学会に出席した。季節は秋で、とても美しい風景が広がっていた。実際、東海岸に長らく住んでいるので、木々はとても心休まるものに感じられた。学会の最終日、アンディはこれまでほとんど考えてこなかった自分の人生の細部について考えはじめた。パネルディスカッションに参加し、ゴシップを聞き、博士候補生になりたての院生たちに自分の小さな大学を宣伝しておいた。ホテルの部屋に戻ると、地図とレンタカーの案内を見て、飛行機ではなく車でも帰れるらしいと気づいた。素敵なドライブになるだろう。そこでアンディは航空券をキャンセルし、代わりにレンタカーを借りた。森の中の黄色い家を探して、誰が住んでいるのか見るのもいいかもしれないと思った。

しかし、あの家がどの幹線道路から入った脇道の先にあったのか正確に覚えていないことが判明した。小さな道を次から次へと走った。どれも素敵な道だったが、探している道ではなかった。そして夕暮れ時、鹿が道路に出てくると、アンディは避けようとしてハンドルを切り、土手をぐんぐん下り、雑木林の中に入ってしまった。

アンディに大きな怪我はなく、車もそれほど損傷していないように見えた。ただ、車を道に戻すにはレッカー車で引き上げる必要がありそうで、携帯電話は圏外だ。道路まで上がっていき、しばらく待ったが、一台も車が通りかからなかったので、食料があったかレンタカーの中を確認することにした。すると、車が最終的に停《と》まった場所の近くに、よく踏み固められた小道があった。アンディはセント・オールバンズへつづく可能性が最も高い道だと思い、その小道をたどった。

小道は曲がりくねり、どんどん狭くなっていく。夕暮れの光が薄れはじめたので、引き返そうと思ったが、そのとき、見覚えのある場所にたどり着いた。そこには中庭があり、ますます老朽化して雨風にさらされたガーデンチェアがあった。そして、あの快適そうな黄色い家があって、中の明かりはすべて灯《とも》っていた。

アンディは玄関のほうに回った。まあ、いいじゃないか。熊じゃないんだから。ノックして待っていると、やがて誰かが来てドアを開けた。

もう一人のアンディが玄関に立ってこちらを見た。あの小さい犬はどこだ？　きっと死んだのだろう。いや、廊下にいた。

「入ってもいいか？」アンディは訊いた。

「だめだ」とスキンダーは言ってドアを閉めた。アンディは少し待ったが、家の明かりが消えただけだった。日はとっぷりと暮れ、風があらゆる木の葉をがさがさと揺らしていた。できることはあまりなさそうだったので、しばらくすると、また道を見つけようと引き返した。

謝辞

これらの物語を最初に出版してくれた編集者たち――ロバート・スピルマン、ブリジット・ヒューズ、チャールズ・コールマン・フィンレイ、アン・オウォモイエラ、キャサリン・クラーエ、ライラ・ガロット、ステファニー・パーキンズ、そしてとくに、私が「白猫の離婚」を書くきっかけとなり、その後もおとぎ話と自分自身の作品との継続中の関係について考えさせてくれた「恐怖と歓喜――心配な世界におけるおとぎ話」展のキュレーターであるエミリー・スティイミーに大いに感謝します。この短篇集《たんぺんしゅう》は、私が最も愛する作品と作家のためにたくさんのスペースを確保してくれたエレン・ダトロウとテリ・ウィンドリングに捧げるものです。お二人には本当に借りがあります――おとぎ話のようなスケールの借りです。ランダムハウスのケイトリン・マッケナの鋭く見抜く目と熱心なサポートにも、心から感謝します。ノア・シャピロ、ローレン・ノヴェック、スー＝イー・リン、ルーカス・ハインリヒ、キャロライン・カニンガム、マディソン・デトリンガー、ヴァネッサ・デヘズス、レイチェル・ロキッキ、スーザン・カミル、そして出版を全体として、あるべき程度以上に楽しい体験にしつづけてくれるランダムハウスのおそろしく素晴らしいチームの残りの皆さんにも感謝します。道を平坦にしてくれるエージェントのルネ・ザッカーブロットにも感謝は尽きません。ショーン・タンには、私が最も探検したい領域を地図に描いてくれたことを感謝します。これらの物語の精神を実に効果的に表現してくれたオーウェン・ジェントにも感謝します。

リチャード・バトナー、シカモア・ヒル・ワークショップとそこに参加して、これらの物語の多くの最初の読者になってくれた人たちもありがとう。カサンドラ・クレア、仲間になってくれて、たくさん会話してくれて、作業スペースを提供してくれてありがとう。ホリー・ブラック、「白猫」の再話を書いてくれて、そして私が書いたこれらの物語を読み、適切な質問をしてくれてありがとう。オイズル・インガ・ルナルスドッティル、エリン・マクファデン、クリスチャン・メイヤー、S・J・シュライバー、「地下のプリンス・ハット」の細部を固めるためにとても貴重な助力をしてくれて、ありがとう。書店〈ブックムーン〉の素晴らしい店員たちもありがとう。あなたたちのおかげで大変な時期も乗り越えられました。そして〈ブックムーン〉で本を買ってくださった皆さん、ありがとうございます。マッカーサー財団の並外れた寛大さにも感謝します。そして、なによりも、私の家族に感謝します。愛してるよ。

訳者あとがき

ケリー・リンクは現代アメリカを代表する短篇《たんぺん》小説の名手の一人として知られている。一九九五年に短篇「黒犬の背に水」でデビューして以降、ジャンルを横断する作品を発表しつづけ、これまでにヒューゴー賞、ネビュラ賞、世界幻想文学大賞をはじめとした名だたる文学賞を受賞。二〇一八年には、「超現実主義的で空想的な要素に、現代生活における関心事や登場人物のリアルな心の動きを組み合わせた作品で、小説の境界を押し広げた」との理由で分野を問わず、並外れた創造性と将来性を持つ人物に助成金を贈るマッカーサー賞を受賞した。この最新短篇集『白猫、黒犬』ではインスピレーションを童話に求め、まったく新しい作品に作りかえている。

以下は、それぞれの短篇の元となった話のあらすじだ。「白い道」の元になったグリム童話『ブレーメンの音楽隊』、「粉砕と回復のゲーム」の元になったグリム童話『ヘンゼルとグレーテル』は日本ではおなじみだと思われるので割愛する。

「白猫の離婚」

元の話は十七世紀フランスのドーノワ夫人による風刺童話『白猫』だ。

〈ある国の王には優秀な王子が三人いて、いつ王座が奪われるか心配でならなかった。そこで王子たちの気をそらすため、一年後に最も小さくて可愛らしい犬を持ち帰った王子を後継者にすると嘘《うそ》をつき、王子たちを旅に出す。第三王子は旅の途中で迷子になり、美しい城で白猫とその仲間の猫たちに出会う。一年後、王子は白猫からもらったどんぐりを父王のもとで割り、とても小さな犬を登場させる。感銘を受けつつも王は、次に世界一薄い布を見つけるよう命じる。第三王子はふたたび白猫との一年ののち、父王のもとでクルミを割って豪華な極薄の布地を出す。三度目に王は、花嫁を連れてくるよう命じる。一年後、白猫は「私の首を切り落として」と言い出す。嫌々ながら王子が白猫の首を切ると、白猫は美女の姿に。実は、白猫は六つの王国を治める王の娘で、妖精の呪いで白猫にされていたのだ。白猫だった王女は王と兄王子二人に国を分け与え、第三王子と結婚する〉

「地下のプリンス・ハット」

元の話は『太陽の東、月の西』、ノルウェーの民話だ。
〈白熊が貧しい小作人から末の娘をもらいうけ、立派な魔法の城へと連れていく。夜になると白熊は人になって娘のベッドに来るが、暗いので娘は相手の姿を見られない。里帰りしたときの母親の入れ知恵で、娘は夜、ろうそくの灯《あか》りでその姿を確認すると、白熊が実は魅力的な王子だと知る。だが、彼のシャツに蠟《ろう》をこぼしてしまい、王子もその城もかき消え、娘は王子を探しに出かけることに。手がかりは、「これから『太陽の東、月の西』にある城に住む魔女のもとへ行き、その娘である王女と結婚しなければならない」という王子の言葉だけ。その城を探す過程で娘は老女三人に出会い、金の林檎《りんご》、金の櫛《くし》、金の糸車をもらい、北風の導きでようやく太陽の東、月の西にある城へたどり着く。娘は城の王女と取引をして、金製の品物三つと引き換えに王子と三夜をともにすることに。しかし、王子は王女に眠り薬を飲ませられており、決して夜には目覚めない。最後の三日目の夜、王子は眠り薬を飲まず、娘と再会を果たし、自分のシャツについた蠟のシミを洗い流した者と結婚すると宣言。娘はシミを洗い流すことに成功し、彼の花嫁となる〉

「恐怖を知らなかった少女」

元の話はグリム童話『こわいことを知りたくて旅にでかけた男の話』だ。

〈ある父親が頭の悪い下の息子に、自活するために学びたいことは何だと訊くと、ぞっとすること（恐怖心を持つこと）を学びたいと少年は答える。少年は真夜中の幽霊にも驚かず、次に、七人の男が吊《つ》るされている絞首台の下でも平気ですごす。最後に、「三日三晩寝ずの番ができれば、ぞっとする方法を学べるし、王の娘と城の豊かな財宝を手に入れられる」という魔法の城で三日間をすごす。おかげで王の娘との結婚を許可されるが、結婚式後も少年は「ぞっとしたい」と訴え、妻を困らせる。途方に暮れた妻が、バケツ一杯の水を眠っている新婚の夫にドジョウごとかけたところ、目を覚ました夫はようやくぞっとすることを学ぶ〉

「貴婦人と狐」

元の話はスコットランド・イングランドの伝説的物語詩《バラッド》『タム・リン』だ。

〈若い女性が森でバラを摘んでいると、タム・リンが現れ、勝手に立ち入って人のものを盗ったと責める。女性は、この森は父から与えられた自分のものだと主張し、二人は話をするうちに仲むつまじくなる。タム・リンは、かつては自分も人間で、落馬の際に妖精の女王に誘拐されたのだと言う。妖精たちは七年に一度、真夜中に、捕らえた人間の一人を地獄へ送るらしい。今晩、自分の番が来ると恐れるタム・リンのために、女性は救出作戦を実行することになり、彼女は大勢の妖精騎士の中にいるタム・リンを見つけ、馬から引き下ろし、抱きしめる。妖精たちはタム・リンをあらゆる獣に変身させて手放させようとする。最終的にタム・リンは赤く燃える鉄の姿になり、女性がそれを井戸に投げ入れると裸の人間の姿になり、妖精の女王は敗北を認める〉

「スキンダーのヴェール」

元の話はグリム童話『しらゆきべにばら』だ。

〈しらゆきとべにばらは、母親と小さな森の近くの小屋で暮らす二人の少女だ。ある冬の夜、家に熊が来て、「暖を取らせてほしい」と言う。しらゆきとべにばらは熊と仲良くなり、冬が終わるまで毎晩家に来る熊と遊んでいたが、春になると熊は邪悪な小人から宝物を守らなければならないと言って来なくなる。夏になり、二人の少女は森で何度か意地悪な小人に出くわし、最終的に熊が一撃で小人を殺すと、たちまち熊は王子の姿に。王子は以前、小人に宝石を盗まれ、呪いで熊に変えられていたのだ。かくしてしらゆきは王子と結婚し、べにばらは王子の弟と結婚した〉

以上の七つのおとぎ話がケリー・リンクの緊密な文体と融合することによって、現代社会で暮らすわたしたちが抱く普遍的な思い、不安、愛、野心が巧みに描き出される。どれもその短さにもかかわらず、読むたびに新しい発見、癒しを与えてくれる、現代のおとぎ話の名にふさわしい逸品ばかりだ。

ケリー・リンクは二〇〇一年から短篇集を四冊出しており、本書が五冊目（未訳分含む）となる。個人的な話だが、二〇〇一年に出た初の短篇集『Stranger Things Happen』を二〇〇四年に『スペシャリストの帽子』（佐田千織氏と共訳、早川書房）として刊行し、今年、本書で二十年ぶりにケリー・リンクをまた翻訳できたことが非常に感慨深い。この邦訳は編集者の内田彩香氏のリンク作品への並々ならぬ愛情がなければ実現しなかったことを、ここに強調し、感謝の言葉を捧げたい。

二〇二四年十月
金子ゆき子

ケリー・リンク

Kelly Link

フロリダ州マイアミ生まれ。コロンビア大学を卒業後、ノースカロライナ大学で修士号を取得。「黒犬の背に水」で作家デビュー。1998年刊『スペシャリストの帽子』で世界幻想文学大賞を、本書で2024年のローカス賞短篇集部門を受賞した。その他の作品に『マジック・フォー・ビギナーズ』、『プリティ・モンスターズ』（以上早川書房）など。作家活動のほかマサチューセッツ州ノースハンプトンを拠点に出版社 Small Beer Press を夫と共同経営している。

金子ゆき子

Yukiko Kaneko

横浜国立大学経済学部卒、英仏文学翻訳家。主な訳書にオリヴィエ・ブルドー『ボージャングルを待ちながら』、ニー・ヴォ『塩と運命の皇后』（以上集英社）ほか、共訳書にケリー・リンク『スペシャリストの帽子』（早川書房）など。

装画　ヒグチユウコ

装丁　岡本歌織 (next door design)

白《しろ》猫《ねこ》、黒《くろ》犬《いぬ》

2024年10月30日　第1刷発行

著　者　ケリー・リンク
訳　者　金《かね》子《こ》 ゆき子《こ》

編　集　株式会社 集英社クリエイティブ
〒101-0051 東京都千代田区神田神保町2-23-1
電　話　03-3239-3811

発行者　樋口尚也
発行所　株式会社 集英社
〒101-8050 東京都千代田区一ツ橋2-5-10
電　話　03-3230-6100(編集部)
03-3230-6080(読者係)
03-3230-6393(販売部)書店専用

印刷所　TOPPAN株式会社
製本所　株式会社ブックアート

 ISBN978-4-08-773530-7　C0097
定価はカバーに表示してあります。